LA TOUR

DE LA MÊME AUTEURE

FAKE NEWS, *bande dessinée*, Delcourt, 2021, avec Leslie Plée.

C'EST QUOI UN TERRORISTE ?, *bande dessinée*, Delcourt, 2019, avec Leslie Plée.

LE SILENCE DE MON PÈRE, L'Iconoclaste, 2016, (prix de la Porte Dorée, prix Amerigo Vespucci).

ILS SONT DEVENUS FRANÇAIS, JC Lattès, 2010 ; Points, 2011, avec Isabelle Monnin.

DOAN BUI

LA TOUR

ou un chien à Chinatown

roman

BERNARD GRASSET
PARIS

Photo de la bande : BEAUVIR-ANA/ONLYFRANCE.FR

ISBN 978-2-246-82499-2

AVERTISSEMENT

Si la dalle des Olympiades est un lieu bien réel, dans le 13e arrondissement de Paris, la tour Melbourne n'existe que dans mon imagination. Ainsi que tous les personnages qui y habitent (sauf les fantômes, bien sûr, qui eux existent vraiment).

« Il y a quelque chose de commun entre l'art du puzzle et l'art du go. Seules les pièces rassemblées prendront un caractère lisible, prendront un sens : considérée isolément une pièce d'un puzzle ne veut rien dire : elle est seulement question impossible, défi opaque. »

Georges Perec, *La Vie mode d'emploi*

Préambule

On a récemment découvert que les pieuvres changent de couleur lorsqu'elles rêvent. Comme les pieuvres, les Tours changent de couleur la nuit. Peut-être qu'elles rêvent aussi. Il faudrait un biologiste urbain pour étudier les subtiles modifications qu'une Tour connaît sous la lune. Scruter la façade et le damier lumineux des fenêtres, le délicat dégradé de blancs (neutre, froid, ou chaud pour les pièces éclairées aux ampoules LED), jaunes (incandescence ou halogènes), bleus (les écrans, la télévision), roses ou violets (les veilleuses des chambres d'enfant), filtrés par un rideau ou des persiennes. De loin, la tour Melbourne ressemble à un visage avec des centaines d'yeux qui s'ouvrent et se referment. Et la dalle des Olympiades, à une île de béton gardée par des statues silencieuses : la tour Melbourne et ses voisines au nom chantant. La façade nord de la tour Melbourne compte 296 cases, 37 étages, avec 8 larges fenêtres par étage. Au cours de la nuit, les cases s'allument une à une, puis s'éteignent comme une suite fractale. Si on filmait la Tour toute une nuit et qu'on accélérait la bande, on comprendrait peut-être le motif dessiné par ces formes géométriques s'illuminant brièvement pour s'éteindre ensuite, comme si elles nous adressaient des messages secrets en morse. Il faudrait aussi zoomer sur chaque endroit du puzzle, s'attacher ici à un profil qui se dessine dans l'embrasure, là à deux silhouettes enlacées, plus haut, à ce bras qui se tend menaçant, suivre toutes les muettes pantomimes qui se jouent chaque soir dans ce théâtre panoptique où s'offrent au regard 296 scènes parallèles. Oui, il faudrait tendre l'oreille pour recueillir la rumeur des vies mystérieuses qui se déroulent là, derrière les fenêtres, la nuit. On saurait alors à quoi rêve la tour Melbourne. Et l'histoire commencerait comme ça.

Italie 13

De la rue de Tolbiac, on distinguait les deux escalators en panne[1] qui menaient à la dalle, deux rubans de métal se frayant dans le béton, avant de se perdre dans l'obscurité. D'en bas, on ne voyait rien de la dalle. Les Tours avaient l'air de flotter dans le vide, brouillant perspectives et points de fuite, un labyrinthe sans porte ni sortie. À droite des escalators, il y avait un trou. Les voitures s'y engouffraient et disparaissaient on ne sait où. C'était l'autre point d'accès aux Olympiades, cette rue du Javelot

1. On compte en Europe 136 000 escalators selon ThyssenKrupp. Et combien d'escalators en panne ? Une équipe de recherche en santé publique a défini le BES, Broken Elevator Syndrome (in Rhodes, *Elevator and Mechanical Stairs Review*, 1997), ce syndrome qui consiste à avoir les jambes flageolantes quand vous gravissez un escalator en panne (comme le sont souvent ceux des Olympiades) car le corps « s'attend » à ce que l'escalier démarre, se prépare au mouvement, et se sent déséquilibré par l'immobilité de l'escalator. Beaucoup d'habitants des Olympiades souffrent de BES (à cause des problèmes de maintenance).

qui s'enfonçait dans les entrailles souterraines des parkings des Tours : un passage secret entre le monde des vivants et l'Hadès. La nuit, les lumières des phares scintillaient rue de Tolbiac puis, happées par le tunnel béant, s'évanouissaient. Tout redevenait sombre. La nuit, les Tours des Olympiades étaient les gardiennes du royaume des fantômes.

La rue du Javelot n'était pas une véritable rue : elle apparaissait sur les plans de la ville[1], mais grisée, en pointillé. Elle ne menait nulle part, ne débouchait sur rien, se perdant dans les méandres cachés des Olympiades. C'était une rue sans trottoirs, sans ciel, un tunnel qui sillonnait parmi le dédale des parkings et rejoignait l'autre rue souterraine, la bien nommée rue du Disque qui s'enroulait sur elle-même, tel l'un des cercles concentriques de l'enfer.

De l'extérieur, on ne voyait que cette bouche qui avalait les automobiles. Faute de comprendre la structure globale de l'ensemble, le regard se perdait dans le ciel sombre. Vers les Tours. Leurs silhouettes jumelles se toisaient, pareilles à ces phares dont les feux guident les bateaux en perdition.

*

1. Certaines rues, comme le souligne Pierre Gripari, existent sur les plans, mais sont invisibles pour le promeneur peu attentif : « La rue Broca […] est une dépression, une rainure, une plongée dans le subespace à trois dimensions. »

Dans les années 50, le projet Italie 13 vit le jour. Il visait à rénover en profondeur le 13ᵉ arrondissement, quartier populaire du sud parisien, et à en faire la quintessence de « l'habitat moderne ». Ses concepteurs prévoyaient d'ériger 55 tours, là où se situait jadis la gare aux marchandises des Gobelins. L'ensemble avait été nommé les Olympiades car il devait reproduire une sorte de phalanstère sportif dans la ville. Il y aurait des parcs, une patinoire, une piscine, des magasins, le bonheur à portée de main. L'ensemble avait été pensé avant le premier choc pétrolier, glorieuse époque où l'on rêvait encore de progrès, de conquêtes territoriales, économiques et spatiales.

L'objectif était de séduire des familles de cadres supérieurs par des prix abordables, la promesse d'espaces verts, d'écoles et de crèches, et surtout d'équipements sportifs : le fameux stadium où l'on pourrait s'ébattre dans une piscine olympique, filer sur une gigantesque patinoire, faire du football ou du basket. Sur les prospectus[1], la famille « Olympiades » était blonde ou brune, avec les yeux clairs. Monsieur avait une voiture, voire un deuxième véhicule

1. « Nouvel art de vivre aux Olympiades. Petit déjeuner en famille dans le living éclairé de larges baies ouvertes sur l'espace Olympiades. Monsieur s'en va et, d'un jet d'ascenseur, retrouve sa voiture. Les enfants partent pour l'école. Vous pourrez même leur permettre de flâner en route puisque vous n'avez plus à craindre les dangers de la circulation. Madame rejoint une amie au Stadium. Après quelques brasses dans la piscine, elle déjeune légèrement au bar. » Extrait du prospectus, dans A. Cerdan, *La Dalle des Olympiades*, 2007.

pour Madame : les box des parkings des Olympiades étaient vastes, la place ne manquait pas dans les souterrains de la dalle, du fait de l'immense réseau de voiries instauré quand la gare aux marchandises des Gobelins fonctionnait encore. Les agents immobiliers vantaient ce quartier en devenir. Les banquiers vendaient des prêts à des taux compétitifs, évoquaient *l'effet de levier* devant leurs clients impressionnés, tous en étaient convaincus, il fallait s'endetter pour consommer plus. Le Bonheur National Brut se déclinait en courbes et en statistiques, tout était excédentaire, le commerce extérieur, l'agriculture, l'industrie. On souhaitait oublier les mauvais souvenirs, la guerre d'Algérie, surtout, on venait d'élire Georges Pompidou, fils d'instituteur, incarnation parfaite de l'ascenseur social. L'homme, rond et rassurant, avait su raison garder pendant Mai 68, il était alors Premier ministre. Pendant quelques mois, certes, ça avait manifesté, jeté des pavés, mais depuis, tout était rentré dans l'ordre. « Cours, camarade, l'ancien monde est derrière toi », criaient les jeunes de la Sorbonne. La devise avait été suivie, architecturalement en tout cas. La France ne jurait plus que par les réformes, les innovations, le Progrès. Johnny Hallyday chantait « Que je t'aime » au Palais des Sports, ça faisait oublier que quelques années auparavant, dans ce même Palais des Sports, construit en remplacement du Vel' d'Hiv', on avait parqué des manifestants arabes, avant de les passer à tabac ou de les zigouiller. On avait tourné la page : en France, ça se terminait toujours par des chansons.

Paris ne rêvait plus que de tours. La ville était prise d'une frénésie de verticalité. Au pied de la tour Eiffel, on construisit plusieurs tours d'une trentaine d'étages. L'une, la tour Keller, comptait une immense piscine au dernier niveau (c'était alors la mode de nager en altitude). Entre 1969 et 1973, la tour Montparnasse vit aussi le jour, avec ses 210 mètres de haut, une construction insolente tout en verre, qui accueillerait des bureaux, et où l'on installerait un immense centre commercial : un temple dédié à la production et à la consommation. Dans le futur quartier d'affaires de La Défense venait d'éclore le CNIT, grosse boule métallique pareille à une base spatiale posée sur une dalle – encore une, l'époque aimait les dalles – autour de laquelle pousseraient d'autres tours, toujours plus hautes, dédiées aux sièges sociaux des grosses entreprises.

La capitale n'était plus qu'un grand chantier. Avec des trous partout. Celui des Olympiades était vertigineux. Les habitants du quartier contemplaient, médusés, les grues, les bennes, qui charriaient ciment, sable, chaux. Les hommes en casque et tenue de chantier s'activaient, une armée de bâtisseurs pour ces cathédrales des temps modernes, symbole d'un habitat bon marché et fonctionnel. Quatre tours furent construites en un an. 37 étages. 107 mètres de haut. Encore plus haut que les tours luxueuses du Front-de-Seine. Dormir, manger, se reproduire, se divertir, et tout ça, si près des nuages. Avec cette vue splendide sur la capitale. La promesse était séduisante.

Les tours se toisaient, impérieuses, autour de la dalle. Quatre ascenseurs dans les halls de chaque tour. Avec portes coulissantes extérieures et intérieures et une vitesse ascensionnelle atteignant 6 mètres par seconde.

Les cadres sup ne vinrent pourtant jamais s'installer dans le quartier utopique « Italie 13 ». Les immeubles restèrent à moitié vides : sur l'ensemble du quartier, quantité d'autres tours avaient fleuri, aux noms de pierres précieuses, Jade ou Rubis, ou de pyramides égyptiennes, Chéops ou Chéphren, d'autres invoquant les mânes de l'Italie, Verdi ou Puccini[1]. De toute façon, les tours ne faisaient plus recette. Valéry Giscard d'Estaing venait d'être élu et les détestait, disait-on : celles de La Défense gâchaient son coucher de soleil dans le bureau de l'Élysée. Fini la verticale pompidolienne. Giscard ne jurait plus que par la France éternelle, plate et placide. Tous les chantiers furent interrompus. Y compris l'un des plus ambitieux : Italie 13.

Sur les 55 tours prévues, seule une trentaine sortit du sol. Dont onze sur la dalle. Celles-là aussi, comme leurs voisines, avaient des noms qui évoquaient l'ailleurs. Puisqu'on était aux *Olympiades*, l'idée fut d'égrener les villes olympiques. Sapporo. Melbourne. Mexico. Tokyo.

1. Au sud des Olympiades, l'ensemble « Villa d'Este », Verdi, Puccini, Capri, évoquait par son charme italien la douceur suave des *Jeux d'eau de la Villa d'Este*, de Liszt, même s'il n'y avait nulle trace de jeux d'eau. Designées par un autre architecte, elles n'étaient pas « sur dalle ». Il régnait une sourde compétition entre les deux ensembles qui tentaient chacun de faire le plein.

Cortina. Londres. Anvers. Un monde entier à portée de main mais vide. Les appartements ne trouvaient pas preneur. La tour Melbourne inaugurée en 1979 resta quasi déserte les premières années. Les enfants des premiers résidents pouvaient jouer à 1-2-3 soleil dans les étages et crier tout leur soûl : ils ne dérangeaient personne. Les couloirs interminables, évoquant celui de l'hôtel abandonné du film *Shining* de Kubrick qui sortirait en 1980, offraient un terrain de jeu idéal. Parfois, on entendait un garçonnet cavaler derrière un ballon, ça résonnait dans le silence, le ballon rebondissait sur les portes fermées comme des yeux aveugles, des portes qui jamais ne s'ouvraient sur un voisin râleur. C'était avant le temps des règlements intérieurs, les syndicats de copropriété placarderaient bientôt des « Tous jeux interdits » dans les cours, protesteraient contre les nuisances sonores causées par les trottinettes, les vélos, les ballons, les jeux divers, balle au prisonnier, chat, loup.

Les plans de rénovation urbaine sont comme les vieilles cartes de géographie. Ils évoquent des lieux absents qui ont vécu si intensément dans l'esprit – les rêves et la mémoire ne sont-ils pas faits de la même délicate étoffe ? – qu'ils pourraient surgir, comme ça, d'un coup. À côté de la dalle, une crevasse dans le sol demeura : le fantôme de la tour Los Angeles, dont la construction avait été abandonnée. Quant au Stadium, il fut inauguré, mais dans une version *low cost*, qui n'avait plus rien à voir avec celle vantée par le prospectus. La piscine fut réduite à un minuscule bassin aux dimensions d'une pataugeoire, la patinoire privée de glace, remplacée par un méchant revêtement textile qui permettait, le cas échéant, de la convertir en terrain multisport. Les architectes avaient aussi voulu installer des terrasses végétalisées sur les toits, voire une autre piscine, en hauteur, comme celles, privatives, d'autres tours plus chics du 13e, avec vue sur tout Paris[1], mais ils avaient dû se rendre à l'évidence. Tout cela coûtait trop cher. Il fallut donc se contenter de les imaginer. Il n'y eut finalement pas un arbre. Le minéral l'emporta. L'architecte en chef l'avait martelé : les espaces verts étaient ineptes, Paris, c'était le béton. Les Olympiades s'épandaient en de longues surfaces vides et planes où s'engouffrait le vent. Sur le sol, les pas résonnaient la nuit, tac, tac, tac, comme dans les couloirs vides des tours[2].

---

1. La tour Antoine et Cléopâtre, comme la luxueuse tour Périscope, disposait ainsi d'une piscine et d'un sauna au dernier étage. C'est le même architecte, Michel Holley, qui a conçu les tours des Olympiades et la tour Antoine et Cléopâtre, de bien plus grand standing. Antoine et Cléopâtre est coupée en deux, entre étages bas et étages supérieurs. La partie inférieure s'appelle Antoine la partie supérieure Cléopâtre, Cléopâtre terrassant Antoine, une tour dénonçant la domination patriarcale avant l'heure.

2. Françoise Mathieussant avait acheté son appartement sur plan et s'est installée à l'inauguration de la tour Melbourne dans un F3. « Ils nous avaient promis une vie idéale, mais ce n'était pas tout à fait ça ! » Son mari, Gilbert, pédiatre, exerçait dans le 13e arrondissement et a toujours été critique de l'architecture des lieux : « Avec tout ce vent sur la dalle, les enfants ont facilement des otites. »

Pour pallier l'absence d'arbres, il y eut bien quelques jardinières. Mais les pousses mouraient, écrasées sous les mégots, les crachats, l'urine. On abandonna les jardinières. Il y eut aussi d'éphémères bassins pour les enfants mais les habitants y baignaient leurs chiens, scandalisant ceux qui n'en avaient pas. Pour éviter les conflits, les bassins furent vidés. Et il ne resta plus rien. Ni sable, ni terre. Juste des bassins en béton.

*

Au début des années 80, les tours se remplirent peu à peu. De façon inattendue, c'est là que vinrent s'installer tous les réfugiés fuyant le régime communiste vietnamien ou le Cambodge de Pol Pot. Alice et Victor Truong s'étaient échappés du Vietnam trois ans après la chute de Saigon le 30 avril 1975. Ils seraient désignés sous le nom de *boat people*. Alice Truong abhorrait cette dénomination, elle était arrivée en avion à Paris et n'aimait pas évoquer la première partie de leur périple, la fuite par la mer qui leur avait permis d'atteindre un camp de réfugiés sur l'île de Pulau Bidong, où ils avaient croupi pendant un an, avant de se retrouver dans un Boeing 737 qui les propulserait en France. Ils avaient atterri au Terminal 1 de l'aéroport Roissy-Charles-de-Gaulle tout juste inauguré, un bâtiment étrange qui de l'extérieur ressemblait à un gigantesque camembert en béton. Les Truong furent ébahis quand ils se retrouvèrent dans ce décor futuriste, titubant sur des couloirs roulants dangereusement inclinés, ils n'avaient jamais vu ça, ni même emprunté d'escalators[1]. Toute leur vie, ils se souviendraient de leur choc face à ce nouveau monde, la France, qui pour l'instant avait le visage de ce terminal, où ils marchaient maladroitement tels des astronautes débarquant sur la Lune. Les lois gravitationnelles n'étaient donc pas les mêmes en France ? Mais c'était bien cela, s'exiler : perdre son centre de gravité.

Les Truong allaient très vite obtenir le statut de réfugiés et le droit d'asile. Ces termes chiffonnaient Alice Truong. Elle détestait être vue comme une « réfugiée », mot humiliant qui lui évoquait une horde de miséreux quémandant la charité. Alice Truong aurait préféré le terme de « migrant », qui donnait l'illusion du mouvement. Le migrant arrive et repart comme les oiseaux par temps froids, et ça lui allait bien d'imaginer cela. Alice Truong rêva longtemps à la chute des communistes du Nord-Vietnam, qui lui aurait permis de récupérer ses richesses, ses plantations d'hévéas et ses bonnes. Elle se révoltait contre la défaite du Sud-Vietnam : c'était la faute de ces maudits journalistes qui avaient fait tomber Nixon, car s'il n'avait pas été destitué, les dollars auraient continué à arroser l'ARVN, l'armée de la République du Vietnam. Le vrai Vietnam, c'est-à-dire le Sud-Vietnam,

1. La première fois qu'on installa un escalator à Londres, dans le grand magasin Harrods, en 1889, on offrit du cognac et des rafraîchissements aux audacieux clients qui s'y étaient aventurés. On dut déplorer de nombreux incidents, vertiges et autres nausées.

aurait gagné la guerre, écrasé ces maudits communistes viêt-minh. Plus tard, quand les années passeraient, quand la Corée du Sud deviendrait un dragon économique, face à la Corée du Nord, pauvre, famélique, paria de la planète, Alice serait encore plus amère : il eût fallu garder la frontière du 17e parallèle entre Nord et Sud au Vietnam, laisser les cocos crever de faim dans leur coin, Saigon serait devenu Séoul, avec ses téléphones écran plat, ses filles qui passaient toutes sous le bistouri pour se refaire le nez et se débrider les yeux, comme les starlettes dans les *soaps* coréens que tous les Vietnamiens de la diaspora et du Vietnam regarderaient passionnément.

Mais il ne fallait pas se plaindre. C'était comme ça, elle était une « réfugiée », accueillie par ce grand pays qu'était la France, le pays des droits de l'homme. Eût-elle été migrante, adieu droit d'asile, titre de séjour et tampons. Alice Truong ne le savait pas, mais le migrant, chose à peine humaine, serait bientôt la hantise de l'administration, on le mesurerait en flux, il serait une maladie contagieuse, un érythème prurigineux, un chiffre qui enfle, effrayant, un œdème. Le réfugié, lui, était encore un homme.

À l'époque où les Truong arrivèrent en France, le pays s'enorgueillissait d'être une terre d'asile. À la télé, à la radio, on parlait des *boat people* la voix serrée et les yeux embués. Il n'y avait ni Sidaction, ni Téléthon, et, n'ayant pas à affronter la concurrence d'enfants myopathes ou celle des malades du sida, les réfugiés asiatiques jouissaient d'un quasi-monopole sur la compassion populaire. Des églises étaient réquisitionnées pour les héberger. Dans les écoles catholiques, on organisait des kermesses où des bonnes sœurs aux joues roses encadrées de cornettes noires s'égosillaient dans des haut-parleurs pour récolter des fonds, de la nourriture, des habits, des jouets : Jésus était miséricordieux pour les *boat people*.

Dans les familles bourgeoises, on « parrainait » volontiers des réfugiés. Sans aller jusqu'à en adopter un ou une (ce qu'avait fait le maire de Paris, Jacques Chirac), il s'agissait d'ouvrir ses portes une fois par mois et de les accueillir à sa table. On se sentait alors délicieusement bienveillant. Ces Asiatiques silencieux, petits, discrets dans leur malheur, semblaient si vulnérables, presque des enfants. Politiques, associatifs, autorités religieuses : tout le monde se démenait pour ces malheureuses victimes du communisme, en particulier à droite. Le parti de droite qui s'appelait jadis RPR multipliait les appels à la charité : il fallait se battre contre les cocos, l'URSS, défendre la démocratie, les droits de l'homme, et cætera.

Plus on allait à gauche, plus les sentiments étaient mitigés. Dans des journaux comme *Libération* ou *Le Monde*, on admirait encore Hô Chi Minh, ou même Pol Pot : on s'était félicité de la venue au pouvoir des Khmers rouges et encore plus des courageux Viêt-minh qui avaient vaincu le Grand Satan américain et qui allaient libérer le peuple, le guidant vers des horizons inconnus de félicité égalitaire. Les gens de gauche, qui étaient des gens cultivés et raisonnables puisque de gauche, s'avouaient déconcertés face à ces *boat people* fuyant la libération annoncée. Dans

Le Nouvel Observateur, Jean Lacouture citait Pham Van Dong, le chef du gouvernement de Hanoi, ex-négociateur de Genève, francophile et chouchou des correspondants de l'Hexagone : « Nous venons leur apporter le bonheur et ils s'enfuient. Comprenez-vous cela ? »

Les associations proches du parti communiste avaient d'ailleurs, dans un premier temps, refusé d'aider ces réfugiés, des richards collabos qui abandonnaient leur pays à l'aube d'une nouvelle utopie. Il y avait les bons et les mauvais réfugiés. Pour le Secours populaire, Alice et Victor appartenaient à la seconde catégorie. « Capitalistes exploiteurs », c'est ainsi que le Comité populaire viêt-minh avait classé la famille d'Alice. Le Secours populaire en France aimait aussi le peuple, il n'était pas populaire pour rien, il s'enthousiasmait donc pour le régime d'Hô Chi Minh et des héroïques Viêt-cong contre USA Inc. tandis que les fantoches du Sud exploitaient les classes laborieuses. Ces militants pleins de bonnes intentions ignoraient encore que, lassés de se faire massacrer par des puissances étrangères, Vietnamiens et Cambodgiens avaient décidé d'affirmer leur indépendance en se massacrant entre eux, c'est ce qu'on appelait la « rééducation ». C'est ainsi qu'avec l'Amour de la Mère-Patrie, vinrent les bûchers de livres, puis les camps de rééducation. Dans les camps, on ne mangeait rien, on avait la chiasse, on mourait de faiblesse, mais on était à l'air libre, on voyait les montagnes bleutées, les rizières miroitantes, la terre pourpre et odorante. Au Vietnam, les camps et les bagnes avaient toujours été installés dans des endroits de rêve, par exemple Pulau

Condor, construit pendant la colonisation, dans les îles paradisiaques de Con Dao, palmiers, sable fin et cages de tigre pour les détenus. Au Vietnam, on mourait avec classe.

Les Truong avaient refusé la rééducation et rejeté l'Amour de leur Patrie héroïque. C'était fort dommage car cela les privait d'un abri au Secours populaire. Qu'à cela ne tienne. Presbytères, églises, couvents : une myriade d'associations catholiques offraient des lits pour les Vietnamiens et des petits déjeuners avec biscottes et carrés de beurre salé ou mini-pots de confiture qu'on pouvait garder dans ses poches, un trésor. Les Vietnamiens catholiques furent évidemment les premiers servis, mais les bouddhistes furent aussi choyés, trouvant refuge dans une abbaye en Sologne ou dans un monastère en Bretagne. Et ces bouddhistes qui dans leur pays haïssaient les catholiques, se dirent que Jésus n'était pas un mauvais bougre. Certains même se convertirent.

Les gens de gauche étaient résolument laïcs. Les curés, les églises, toute cette bondieuserie : très peu pour eux. Ils préféraient les réfugiés politiquement compatibles, les Iraniens par exemple, fuyant la dictature religieuse ou les dissidents d'Amérique du Sud, Chiliens pourchassés par Augusto Pinochet ou Argentins persécutés par le couple Perón. Toutes ces dictatures en Amérique du Sud étaient soutenues par le Grand Satan américain, elles accueillaient les anciens nazis, bref, c'était le super bingo du Mal, et puis les réfugiés argentins ou chiliens étaient séduisants avec leur haute taille et leur chevelure sombres, contrairement aux réfugiés asiatiques gringalets.

Les gens de gauche avaient raison de se méfier. Plus tard, ces mêmes Asiatiques gringalets votèrent en masse pour le RPR : Chirac était leur idole. En mai 1981, le jour de l'élection de Mitterrand, ils s'effondrèrent, affligés de voir à la télévision la foule en liesse à la Bastille. « Ces idiots de Français, ils applaudissent les communistes, on va leur en donner des camps de rééducation, on verra s'ils aiment autant les roses ! » cria Alice, furieuse devant la télé, tandis que son mari Victor Truong l'implorait de se calmer pour ne pas réveiller le bébé, Alice Truong venait en effet d'accoucher d'une petite fille. Mais, berçant furieusement son nourrisson, elle continuait d'invectiver le téléviseur. Elle affirmerait ensuite que par la faute de Mitterrand, son lait s'était tari dans sa poitrine et qu'elle avait dû cesser d'allaiter la petite. « On verra s'ils aiment autant les roses ! Damné Mitterrand ! » répéterait la jeune mère désespérée devant son bébé affamé, tétant ses seins vides. Toute son enfance et son adolescence, la petite resterait trop petite, bien en dessous des courbes de croissances. C'était la faute de Mitterrand, répétait Alice.

Eh oui, ces Asiatiques gringalets étaient têtus comme des mules. Ils ne comprendraient jamais que la gauche leur voulait du bien, à tous, Noirs, Asiatiques, Indiens, Chiliens, Colombiens, Africains, Maghrébins, la gauche aimait profondément les étrangers, elle voulait faire oublier ce temps honni – pas si lointain – où l'on jetait les Arabes dans la Seine, la gauche aimait les Arabes, surtout quand ils chantaient du raï, elle s'enthousiasma pour la « Marche des Beurs », comme elle l'avait appelée. On était en 1984. C'était drôlement chouette de voir ces Maghrébins méritants marcher jusqu'à la capitale réclamer l'égalité des droits, mais il était temps que la lutte contre le racisme fût confiée à des gens sérieux : c'est-à-dire de gauche et blancs. Lesdits Beurs (les gens de gauche ne disaient pas Arabes, terme réservé aux racistes, ce qu'ils n'étaient pas puisque qu'ils étaient de gauche, ils ne disaient pas non plus « Noirs », mais « Blacks », car ça leur semblait plus cool) étaient rentrés bien sagement dans leurs cités pour laisser les gens de gauche s'occuper d'antiracisme. Ce qu'ils feraient en créant SOS Racisme, comme SOS Amitié, ou SOS Bébés phoques en danger. La gauche avait trouvé la personne idéale pour incarner SOS Racisme, le bien nommé Harlem Désir, la gauche était désir, la gauche était amour, elle l'affichait avec le petit pin's en forme de main jaune, la gauche multipliait les concerts, ou plutôt, les « festivals musicaux multiraciaux » où l'on chantait équipé du pin's, d'une rose et d'un briquet. Avec Mitterrand était venu le temps des potes.

Pourtant, on ne vit jamais d'Asiatiques aux manifestations de SOS Racisme. Alice Truong ne comprit jamais ce que voulait dire le mot Beur, ni sa déclinaison au féminin, Beurette[1], qu'elle confondait avec « petit-beurre »,

1. Qui deviendrait à l'aube des années 2000 une catégorie très courue de YouPorn, avec un « classique », téléchargé des millions de fois : « Beurettes dévoilées. »

les « Lu » que sa fille mangeait au goûter en croquant d'abord les quatre oreilles[1].

C'était l'époque où l'on s'époumonait sur « We are the world » en dodelinant de la tête et où, dans les cours de musique à l'école, des professeurs méritants tentaient d'apprendre la flûte à bec à leurs élèves avec « L'Éthiopie meurt peu à peu/Peu à peu » à leurs élèves, les dégoûtant ainsi et de l'Éthiopie et de la flûte. Des blagues sur les Éthiopiens circulaient dans les cours de récré : « Qu'est-ce qu'un grain de riz dans un lavabo ? Un Éthiopien qui a vomi son repas de midi. » Il y avait aussi beaucoup de blagues sur les Chinois, on les appelait ching chong, face de citron ou bol de riz, en tirant sur l'extérieur des paupières pour se moquer d'eux. On se demandait d'ailleurs comment ces chinetoques faisaient pour y voir quelque chose avec ces fentes à la place des yeux : vas-y, tire sur tes yeux pour voir.

Un groupe toulousain s'aventura à évoquer les *boat people*. Avec la chanson « Plus près des étoiles » sortie en 1985, la même année qu'« Éthiopie », le groupe Gold

1. Les petits-beurres Lu de la marque Lefèvre Utile existaient depuis 1846. Il est possible que les Petites Filles modèles de la comtesse de Ségur aient mangé les même petits-beurres que la fille des Truong. Laquelle s'était toujours émerveillée de cette France où même les biscuits avaient une histoire alors que ses parents ne semblaient pas en avoir, d'histoire, ou en tout cas, pas avant 1979, date de leur arrivée en France.

évoquait des « visages de miel », qui « sans un mot sans un cri », « sans amour, sans un cri » avaient « traversé les rizières » et des « rivages brûlants ». On entendait « rivière », mais non, il s'agissait bien de rizière, aucun doute : les « visages de miel » étaient bien nos petits Asiatiques ! Même si ladite chanson connut un destin honorable, personne ne comprit que ce tube qu'on hurlait aviné dans les fêtes de mariage racontait la *tragédie-des-boat-people*. Gold composerait un autre tube intitulé « Capitaine abandonné » où les « sirènes au vent salé » devaient « sonner, sonner, la dernière traversée », où « la tempête t'enlève, à l'heure où ton rêve s'achève ». Là, oui, on aurait juré qu'il s'agissait d'une ode à l'un de ces 250 000 *boat people*. Grossière erreur ! « Capitaine abandonné » était un hommage à un journaliste qui avait animé « La Chasse aux trésors », disparu au Zaïre. Pourquoi personne ne s'était-il jamais reconnu dans les « visages de miel » ? Gold avait été trop subtil. Il aurait fallu y aller carrément et dire « face de citron ». Personne ne hélait jamais un bridé en l'appelant « visage de miel ». On se doutait que le groupe Gold parlait d'étrangers, mais lesquels ? Mystère. On recourait souvent aux métaphores alimentaires pour parler des métèques, surtout des femmes, miel, chocolat, caramel, pain d'épices, café. C'était l'époque de « couleur café, j'aime ta couleur café », de l'Aziza, « ta couleur et tes mots tout me va », des « métisses » d'Ibiza « qu'on aimait voir nues », de Voyage Voyage, où l'on voguait « chez les Blacks, les sikhs et les jaunes, du Gange à l'Amazone ».

C'était déjà pas mal, une chanson au Top 50 pour les niakoués.

Après tout, personne n'avait écrit de chanson, ni pour les travailleurs indochinois volontaires – terme inapproprié puisqu'on les avait forcés à signer leur contrat d'engagement –, arrivés en 1939 à Marseille en bateau à fond de cale (ils voyageaient avec les animaux) ; ni pour les harkis de 1962, parqués dans les camps du Lot ; rien non plus pour les Vietnamiens qui avaient débarqué en 1956, juste après Diên Biên Phu, une tripotée de femmes asiatiques et d'enfants métis qui avaient fui le Vietnam car ils avaient travaillé avec les Français : des collabos, comme les harkis.

Ces gens-là, les gens de gauche ne les aimaient pas trop, puisqu'ils avaient soutenu les colons : on les appela « les rapatriés », et non les « réfugiés », mais alors que les harkis manifesteraient et obtiendraient d'être relogés dans des HLM, plus dignes que les camps du Lot, leurs comparses asiatiques resteraient oubliés pendant des lustres dans le camp de Sainte-Livrade, une petite bourgade à côté de Villeneuve-sur-Lot. « Sans amour et sans cri », comme le chantait Gold.

Les *boat people* avaient eu de la chance, malgré les 250 000 morts en mer. Car quand viendraient les années 90, on oublierait la menace communiste et on en aurait assez de recevoir des réfugiés asiatiques. Les « visages de miel » deviendraient alors des immigrés économiques qu'on enfermerait dans des camps à Hong Kong, pour les empêcher de rejoindre les États-Unis ou l'Europe. Vingt ans plus tard, dans les années 2000, on les retrouverait, cachés dans les forêts aux environs de Calais, pour tenter de rejoindre l'Angleterre où ils trimeraient dans des fermes de cannabis : on les disait adaptés à la chaleur et au taux d'humidité nécessaires à la culture du chanvre en serres, compte tenu du climat tropical de leur pays d'origine. Le prix de l'herbe dégringolerait, devenant moins cher que le cannabis marocain, les gens de gauche seraient ravis, tout le monde préférait l'herbe au hasch. Personne n'imaginerait qu'on devait cette baisse des prix aux migrants vietnamiens au visage de miel. Seuls les policiers sauraient. Il était de leur responsabilité de choper du Vietnamien comme du Roumain clandestin : c'était bon pour les statistiques. À partir des années 2010, la nationalité vietnamienne deviendrait louche, au même titre que celle des Albanais, des Tchétchènes, une de ces nationalités synonymes de réseaux, trafics et toutes choses illicites. Gageons alors qu'à quelques décennies près, les Truong n'auraient jamais obtenu de titre de séjour[1].

1. Hoai Nguyen, Truc Minh Le, Pham Van Binh, trois jeunes Vietnamiens sans papiers d'une vingtaine d'années venus de la région de Nam Dinh, campent aujourd'hui dans le même studio de la tour Londres où trente ans auparavant, Alice et Victor Truong avaient débarqué. Sauf qu'eux ont été déboutés plusieurs fois de leur demande d'asile. Ils ont tenté de rejoindre Londres, mais bloqués à Angres, le « Calais » des Vietnamiens, dans le nord de la France, ils se sont résignés à rester ici. Ils travaillent de façon clandestine dans le

Mais en 1979, à l'époque de l'arrivée des Truong en France, il n'y avait pas encore de ferme à marijuana vietnamienne. Les Olympiades, ce quartier en devenir, se peuplaient doucement.

Alice et Victor Truong avaient entendu parler des Olympiades par un ami de la diaspora, monsieur Wu, un Sino-Vietnamien qui vendait des décoctions médicinales à Cholon, le quartier chinois de Saigon[1]. Hasard de la vie, leur « parrain », monsieur Philippe Trudaine, était un gros bonnet de l'immobilier. Ayant géré la plupart des grands programmes immobiliers de la capitale, il leur avait trouvé un logement dans les Tours en un coup de fil.

Philippe Trudaine avait, une fois ou deux, invité les Truong à manger une raclette dans son immense appartement haussmannien. C'était un homme généreux.

---

restaurant Fleurs de Jade, avenue de Choisy. Leur patron, Minh Ho possède un certain nombre de studios dans les Tours qu'il sous-loue, à des compatriotes sans papiers.

1. Monsieur Wu s'est installé aussi aux Olympiades, tour Melbourne, au 9e étage. Il est l'arrière-petit-neveu d'un des six survivants chinois du *Titanic* qui, refoulé des États-Unis, a mis plusieurs années avant de revenir en Chine. Certains Wu ont émigré à nouveau, monsieur Wu choisissant la France : peu après son arrivée, il a racheté l'un des commerces en déshérence de la galerie commerciale Oslo, laquelle a évité la banqueroute grâce à l'arrivée des Asiatiques. Dans sa boutique, il vend des quantités d'herbes médicinales. On le dit un peu sorcier. C'est là que, en cachette, nombre de commerçants s'approvisionnent, espérant régler par magie leurs dettes ou des problèmes de couple.

Son épouse n'osait l'avouer mais elle était un peu mal à l'aise lors de ces dîners, elle s'inquiétait des poux ou de la gale. Il faudrait désinfecter les chaises après leur passage, maugréait Maria, la bonne portugaise. Après tout, ces Chinois, Dieu seul savait d'où ils venaient, ils transportaient certainement des maladies étranges et exotiques. Madame n'était pas loin de partager l'opinion de Maria, mais elle craignait qu'on la soupçonnât d'être raciste, bien sûr qu'elle ne l'était pas ! Elle se souciait beaucoup du sort de ces malheureux. Madame Trudaine aurait dû se rassurer : Alice Truong partageait sa phobie des microbes. La jeune femme se souvenait de la honte cuisante qu'elle avait ressentie, quand elle avait réalisé qu'elle était couverte de poux au camp de Pulau Bidong. Elle se souvenait avec horreur de la charlotte en plastique blanc dont elle avait été affublée à son arrivée en France. Tous ses compatriotes en avaient une pour éviter la contamination.

Au repas des Trudaine, les Truong furent embarrassés. Ils n'avaient jamais mangé de fromage, à part de la Vache qui rit, dont on raffole au Vietnam. Alice Truong ignorait qu'on pouvait manger le fromage chaud et fondu, elle manqua vomir mais par politesse, se força à finir son assiette. Madame Philippe Trudaine souriait mais elle ne trouvait rien à dire. Elle s'ennuyait. Il était difficile de comprendre ses hôtes qui baragouinaient à peine le français. La femme était toute pâle. Les miasmes, certainement. Alice Truong se sentait mal. Elle s'excusa pour aller aux toilettes mais n'osa souiller la cuvette immaculée. Elle vomit dans un sac plastique qu'elle avait fort heureusement fourré dans son sac à main, le ferma soigneusement avec un double nœud, le glissa dans ses affaires en priant pour qu'il ne s'ouvrît pas avant la fin du dîner.

Lors des premiers Noëls, afin de remercier les Trudaine pour l'appartement des Olympiades, les Truong leurs offrirent des *banh beo* et autres délicatesses vietnamiennes qu'Alice Truong cuisinait pendant des heures, accroupie dans le studio de la tour Londres. Elle enrobait consciencieusement les mets dans des barquettes en plastique empilées dans des gros sacs Tang Frères, lesquels sacs étaient trimballés précautionneusement dans le métro, puis le bus, sous les regards excédés des voisins incommodés par cette odeur si particulière, le *nuoc mam*, jusqu'à ce qu'enfin, la précieuse cargaison parvînt à destination : l'hôtel particulier du 16e arrondissement des Trudaine.

Madame Trudaine n'aimait pas l'odeur de ces victuailles. Leur bonne Maria non plus. Tout finissait à la poubelle. Bientôt, Alice n'aurait plus le temps de les préparer, ayant trouvé un travail dans un salon de beauté (dans les années 80, on ne disait pas encore « bar à ongles »). Les Truong continueraient pourtant leur pèlerinage de la nouvelle année, en déposant d'autres offrandes, de la mortadelle vietnamienne achetée chez Tang Frères – qui irait aussi à la poubelle – et une boîte de marrons glacés – que madame Trudaine refilerait à Maria, laquelle les jetterait aussi : elle détestait les marrons glacés !

Alice Truong et madame Trudaine furent enceintes en même temps. Alice tricota pour le bébé Trudaine un petit gilet blanc qui finirait dans un carton pour les pauvres en Afrique. Deux petites filles naquirent dont les prénoms commençaient par un A. Armelle pour les Trudaine. Anne-Maï pour les Truong. Alice et Victor avaient hésité entre un prénom français et vietnamien et avaient décidé, dans le doute, de ne pas choisir. Les petites Truong et Trudaine ne se rencontrèrent jamais durant leur enfance. Elles étaient pourtant toutes deux nées sous Mitterrand, un homme que leurs mères détestaient, l'une comme l'autre. Madame Trudaine pensa s'exiler en Suisse. Elle avait peur des communistes et des élans collectivistes de Georges Marchais, le secrétaire du parti communiste français. Alice Truong n'avait certes plus rien à se faire voler, mais elle se souvenait de la douleur d'avoir été spoliée de sa richesse. Elle aussi, elle éteignait le poste dès qu'elle entendait la voix caverneuse de Marchais. « Si tu ne dors pas, j'appelle *Ong Tay* (monsieur le Français) », disait-elle à sa fille. *Ong Tay*, monsieur le Français, c'était ainsi qu'on nommait les croquemitaines, dans les familles vietnamiennes. Pour Anne-Maï, le croquemitaine avait les gros sourcils de Georges Marchais.

La reconnaissance et la gratitude étaient des sentiments complexes. Alice ne supportait pas le regard que les Trudaine posaient sur elle, madame Trudaine surtout, celui de la riche sur la pauvre, ce regard qu'Alice Truong connaissait bien puisque c'est ainsi qu'elle regardait les pauvres au Vietnam. Elle aussi distribuait généreusement les restes de sa table aux mendiants sans jambes ou sans bras qui erraient dans les rues de Saigon, elle se souvenait en particulier de monsieur Planche-à-roulettes au marché Ben Thanh, un homme-tronc en casquette US qui la terrifiait : il se déplaçait sur un skate-board, en équilibre instable sur ses moignons, en monologuant, ou plutôt en dialoguant, vu qu'il parvenait à adopter des voix différentes[1].

La Française envoyait les vieux habits d'Armelle pour Anne-Maï, plus petite de taille. La fierté d'Alice en était tiraillée. Elle ne supportait pas que sa fille portât des vêtements d'occasion mais les affaires de la petite Armelle étaient de très bonne facture. En primaire, Anne-Maï arbora ainsi des manteaux de marque, mais qui la grattaient au niveau du cou à cause de l'étiquette en tissu sur laquelle était brodé le nom d'Armelle Trudaine. Certains habits portaient un simple monogramme avec les initiales AT. Anne-Maï crut longtemps qu'il s'agissait des siennes.

1. Lors de la guerre d'Indochine, John avait été emprisonné dans le bagne de Pulau Condor par erreur, avec d'autres indépendantistes. Suite à une infection qui gangrena ses deux membres inférieurs, il fallut lui sectionner les jambes. Libéré de Pulau Condor, il revint errer dans Saigon où il gagnait sa vie en mendiant, puis en se livrant à des petits numéros de ventriloquie. Sa planche à roulettes, ce sont des GI américains, postés à Saigon dès 1954, qui la lui donnèrent. « John Planche-à-roulettes » devint une petite célébrité pendant la guerre, grâce à un petit pantin grimé en Hô Chi Minh, qu'il faisait parler pour les GI.

Les Truong s'installèrent donc dans la Tour, dans un F2 au 2e étage. Ils y posèrent leur valise, une seule, ils étaient partis sans rien, et le recueil des *Contemplations* de Victor Hugo que Victor avait réussi à sauver des autodafés. Ils hébergèrent une tante, un cousin, un ami, et se retrouvèrent finalement à onze pendant un certain temps. Ils découvrirent que tous les voisins de l'immeuble étaient bridés comme eux. Tous traînaient derrière eux les spectres de la guerre, il y avait là des médecins, des juges, des sommités du monde politique et intellectuel, qui jadis régnaient à Saigon. La plupart avaient laissé une partie de leur famille, parents, sœurs, frères, voire un enfant[1]. Des morts, il y en avait eu tant, mieux valait ne pas en parler, la culpabilité était trop grande d'être toujours vivants.

Il fallait vivre. Ces années furent pleines d'une vitalité féroce. Dans les couloirs des tours jadis vides, ça vibrait, ça caquetait en vietnamien, en chinois, en laotien, ça

1. C'était le cas de Sokhunty Sisowath Monivong, dont quasiment toute la famille avait été exterminée par les Khmers rouges. Sokhunti avait caché sa fille chez un couple vietnamien, habitant à la frontière. Pour survivre, elle avait dû s'enfuir sans pouvoir récupérer l'enfant. Bien plus tard, elle revint au pays, mais le couple vietnamien n'habitait plus là. Qu'était devenue sa petite fille ? Elle ne le sut jamais. Sokhunty était mal vue dans la tour Londres, car le soir, elle errait dans les couloirs en pleurant. Le syndicat de copropriété ne savait plus que faire. Elle se suicida en 1984, dans l'appartement 318 de la tour Londres, en se coupant les veines dans la baignoire. Les nouveaux locataires ne surent jamais ce qui s'était passé : ils n'ont pas changé la baignoire.

mangeait, ça fumait, ça chantait. Les appartements les plus bas se remplirent en premier, contredisant les prévisions des promoteurs, convaincus que les appartements avec vue seraient les plus disputés[1]. Mais les Asiatiques avaient le vertige. D'ailleurs, ceux qui avaient eu la malchance de se retrouver dans des appartements en hauteur collaient du papier sur les vitres. Habiter les premiers étages permettait aussi de garder un œil sur les gamins quand ils jouaient dehors. La dalle était devenue une immense cour de récré où fusaient les cris des parents, qui de leur fenêtre les hélaient à l'heure du dîner.

Les résidents durent aussi s'habituer aux ascenseurs. Dans les premiers temps, ils avaient le mal de mer, ils vomissaient, parfois. On voyait souvent les gamins faire tous les étages, de bas en haut, comme au manège. Le règlement de copropriété précisait pourtant que la cabine était interdite aux enfants non accompagnés.

---

1. Les promoteurs du Paris nouveau des Olympiades voulaient changer l'ADN du vieux Paris. « J'ai longtemps habité dans une cour sombre d'un immeuble hausmannien du 16e arrondissement, je détestais ça », déclara l'architecte. Traditionnellement, dans l'immeuble parisien, les riches habitaient au 1er ou au 2e étage, les étages les plus nobles, tandis que sous les toits, on s'entassait dans les chambres de bonne insalubres, pas desservies par l'ascenseur. La logique de la Tour était inverse. L'ascenseur pour tous simulait une mixité sociale totale, une égalité de traitement pour tous. Mais les plus aisés étaient censés habiter en hauteur pour bénéficier d'une vue sur tout Paris, voire sur la tour Eiffel.

Les couloirs étaient saturés d'odeurs. Certaines femmes préparaient du *pho* le matin, et le proposaient aux autres résidents, en toquant de porte en porte. Au 2e étage de la tour Londres où habitaient les Truong, ne vivaient que des Vietnamiens (les Chinois étaient au 3e, les Laotiens au 4e). On sortait les tabourets pour manger dans les couloirs, les vieilles femmes étaient accroupies, alignées, pieds nus sur la moquette. Dans le poste, on glissait des cassettes et tout le monde chantait en vietnamien. Le matin, Alice Truong et ses copines sortaient sur la dalle faire les exercices de *quigong*, elles étaient alors jeunes, gracieuses, très minces, elles ressemblaient à des chamanes invoquant les esprits.

Les femmes des Olympiades entreprirent même de déblayer les jardinières des mégots : elles avaient emmené des graines de là-bas et plantèrent du liseron d'eau et du basilic thaï.

Au fil des années, les résidents de la tour Londres s'en allèrent. Ils commençaient à gagner un peu d'argent, et beaucoup, comme Victor et Alice Truong, s'endettèrent pour acheter des appartements dans les tours plus chics des Olympiades, comme la tour Melbourne, une tour de « propriétaires ». Le sol des appartements indiquait le changement de standing. Fini le lino collant, remplacé par un carrelage blanc immaculé. Quant au hall, il impressionnait, rutilant, avec ses murs en faux marbre, ornés d'une fresque monumentale et bizarre mais résolument contemporaine. C'était le début de la réussite, ils venaient d'être naturalisés français.

On n'avait plus besoin de cultiver du liseron d'eau et du basilic thaï car on en trouvait désormais chez Tang Frères qui avait ouvert en 1981, ou à Paris Store, son ennemi juré (des Chinois du Cambodge pour le premier, du Laos pour le deuxième). Le week-end, les rues étaient noires de voitures et de monde, mais c'est chez Tang que la foule était la plus dense, on se précipitait sur les bouteilles de *nuoc mam*, de sauce d'huître, sur les seiches séchées. Dans ces étalages odorants, on avait l'impression de saisir un bout du pays perdu que l'on retrouvait ensuite en mangeant lentement, les yeux fermés.

Il y avait même des durians, ce fruit appelé « pourriture du soleil » pour son odeur, glorieuse et entêtante. On le nommait aussi « fruit de la solitude » car il ne tombait que la nuit. Les Truong les achetaient sous plastique, ils peinaient à croire qu'il existait un lieu (leur pays) où les durians tombaient des arbres. Là-bas, pendant la saison, l'odeur magique était partout, les vendeuses ambulantes hélaient les passants, « *sâu riêng, sâu riêng* », les mains poisseuses de la chair riche, jaune, gluante et sucrée.

Au fil des années, l'ensemble des Olympiades se détériora. Les charges étaient exorbitantes pour les propriétaires des Tours auxquels incombait – en théorie – l'entretien de toute la dalle qui, considérée comme une zone privée, ne relevait pas des attributions de la municipalité. L'école et la crèche, ultra-modernes, en verre, pierre et plastique, avaient dû installer un filet au-dessus de la cour : les institutrices y retrouvaient le matin des ordures et des canettes jetées par les fenêtres des tours. Les jardinières étaient de nouveau à l'abandon. Elles débordaient de mégots, empestaient la pisse – même si la municipalité avait mis en place des revêtements anti-urine, le mur se colorait dès qu'une projection le tachait –, sans compter les crottes de chien qui s'y amassaient. Malgré tout, à mesure que le prix au mètre carré augmentait à Paris, les Olympiades, autrefois mal cotées – la densité d'Asiatiques faisait baisser le prix, expliquaient les agents immobiliers –, attirèrent de plus en plus de Blancs : des professeurs à l'université de Tolbiac, des fonctionnaires, des cadres informatiques.

Il avait donc fallu plus de trente ans pour que les promoteurs d'Italie 13 vissent leur rêve exaucé : attirer des CSP+. Soyons honnête, la plupart des CSP+ qui s'étaient installés là, dans les années 2000, auraient préféré, si leur budget le leur avait permis, s'établir dans les immeubles modernes du quartier de la Grande Bibliothèque François-Mitterrand, avec toutes ses commodités, épiceries bio, fromagers affineurs et bouchers renommés. Mais la loi impavide de l'argus immobilier les avait renvoyés aux Olympiades, préférables à l'exil en banlieue à Ivry ou Vitry.

Sur la dalle, des commerces avaient fermé. Sur les vitrines taguées, une pancarte solitaire geignait : « À vendre ». Leurs toits se fissuraient. Ils étaient ondulés comme ceux des pagodes, un hasard dû à la fantaisie des architectes qui n'auraient pourtant jamais imaginé qu'une population à majorité asiatique occuperait un jour les lieux. Dans ce décor de carton-pâte usé, la dalle des Olympiades était un théâtre d'illusions perdues.

Seul le grand temple résistait au temps. Quand il avait ouvert à la fin des années 70, les exilés venus de Chine, du Vietnam et du Cambodge avaient commencé à y accrocher les photos de leurs parents décédés et restés au pays, moyennant une obole au temple. Victor Truong avait payé une petite somme pour y mettre la photo de ses parents morts au Vietnam, son père en 1987, alors qu'il venait d'être libéré d'un camp de rééducation, sa mère deux ans plus tard. Il n'avait jamais pu les revoir. Les photos noir et blanc se succédaient en un diaporama de femmes en longue robe traditionnelle, d'hommes au visage sévère et anguleux, incongrus dans ce pays inconnu où les hasards de l'histoire avaient jeté leurs descendants.

Le nouveau millénaire pointait le bout de son nez. Aux photos de ces ancêtres restés là-bas, vinrent s'ajouter celles des habitants des Olympiades. Certains souhaitaient que leurs enfants fissent rapatrier leurs corps mais c'était si long, si coûteux, qu'ils abandonnèrent. C'était peut-être mieux. Nombre d'entre eux avaient gardé une telle rancœur envers leur terre natale, que même morts, ils ne souhaitaient pas y remettre les pieds. Et c'était dans le temple des Olympiades que leur esprit reposait.

Alice Truong croyait aux fantômes. Comme tous ses compatriotes, elle avait accroché devant sa porte un petit miroir octogonal pour éloigner les spectres. Sa fonction était d'effrayer les mauvais fantômes, qui, terrifiés par leur image, étaient censés s'enfuir. Les gentils fantômes, ceux des aimés perdus, il fallait au contraire patiemment les attendre. Guetter leurs souffles qui s'envolaient dans la brume de la nuit. Les amadouer en leur préparant des plats succulents, qu'on laissait sur l'autel des ancêtres, là où leurs photos étaient alignées. « Si tu touches ne serait-ce qu'un grain de riz, ce sont les fantômes qui te mangeront », menaçait Alice. Anne-Maï n'osa jamais briser cet interdit.

Les fantômes étaient partout.

Dans le magnétoscope, par exemple. Qu'Alice Truong n'abandonna jamais, même quand les DVD remplacèrent les cassettes VHS. Selon Alice, la télévision vibrait d'une façon particulière quand une cassette vierge était en cours de lecture. La nuit, elle fixait la mire, distinguant confusément les visages des absents et leurs messages cachés dans le grésillement du téléviseur.

La famille d'Alice Truong avait le don de communiquer avec les morts. La tante Deux (on appelait souvent les tantes par un numéro, en fonction de leur place dans la fratrie) se livrait au rite de *len dông*, un exorcisme qui faisait surgir les trépassés. Elle se tordait, dansait, possédée : ils l'habitaient. Alice se souvenait de l'encens éployant sa fumée en tornades sinueuses devant l'autel des ancêtres, la silhouette décharnée de la tante Deux se déhanchait férocement et les voix d'outre-tombe, caverneuses ou stridentes, chantaient, parlaient, riaient, surgissant de la bouche désarticulée de la tante Deux. Devant sa fille incrédule, Alice répétait : « Tu sais, il y a ceux qui voient les fantômes. Et ceux qui ne les voient pas. »

Les fantômes. Au sous-sol de la dalle des Olympiades, on pouvait entendre leurs voix.

Dans le labyrinthe des rues souterraines qui reliaient les parkings, la Tour se dépliait, en miroir inversé. Les néons défaillants baignaient ces sous-sols d'une luminosité blafarde. Les sons et les voix voyageaient dans l'entrelacs des tuyaux et canalisations. On percevait parfois un rire d'enfant, des bribes de conversations, les pleurs d'un bébé et leurs échos, noyés de réverbération. D'où venaient ces voix sans visages ?

Dans la journée, la rumeur était bien plus distincte, laborieuse : toute une partie des sous-sols était occupée par les entrepôts de stockage des multiples commerces alimentaires du quartier. Profitant des infrastructures de la défunte gare des Gobelins, le réseau des voies devenait une plateforme de livraison comme à Rungis. Des centaines de manutentionnaires s'y affairaient. C'est là que, dans les années 80, Victor Truong avait travaillé avant d'obtenir un poste dans les bureaux d'une société d'import-export, à la surface. Il avait pris sa retraite depuis quelques années. Le souvenir de ces années où il trimait en bas était devenu lointain, pourtant, il redoutait toujours d'avoir à redescendre dans les entrailles des Olympiades, ne serait-ce que pour ranger la cave.

Voilà pourquoi les Truong ne fréquentaient jamais le petit temple caché sous terre. Pour s'y rendre, il fallait s'aventurer rue du Disque. Sur un mur fluorescent à la lumière des néons, un gigantesque poisson avait été peint. Certains jours, entre deux chaudières, un labyrinthe de tuyaux, un parking, des « colonnes sèches », trois entrepôts, des caves, on pouvait suivre l'odeur de l'encens, ou bien le son des gongs et des chants. Une minuscule porte d'entrée permettait de pénétrer dans le temple secret des Olympiades, rouge, avec ses lampions, ses guirlandes, ses décorations dorées. Le soir, le temple fermait. Les entrepôts étaient verrouillés à double tour. Les manutentionnaires regagnaient la surface. Une autre rumeur encore gagnait alors les sous-sols. Celle des habitants du dessous.

À l'époque de la gare des Gobelins, quand le chantier des Olympiades n'était encore qu'un projet, les souterrains abritaient ceux qu'on n'appelait pas encore SDF, mais clochards. Ils venaient de la Zone, ce terrain vague aux portes de Paris, juste après la Porte d'Italie et avaient décidé d'occuper les souterrains de la gare des Gobelins. On y cultivait des champignons et des endives.

Lors de la construction des Tours, à la fin des années 60, la mairie avait tenté de chasser ces indésirables. Pendant quelques années, ils avaient disparu. Et puis, à l'aube des années 2000, ils étaient revenus. Squattant les parkings, les box semi-fermés, les caves désaffectées, les locaux techniques. Il y avait tant de recoins et de caches. Comme leurs prédécesseurs, ils profitaient du transit de marchandises alimentaires pour piocher de quoi se nourrir. Une seule chose avait néanmoins changé : leur couleur de peau et leur langue. Les habitants du sous-sol étaient des réfugiés venus de partout, d'Afrique comme d'Asie. Ou plutôt : des migrants, puisqu'on les désignait désormais ainsi.

Ces derniers attendaient depuis des années leur régularisation à l'OFPRA, cette mystérieuse institution qui pouvait vous catapulter chez les élus en vous octroyant le droit d'asile, ou vous chasser au purgatoire, avec le coup de tampon réservé aux indésirables. Attendaient-ils encore ? Certains semblaient coincés dans une non-vie, n'espérant rien, mais continuant de plaider leur cause auprès des traducteurs de l'OFPRA excédés, qui n'en pouvaient plus de rapporter toujours les mêmes rengaines, ces histoires-types, mal apprises, mal régurgitées, que leurs compatriotes croyaient capables d'attendrir l'officier derrière le guichet.

On pouvait aussi, moyennant finances, s'offrir un virtuose du trafic de fausses histoires. Un homme vendait des récits tout prêts qui faisaient fureur à l'OFPRA. On l'appelait « le maître des histoires ». Ombre parmi les ombres dont il imaginait les vies, il habitait au sous-sol, box numéro 47.

Les Truong et tous les réfugiés d'hier dénonçaient avec virulence ces réfugiés d'aujourd'hui. Alice Truong détestait également l'autre Chinatown à Paris, le quartier de

Belleville envahi de Chinois arrivés dans les années 90, non par bateau, mais bien souvent par la route, cachés dans les palettes de marchandises transportées en camion ou dans les faux plafonds de cars. La traversée de l'Europe d'est en ouest durait quatre jours, qu'ils passaient recroquevillés, leurs couches puantes aux fesses puisqu'il leur était interdit de sortir pour se soulager. Ces Chinois-là, *wenzhou*, pour la plupart – du nom de la province en Chine d'où ils étaient originaires –, n'avaient rien à voir avec les Chinois *teochew* du 13e arrondissement, qui venaient du Vietnam, du Cambodge, du Laos, où ils avaient vécu depuis des générations. Ils ne parlaient pas la même langue, ne mangeaient pas la même nourriture. Alice était déjà allée à Belleville pour rendre visite à Line Wu, de la famille Wu[1]. Elle avait été scandalisée. Le sans-gêne *wenzhou* ! Line ne l'était pas moins. Elle, une *Teochew,* ne s'entendait pas avec les *Wenzhou*, sauf quand il s'agissait de condamner ces prostituées chinoises, des *Dongbei*. Elles s'affichaient au grand jour, battant le pavé en anorak à Belleville. Et tous les Asiatiques, qu'ils fussent *teochew*, *wenzhou*, hongkongais, japonais, vietnamiens, étaient outrés.

---

1. Monsieur Wu, le spécialiste des herbes médicinales, connu de toute la France et qui habite tour Melbourne, reproche souvent à Line de ne pas être restée aux Olympiades et d'avoir choisi de s'installer à Belleville. L'ennemi intime de monsieur Wu, monsieur Chow, habite Belleville. L'homme a une boutique de téléviseurs. Mais ce n'est qu'une façade. En réalité, monsieur Chow pratique lui aussi la magie et sait faire parler les morts : sa renommée fait de l'ombre à monsieur Wu. (Voir aussi la note 1 p. 33.)

En tant qu'étranger, la règle de base était de rester discret. Les nouveaux migrants avaient d'ailleurs appris à se cacher pour survivre. Dans les bennes à ordures[1]. Dans les cabines Autolib qui apparaîtraient dans les années 2010. Et surtout dans les sous-sols. Il y avait tout un Paris souterrain que le monde de la surface ignorait. À La Défense[2], ou dans les parkings des Olympiades, sans-abri et migrants avaient investi le monde du dessous.

1. Les fabricants de bennes travaillent aujourd'hui sur un système électronique de reconnaissance de chaleur, pour éviter que les bennes ne soient squattées par des humains. On a déploré en effet plusieurs accidents, des SDF dormant au fond des bennes, jetés dans le camion poubelle et broyés dans la presse, les opérateurs de la Ville n'ayant pas vu la silhouette cachée dans son sac de couchage. « Maintenant, on vérifie qu'il n'y a pas de personnes endormies », dit Hyacinthe Parfait, éboueur. Désiré, le frère de Hyacinthe, conducteur à la RATP, a été traumatisé par le suicide d'un homme s'étant jeté devant son métro, il est en congé maladie, et cauchemarde tous les soirs du bruit sourd du corps heurtant la vitre, des bouts de cervelle maculant le pare-brise. « J'ose pas imaginer le corps de ces pauvres types broyés par le camion poubelle, ça doit être pire », lui a dit Hyacinthe pour le consoler.

2. Jean, sino-cambodgien, arrivé en France en 1976, s'est installé aux Olympiades, tour Athènes. Il a travaillé avec Victor Truong comme manutentionnaire dans les sous-sols des Olympiades. Le problème de Jean, c'est l'alcool. Ça le rend mauvais. Le soir, il a longtemps tapé sa femme. Elle l'a quitté au milieu des années 80. Jean a perdu son emploi, puis son logement. Ayant honte d'être reconnu dans le 13e, il a pris ses quartiers très loin, dans les sous-sols de La Défense. Il habite au niveau −4. L'employé de la boulangerie Paul l'aime bien et lui donne tous les jours ses invendus.

Alice les avait déjà aperçus. En descendant à la cave. Elle avait cru à des fantômes. Une cité entière peuplée de fantômes. Son sang s'était figé. Car même si elle croyait aux fantômes, ceux qui colonisent l'esprit, parlent aux vivants, dansent et peuplent les forêts du Vietnam, elle n'en avait jamais vu autant que dans le parking des Olympiades.

Cette ville souterraine s'était organisée. Certains box de parking étaient entièrement meublés, des matelas au sol, une petite table ici et là, les familles vivaient dans les vapeurs de diesel, sans air frais ni lumière, mais avec une température à peu près constante, ni trop chaud l'été, ni trop froid l'hiver. Le peuple du sous-sol restait silencieux de peur d'être dénoncé et chassé. Il fallait tendre l'oreille pour en saisir les murmures polyglottes.

Dans le box 47, le maître des histoires était le seul qui ne murmurait pas. Il écoutait les peines, les joies, les souvenirs. Et puis il racontait. Il s'installait sur un tabouret et tout le peuple du dessous s'agglutinait autour de lui. À ce peuple qui n'avait plus rien, ni argent, ni identité, ni papiers, il restait au moins ça : les histoires. Tous aimaient l'écouter. Pour les éclairer, le maître des histoires utilisait son smartphone et la lueur bleutée de l'écran, se reflétant sur ses dents, lui donnait l'apparence d'un spectre.

Jean a rafistolé un ordinateur qu'il a trouvé dans une poubelle du CNIT et il a même repris contact avec son ex-épouse sur Facebook. Il lui a dit qu'il était parti vivre en Allemagne.

Un soir, Alice l'avait aperçu, entouré de son public. De son visage mangé par l'obscurité, seul apparaissait son sourire phosphorescent. Sa voix ténébreuse et profonde résonnait, bruissant de mots soyeux qu'elle ne comprenait pas. Terrorisée, elle était remontée chez elle en courant. Elle avait toujours su que les fantômes existaient. Elle ignorait juste qu'ils vivaient là, si proches d'elle.

Ascenseur (1)

La tour Melbourne est desservie par six ascenseurs. Les deux de gauche desservent les étages 1 à 15, ceux de droite les étages 15 à 30.

L'heure de pointe est aux alentours de 8 heures. Clément habite l'appartement 510, juste à côté de celui de Victor et Alice Truong. Il tente d'éviter ce créneau. Il est 8 h 45. Dans le couloir du 5e étage, il piétine, tandis que le bouton clignote. Personne. Il va pouvoir rejoindre le rez-de-chaussée tranquille. Une porte s'ouvre. C'est le voisin du 516, Marcel Vuong. Marcel Vuong souffre du complexe de Diogène, son appartement est encombré de cartons, de revues et ça déborde jusque dans le couloir. Clément s'en est plaint au syndicat de copropriété. En vain. L'ascenseur arrive. Clément s'y engouffre. Il appuie frénétiquement sur le bouton « Fermeture des portes[1] » alors que l'autre

---

1. Selon les ascensoristes, TyssenKrupp ou Otis, le bouton « Fermeture des portes » est le bouton le plus utilisé par les usagers. Tous les ascenseurs livrés en Chine – le pays où on livre le plus

court bruyamment. Dans l'embrasure, le visage de l'intrus. « Attendez, attendez ! » dit-il avec un accent asiatique très prononcé. Les portes se referment. Sauvé.

Arrivée à destination. Une vieille dame asiatique attend à côté d'un homme de type caucasien, âgé d'une soixantaine d'années, très chic, en costume cravate. Clément ne leur accorde pas un regard. Il a l'œil rivé sur son téléphone. Internet ne passe pas. Qu'importe. Comment faisait-on avant les téléphones, dans les ascenseurs et les halls d'immeuble ? L'écran et les écouteurs lui permettent de se réfugier dans sa bulle. D'effacer tous ces gens. L'enfer, c'est les autres.

---

d'ascenseurs – sont dotés du bouton « Fermeture des portes ». Un article du *New York Times* a révélé que lesdits boutons seraient des boutons placebo. Ils ne ferment rien du tout. L'usager appuie, croit qu'il maîtrise sa destinée d'utilisateur d'ascenseur en contrôlant la vitesse de fermeture de la porte, mais il n'en est rien. Le bouton a la même fonction que celui sur les feux de circulation destinés à faire croire aux piétons que le feu rouge arrivera plus vite.

Le chien de Houellebecq
Appartement 510, Clément Pasquier

La première fois que Clément rencontra Clément, il le trouva magnifique. C'était au musée T., en 2019. Il aperçut d'abord ses yeux. *I am watching you*, clamait la banderole de trente mètres représentant les yeux de Clément, le chien du célèbre écrivain Michel Houellebecq, et ceux de son maître. Photographiés en plan si rapproché qu'il était impossible de savoir quelle pupille appartenait au chien ou à l'homme. Et il tomba en amour.

Le musée sortait alors du *Poulegate*. Quand un artiste contemporain s'était lancé dans une performance originale, couver des œufs pendant plusieurs mois, L214, la puissante ligue contre la souffrance animale, avait assigné le musée pour maltraitance et actes de barbarie. « Nous dénonçons ce terrorisme anthropocentré », avait protesté L214 qui fustigeait « une négation de l'être sensible de la poule ». Lesdits œufs avaient été récoltés dans un poulailler bio – celui du père de l'artiste, agriculteur – mais ce dernier, comme tous ses collègues, pratiquait l'insémination avicole, opération complexe qui consistait à recueillir la semence des coqs via une petite pipette et à l'injecter à la poule avec une « mitraillette système volumétrique paillette ». Des images, filmées en caméra cachée, furent diffusées par L214 sur le Web. Le poulailler du père de l'artiste, au Theil-sur-Huisne dans l'Orne, fut brûlé, avec des tags « Ici, on viole les poules ». L'artiste fut chassé du musée pendant sa performance par des activistes déguisés en poulets qui l'enduisirent de goudron et de plumes. Pendant un mois, le personnel du musée dut se rendre au travail sous les huées des activistes qui diffusaient des cris de poussins au mégaphone. L'expo « Je suis Clément » venait à point nommé pour effacer le *Poulegate*.

C'était un énorme succès. Dans la queue, des étudiants déguisés en chien distribuaient des stickers « Je suis Clément » et des petits sacs à déjections canines assortis. Des adolescentes japonaises se prenaient en photo avec leur perche à selfie, coiffées de serre-tête rehaussés d'oreilles de chien. Des familles roumaines qui se faisaient passer pour syriennes tendaient des panneaux en carton en marmonnant des mélopées indistinctes. Clément Pasquier était fan de Houellebecq. Il avait attendu des heures pour obtenir un ticket d'entrée. Au guichet, il lui manquait son justificatif Pôle emploi pour obtenir sa réduction. Il dut payer plein pot.

La visite commençait par la salle des « reliques ». Exposés sous vitrine, divers objets ayant appartenu au chien Clément, dont une girafe Sophie[1], un accessoire aussi prisé des jeunes bébés que des chiens, car elle réduisait la plaque dentaire, dont les chiens souffraient tout autant que les humains, et qui dit plaque dentaire dit tartre, dit attaque bactérienne, dit réduction de l'os gingival et donc risques accrus de parodontose. Clément contempla le certificat de pedigree de « Welsh Corgi » de l'animal. C'était un pur-sang. On ne badinait pas avec les races, dans l'élevage de chiens. La survie de l'espèce en dépendait. Clément s'interrogeait sur l'avenir de la France, hachée menu au robot mixeur du métissage : combien de temps cette grande mascarade durerait-elle encore ? « Attentifs, ensemble », répétait la voix synthétique de la RATP, recrachant la doxa d'une époque obsédée par le « vivre-ensemble ». Vivre ensemble. Voilà ce que les bonnes âmes de gauche serinaient *ad nauseam*. Ces zélotes de la globalisation ne réalisaient pas qu'ils célébraient la fin de l'Histoire. Les églises s'écroulaient, l'homme blanc était en voie de disparition. On n'avait pas le droit de parler de « Grand Remplacement », les gardiens du politiquement correct veillaient. Pourtant la réalité était là. La France était « remplacée ». Elle avait la chiasse. Elle se vidait de l'intérieur. Les flux migratoires avaient détraqué son

1. Il n'y a plus que 150 000 girafes dans le monde, contre 5 millions d'exemplaires de Sophie en plastique. La girafe est une espèce menacée. Mais bien après leur extinction, leurs avatars en plastique continueront à coloniser terres et océans : le progrès.

organisme. Elle avait essayé d'assimiler, de digérer, d'intégrer, mais ça ne passait pas.

Il continua son chemin dans l'exposition. Dans les enceintes résonnait la bande sonore de *Clement 4 Ever,* une sonate bruitiste conçue par l'Ircam, qui avait modélisé les aboiements du chien. Clément aboyait à peu près à la fréquence de 392 Hz, celle du *la* baroque. Le *la* parfait. C'est un moine bénédictin qui a inventé la « solmisation », c'est-à-dire le nom des notes que nous utilisons en France et dans d'autres pays germaniques, en reprenant le début de vêpres en latin, *Utqueant laxis / Resonare fibris / Mira gestorum / Famuli tuorum / Solve polluti / Labii reatum / Sancte Ionaes.* Le *la* correspond donc au début du vers *Labii reatum,* « lèvres souillées ». Les Anglo-Saxons utilisent la notation alphabétique, le *la* étant le A. Tandis que les Indiens utilisent un système plus complexe. Le *la* serait le *Shuda Dhawatan,* c'est-à-dire cri de l'éléphant. La décadence commençait pour Clément Pasquier à ce point d'inflexion historique : le glissement dans les aigus du *la* du diapason qui, à l'époque romantique, monterait jusqu'à 440 Hz. Clément Pasquier avait l'oreille absolue. Clément le chien aussi, à ce qu'expliquait le conservateur. D'autres chiens avaient eu ce don, tel Peps, le chien de Wagner, blotti aux pieds de son maître quand il composait, ou Dan, le bouledogue à qui étaient dédiées les variations Enigma du compositeur Elgar, qui aboyait sur les choristes chantant faux.

Après la salle des reliques, on atteignait le « Clément Couloir », plongé dans l'obscurité, où les photos du chien défunt étaient éclairées par la lueur tremblante de quelques bougies. Les visiteurs rentraient un à un. Comme dans les toboggans d'Aqualand, une petite lumière rouge ou verte leur indiquait s'ils pouvaient continuer leur périple, jusqu'au « vortex de l'amour absolu ».

Clément s'y engagea, le cœur battant. Dans le noir, il entendit la voix inimitable de Houellebecq qui récitait un poème d'Iggy Pop, une ode au chien, « cette machine à aimer ». Il se sentit submergé d'une émotion incontrôlable. Et il comprit. Clément le chien, c'était lui.

*

Clément Pasquier avait grandi à Ballon, une petite bourgade près du Mans, au nord de la Sarthe. Ballon était situé sur la départementale D350, en direction du pays du Perche. La commune était absente des guides, Routard ou Lonely Planet. Pourtant, son passé était prestigieux. Ballon (qu'il fallait désormais appeler Ballon-Saint-Mars, cette manie administrative de changer le nom des villages !) était situé à la frontière de la Sarthe et de l'Orne. Dominant le village, on distinguait encore le château fort et le donjon de Ballon, érigé au Moyen Âge. Pendant des siècles, Ballon constitua la « porte du Maine ». Un carrefour stratégique aux environs du premier millénaire puisque le Maine, province tampon, coincée entre la Bretagne, la Normandie et l'Anjou, fut l'enjeu de toutes les convoitises jusqu'à la guerre de Cent Ans. Pauvre Maine : voilà une région qui n'avait jamais eu de chance.

Après la Révolution, le Maine fut pulvérisé avec l'instauration des départements. Remplacé par deux départements faits de bric et de broc, la Sarthe et la Mayenne, correspondant au Haut-Maine et au Bas-Maine. Même absurdité historique dans la région artificielle que représentaient les Pays-de-la-Loire, dont Nantes la Bretonne était la reine, reléguant Le Mans au rôle de vassal méprisé.

Toutes ces aberrations avaient été décrétées par des technocrates parisiens ignorant tout de l'histoire des terroirs de France. Cela aurait désolé le grand-père de Clément. Le Vieux, féru de généalogie, avait remonté sur plusieurs siècles leur lignée, circonscrite dans un triangle entre Laval, Ballon et Le Mans. Les Pasquier étaient une vieille famille du cru, il y avait même dans le tas des nobles qui avaient perdu leur tête à la Révolution. Petit, Clément feuilletait les livres du Vieux, qui racontaient une histoire foisonnante remplie de chevaliers preux et de rois maudits. Il se passionnait pour la guerre de Cent Ans : c'est au Mans que Richard Cœur de Lion était né. Mais son héros préféré était un personnage méconnu, un comte du Maine. Herbert Éveille-Chien, alias Herbert Ier du Maine, qui avait défendu la forteresse de Ballon, attaquée par des familles de Bellême, venues du Perche voisin, et des familles d'Anjou. Herbert Éveille-Chien ! Le surnom venait des chiens de chasse du seigneur, car comme ses nobles bêtes, Herbert Éveille-Chien se leva à l'aube toute sa vie durant pour aller ferrailler contre les envahisseurs.

Clément ne figurait pas sur l'arbre généalogique des Pasquier. Le garçon avait vite compris pourquoi : il était un bâtard. Lorsqu'à la rentrée scolaire, il fallait remplir la maudite fiche de renseignements, Clément marquait « décédé » dans la case « père ». Le garçon avait longtemps été fier de porter le nom de sa mère, de ses grands-parents, Pasquier, avant de comprendre qu'il ne le portait que par défaut : aucun homme n'avait souhaité lui léguer le sien.

Le garçon avait grandi avec sa mère et ses grands-parents dans la mancelle familiale, un lieu étouffant, avec une façade en crépi jaune, un salon sombre tapissé d'un papier à grosses fleurs violettes, des chambres humides, un jardinet étroit, un poulailler au fond du jardin. Et pour compagnons, les fantômes des comtes du Maine.

« Mais t'as deux mains gauches. » « Quelle cloche, celle-là. » La mère de Clément, femme effacée au regard absent, ne répondait jamais aux brimades. La vie passait sur elle sans imprimer. Elle restait indifférente aux piques de ses parents, incapable de défendre son fils. Un jour, il n'avait pas voulu finir un plat de rognons, la Vieille l'avait obligé à rester debout mains sur la tête dans le poulailler du jardin toute l'après-midi, tandis que les poules terminaient les vestiges de son déjeuner. Sa mère n'avait pas pipé mot.

La Vieille ne l'avait jamais aimé. Portes fermées, il l'avait entendue l'appeler le bâtard. Il avait longtemps cru à un surnom, ne sachant pas ce qu'il signifiait, sans doute quelque chose de sale. Les mercredis après-midi, la Vieille recevait ses amies pour des parties de rami. Elles se ressemblaient toutes, les cheveux teints, le parfum bon marché, les larges narines d'où sortaient des poils, les mains ridées pareilles à des gants plissés. Leurs chairs blettes s'étalaient dans le canapé du salon. Il fallait leur faire la bise. Ça écœurait Clément. Lorsqu'il se penchait vers elles, l'odeur acide de leur transpiration, entre fromage et chou, perçait sous le parfum musqué. Les femmes blettes le pressaient fort contre leurs seins, jusqu'à ce que sa bouche se collât sur leurs peaux, jouissant de ce baiser d'enfant, se repaissant de sa jeunesse.

Le Vieux n'était pas aussi mauvais que la Vieille. Clément l'admirait. Ancien instituteur, il avait écrit à la retraite un livre imposant. *Histoire de Ballon et de la Marche de Bretagne, de l'influence des Carolingiens*, qui lui avait valu des invitations aux 24 heures du livre, le prestigieux salon littéraire du Mans. Le Vieux aimait raconter l'histoire de la région. La saga des comtes du Maine. Ou encore la guerre de Vendée – chez les Pasquier, on disait « génocide », on aimait les chouans. Le Vieux n'avait pas son pareil pour raconter la bataille sanglante du Mans, l'affrontement le plus meurtrier de cette guerre où furent massacrés, répétait le Vieux, les « blancs » (les catholiques attachés à la royauté, les paysans de la Sarthe), éradiqués par les « bleus » (les républicains soutenus par l'ordre bourgeois). Le Vieux abhorrait les révolutionnaires qui avaient pulvérisé l'ordre ancien. Il lui avait fait lire Alphonse Daudet, Léon Bloy, Charles Péguy, Joseph de Maistre.

Clément avait beau être bon élève et se tenir parfaitement droit à table (la Vieille mettait des punaises sur la table, pour l'empêcher de poser ses coudes), rien n'y faisait. Il restait le bâtard. L'enfant sans père qui leur faisait honte à eux, catholiques et fiers de l'être, piliers de la paroisse. Sa mère aurait dû prendre ses cliques et ses claques, fuir cette atroce maison qui puait la vieillesse et la mort. Employée municipale, elle gagnait sa vie, après tout. Mais non, elle se taisait.

Comment cette malheureuse avait-elle à l'époque trouvé le courage de s'enfuir avec un homme ? Le type se disait artiste. Il reprenait le répertoire de Johnny Hallyday dans les foires de province et prétendait connaître la star. Dans la maison au papier violet, il était interdit d'évoquer son existence. Et d'écouter Johnny : on éteignait le poste dès que la radio diffusait un de ses tubes.

Le soir, la mère écoutait en cachette « Quelque chose de Tennessee ». Fredonnait silencieusement : « On a tous quelque chose en nous de Tennessee/ Cette volonté de prolonger la nuit/ Ce désir fou de vivre une autre vie. »

Cette chanson, elle parlait d'elle, de l'Amérique dont elle avait toujours rêvé, de cet homme qui lui avait insufflé « ce rêve en nous avec ses mots à lui ». Quand après un concert au Balto, au Mans, il avait entonné « Quelque chose en nous de Tennessee » en plongeant son regard dans le sien, elle avait chaviré. Elle avait fini dans son lit. Puis s'était retrouvée en cloque. Pendant sa grossesse, elle avait enflé, des vergetures sur le ventre et les jambes, teint brouillé yeux bouffis. Le faux Johnny était reparti avec ses amplis, sa guitare, son blouson en similicuir. Elle avait accouché seule. Quand il avait fallu déclarer l'enfant à la mairie du Mans, le fonctionnaire avait écrit « père inconnu ».

L'enfant était roux comme le faux Johnny. Il avait hérité de sa peau laiteuse, de sa silhouette maigre et dégingandée. Il ne ressemblait pas aux Pasquier, tous charpentés, le nez camus, les épaules larges. Le Vieux avait un cou de taureau, des pognes à casser des billots de bois. Ses élèves, au primaire, étaient terrorisés par sa grosse voix de baryton. À côté de lui, Clément se sentait aussi minable que sa mère. Quand Clément mua, il fut éjecté de la chorale, l'un des seuls endroits où il se sentait à sa place. Il réalisa avec étonnement que c'était la voix du Vieux, cette voix de baryton si reconnaissable, qui sortait désormais de sa poitrine. Il était bien un Pasquier. Mais le Vieux ne l'entendit jamais. On le retrouva un beau jour, la tête dans la cuvette des toilettes. Une attaque. La Vieille le traîna au lit. Quand les secours arrivèrent, il était déjà clamsé. Clément avait 13 ans. Puis vint le tour de la Vieille. Un AVC la laissa abrutie. Elle fut hospitalisée au centre de l'Arche, près du Mans. Aphasique et paralysée. À peine rentrée à la maison, elle fut foudroyée par un second AVC et retrouvée morte dans son lit.

Clément pensa que tout allait changer. Sa mère était enfin libre. Mais pareille à ces otages atteints du syndrome de Stockholm, elle était perdue sans ses persécuteurs. Pendant des semaines, elle cessa de se lever. Clément lui apportait son café, le matin, de la soupe Knorr à midi, de la compote le soir, toujours au lit. Que du liquide : mâcher était trop fatigant pour elle. Elle consentit finalement à se lever et à reprendre le travail. Mais pas question de déménager. Fidèle à la mémoire de ses parents qui l'avaient pourtant si mal aimée, elle resta dans l'atroce petite maison qui sentait le vieux, sans même changer le papier peint violet. Elle avait 40 ans, en paraissait vingt de plus avec ses grosses poches sous les yeux, ses plis sur le ventre, ses jambes énormes et variqueuses. Elle perdait ses cheveux par poignées. Parfois, elle soulevait une mèche et montrait à son fils un médaillon tout blanc, la peau de son crâne chauve. « Les soucis, mon poussin. Tu sais, ta maman va bientôt mourir », murmurait-elle. Il avait alors envie de la secouer. Il ne voulait pas voir son crâne chauve. Ni ses jambes variqueuses. Mais elle insistait, regarde poussin, regarde mes jambes, c'est pas joli joli, non, et sur ses jambes gonflées comme des outres, blafardes, les veines bleues, varices et varicosités dessinaient d'effroyables motifs en relief. Elle était apeurée. Peut-être le craignait-elle, lui, qui désormais la dépassait de quatre têtes et lui parlait avec rudesse, comme la Vieille.

Clément s'était installé dans la grande chambre, celle des vieux. On y sentait toujours leur odeur. Il dormait dans leur lit, celui où ils étaient morts. Ça l'avait un peu dégoûté, mais il n'était pas question de se séparer du lit, massif en chêne ouvragé, vieux d'un siècle, le meuble le plus précieux de la maison. C'est là que l'arrière-grand-mère avait accouché. Né dans ce lit, le Vieux y avait fini ses jours. Il semblait juste que Clément y prît sa place. Mais il dormait mal. Il étouffait. Il rêvait de partir à Paris.

*

Après le baccalauréat, qu'il avait obtenu brillamment juste avant le millénaire, il avait été accepté dans un prestigieux lycée en plein Quartier latin, en internat. Paris ! Ivre de cette nouvelle liberté, il voulait se réinventer. Il gagnerait beaucoup d'argent, prendrait sa revanche sur les bouseux qui l'avaient moqué à l'école, coucherait avec plein de filles. Son avenir se dessinait déjà. Mais comme toujours, le réel l'avait rattrapé. Il avait raté les concours des écoles de commerce et il avait dû se réinscrire à la fac. La Vieille devait bien rigoler, dans sa tombe. Telle mère, tel fils. Le matin, il se regardait dans le miroir, déprimé par ce qu'il voyait : un vieillard de 20 ans. Ses tempes étaient grignotées sur les côtés par un début de calvitie. Il perdait ses cheveux comme sa mère. Son visage le dégoûtait, ses touffes de cheveux roux héritées d'un père inconnu, et l'ombre de sa mère dans le pli triste des paupières et les poches sous les yeux.

Il cessa d'aller à la fac. Il ne supportait plus ses congénères, leur aisance, leur beauté, leur allégresse juvénile, et surtout, cette espèce d'électricité sexuelle entre garçons et filles dont il était exclu. Il se calfeutrait chez lui. Ses seules sorties le menaient à Pôle emploi.

Sa conseillère était une blonde plantureuse à la voix chuintante et aux seins ronds qui tressautaient à chaque fois qu'elle se penchait. Elle voulait le convaincre de passer des concours pour devenir agent administratif territorial catégorie C. Lui ! Qui avait obtenu son bac avec la mention Très Bien ! Il la trouvait commune. Mais il restait aimanté par sa queue-de-cheval se balançant sur sa tête ronde. Elle lui rappelait Armelle, la blonde de la prépa dont tous les garçons étaient fous, et dont la queue-de-cheval dansait sur les épaules quand elle marchait. Le soir, il invoquait cette image pour se masturber, mais toujours venait s'interposer celle de la conseillère blonde à la voix chuintante.

Les filles. Il n'en avait quasiment jamais touché. Leurs peaux, leurs seins, leurs fesses, leurs bras, leurs cheveux. Il les effleurait, à l'improviste, un contact furtif dans le métro, au supermarché. Il n'avait rien à se remémorer, à part quelques étreintes avortées. S'il avait réussi les concours, tout aurait changé. Ces grandes écoles étaient de véritables baisodromes, ça copulait partout, l'alcool coulait à flots dans les soirées, les filles craignaient de passer pour des polardes et elles se laissaient faire après deux whisky-coca, tant était lourde la pression du groupe. Il fallait « s'amuser ». Donc coucher. Une fois diplômé, la fête aurait continué, il serait devenu trader, banquier, consultant, décideur, l'argent et le pouvoir, voilà quels étaient les vrais aphrodisiaques, les filles se seraient ruées sur lui, des mouches affamées autour d'un pot de miel.

Hélas, il avait raté le concours. Et voilà. Il était ce pauvre type contraint à s'adapter à une économie de la rareté. À part des moches, quoique même les moches faisaient la fine bouche devant lui, qui pourrait-il baiser ? Personne. Les jolies filles étaient réservées à ceux qui étaient en haut de la courbe, les footballeurs, les hommes politiques, les P-DG. On appelait cela la VMS = valeur sur le marché sexuel. La sienne était proche de zéro. Le capitalisme avait déglingué les relations humaines. Il rêvait aux temps anciens. L'époque des chevaliers, des comtes du Maine, du donjon de Ballon quand chacun savait où était sa place.

*

« Le libéralisme sexuel produit des phénomènes de paupérisation absolue. » Quand Clément avait lu cette phrase dans *Extension du domaine de la lutte*, il avait eu une révélation. La société moderne était obsédée par la quête du plaisir. La perte des valeurs morales avait produit des idoles vides. En lisant Houellebecq, il avait soudain eu l'impression que l'écrivain lui parlait dans le creux de l'oreille. Il avait tout dévoré, poèmes, romans, récits. Il collectionna tous les articles qui parlaient de son idole. Il avait même programmé une alerte Google « Michel Houellebecq ». Michel Houellebecq habitait dans le 13ᵉ arrondissement. L'écrivain assurait respecter la communauté asiatique, tranquille, bien intégrée, la minorité « modèle ». Clément décida d'aller sur ses traces. Il s'était installé dans une des tours des Olympiades en 2005. Il avait tout de suite détesté l'endroit, mais n'en était jamais parti. Les loyers étaient stratosphériques à Paris et Chinatown restait l'un des seuls quartiers accessibles. En fait, il était devenu prisonnier du lieu, drogué à la détestation qu'il lui inspirait, qu'il entretenait, ressassait, comme un bouton de moustique qu'on gratte jusqu'au sang.

La débandade de la France, la défaite de son éternelle beauté, le symbole d'un pays en voie de disparition : voilà ce qu'il contemplait tous les jours de la fenêtre de sa tour. L'architecture du quartier l'oppressait. Les ciels de la Sarthe étaient d'un noir profond la nuit, on pouvait y observer la Grande Ourse, alors qu'à Chinatown, polluée par la luminosité nocturne, on ne voyait jamais d'étoiles. Le château fort de Ballon et son donjon, les remparts ceignant la ville du Mans : Clément avait grandi dans un territoire où partout l'histoire de France avait laissé des traces. Chinatown et son paysage urbain indifférencié en était l'exact contraire. Les Tours incarnaient à ses yeux la folie des hommes qui ne juraient que par l'Argent (il s'agissait à chaque fois de caser le maximum d'individus en une surface limitée pour des raisons de rentabilité). Jadis, l'homme construisait en hauteur, soit pour honorer Dieu, soit pour se protéger en cas de guerre. De façon ironique, à partir du XXe siècle, la tour perdrait de son usage défensif, devenant à l'aube du

XXIe siècle la cible parfaite : personne n'oublierait jamais la silhouette des Twin Towers s'effondrant en direct à la télévision. Mais Ben Laden croyait en quelque chose, se disait Clément. Alors que les milliers de victimes du 11 Septembre, traders, banquiers, restaurateurs, n'étaient hélas rien d'autres que de petits soldats de la mondialisation.

Des boutiques et des restaurants : voilà à quoi se résumait la ville moderne. À Chinatown, on ne trouvait que cela. Manger, acheter, manger, acheter. La ligne 14 racontait cette déchéance. À Châtelet, au centre de Paris, battait encore le cœur de l'histoire. La Sainte Chapelle, la tour Saint-Jacques, l'église Saint-Eustache. À Bercy, on célébrait l'argent et le divertissement. À Grande-Bibliothèque, les bâtiments étaient censés représenter des livres, mais ils ne s'inscrivaient dans aucun passé. Venait enfin le terminus : Olympiades. Le dernier cercle de l'enfer. Le chaos. Le bruit. Les klaxons. Avec son oreille absolue, c'était une torture, il convertissait tous ces bruits dissonants, klaxons, cris, sonneries, en notes de musique, en une partition dantesque.

Son seul moyen de se protéger, c'était Bach. Clément révérait la perfection mathématique des compositions de Bach. Il aimait les inventions à deux voix, à trois voix, il aimait les partitas, il aimait les *Variations Goldberg*, il aimait les *Suites anglaises*, il aimait *Le Clavier bien tempéré*, il aimait les *Préludes*, bref, il aimait tout Bach, chaque note, chaque croche, chaque appogiature, chaque trille. Il aimait Bach car chez Bach rien n'était laissé au hasard.

Il écoutait en boucle Glenn Gould, tant le pianiste génial avait réussi à toucher l'essence même de Bach[1].

Il avait en revanche toujours abhorré les romantiques. Chopin, surtout. On entendait Chopin partout, des centres commerciaux aux publicités télévisées, en passant par les messages d'attente des services clientèle et les ascenseurs. Chopin, ou plutôt le chopinesque, c'était le triomphe du kitsch. Le pire, c'était le *rubato*. Cette manie d'accélérer et de ralentir. Une torture pour ses nerfs, lui qui, afin de trouver le sommeil, écoutait la pulsation du métronome. Il en avait un antique sur sa table de chevet, dont la flèche en plomb oscillait de droite à gauche, dispensant son tic-tac hypnotique. On n'en trouvait plus dans le commerce, des machines pareilles, toutes remplacées par des boîtiers plastique recrachant des bips synthétiques.

Chopin et les romantiques avaient consacré l'ère du moi. Après eux, il n'y eut plus ni réserve, ni pudeur. Dans la littérature ou dans la musique, chacun s'exposait sans retenue aucune, en prétendant que c'était de l'art. Moi, moi, moi. Blogs, réseaux sociaux, télévision… Dévoiler son intimité était désormais un sport national. La France était devenue un pays de pleureuses. Et ça chouinait sur le patriarcat. Et ça chouinait sur la colonisation. Et ça chouinait sur l'islamophobie, l'homophobie, la

1. Glenn Gould lui aussi préférait la compagnie de son chien à celle des hommes car les chiens savaient mieux apprécier Bach que les humains.

grossophobie, la *nimportequoiphobie*. Je pleure donc je suis. Pour exister, il fallait être une victime. Il fallait pleurer plus fort que l'autre, exhiber un *trauma*. Appartenir à une *minorité*. Ils s'y étaient tous mis, les Noirs, les homos, les trans, les Chinois, les Arabes, les voilées, les femmes. On n'entendait plus qu'eux. Leur bourreau était tout désigné : l'homme blanc, le seul qui n'avait plus droit à la parole, condamné à battre éternellement sa coulpe. Un monde qui glorifiait la faiblesse, préférait se plaindre plutôt qu'agir, révérait l'individu plutôt que le collectif, un monde comme celui-là était perdu.

Tout foutait le camp. À Paris, dans le Quartier latin, les librairies avaient été remplacées par des boutiques de vêtements criards ou de chaussures. La capitale avait été envahie par les enseignes mondialisées, Zara, McDonald's ou pire, Starbucks, où les serveurs s'entêtaient à vous demander votre prénom, dans une parodie de complicité cordiale. Les rues changeaient de nom. Renommer, c'était la maladie du XXIe siècle. Noirs, femmes, maghrébins : chacun, barricadé dans sa communauté, signait des pétitions en rafale pour rebaptiser avenues, places, écoles, squares. Ils voulaient déboulonner Colbert, Jules Ferry, tous les généraux de l'époque napoléonienne. Bref, effacer les traces de l'histoire de la France. Le Grand Remplacement se jouait aussi là, dans les noms des rues, dans les cartes géographiques.

Même la Sarthe avait été gagnée par ce virus ! La ville du Mans avait été prise d'une folie de rénovation et de

« modernité ». Les architectes avaient remplacé la place de la République ou la place des Jacobins par d'immenses dalles piétonnes (encore des dalles !). Le « vieux Mans » le centre-ville historique, était désormais indiqué sur les panneaux sous la dénomination ronflante de « Cité Plantagenêt ». « Les Sablons », le quartier populaire de la ville avec ses barres HLM, avait été rebaptisé « Les bords de l'Huisne », rappelant la rivière qui serpentait le long des espaces urbains, la municipalité pensant avec cette appellation bucolique attirer des habitants plus aisés. À savoir : des Blancs. Car il en manquait, désormais. Une explosion prurigineuse de kebabs et de boucheries halal avait gagné toute la ville. Sur la dalle des Sablons – la dalle était le symbole de la décadence urbaine – la dernière boucherie non halal avait fermé. Il attendait le jour où on interdirait les rillettes de peur d'offenser les musulmans et les vegans.

*

Vivre ensemble, quelle blague. Il avait bien vu que c'était impossible, en tout cas à Chinatown. À force de vivre avec les Chinois, Clément les supportait de moins en moins. Il détestait leurs restaurants avec leurs canards laqués accrochés en devanture, la vapeur couvrant de buée leurs vitrines grasses. Leurs magasins et leurs étals débordant de fruits et légumes bizarres. Les camions de livraison ventrus dégueulaient leurs cargaisons de nourriture métèque, toujours mal garés. Le pire, c'était leur Nouvel

An. On les voyait défiler en tapant sur des gongs, les plus petits d'entre eux étaient cachés dans le ventre d'un dragon en papier, ondulant laborieusement. Dans ce vacarme de tambours et de pétards, on n'entendait plus rien. Il devait se calfeutrer chez lui, avec son casque et les *Variations Goldberg* en boucle.

Il aurait fallu remettre de l'ordre. Mais le maire du 13e arrondissement mangeait dans la main des Chinois. Attention, il ne fallait pas offenser la « communauté asiatique » ! Ne surtout pas être soupçonné de racisme ! Les policiers fermaient donc les yeux sur les trafics, les camions garés n'importe comment, les salons de jeu illicites. C'était pareil dans la Tour. Les voisins n'osaient rien dire et Clément lui-même ne pouvait même plus se plaindre au syndicat de copropriété : après de longues batailles lors d'interminables AG, les Chinois en avaient pris le contrôle.

Sa détestation s'était muée en haine avec l'épidémie de Covid en 2020. Tous les virus des dernières décennies étaient venus de Chine et de ses marchés aux bestiaux. Les Chinois comme d'habitude avaient tout mis sous le tapis. Clément préférait les Arabes, et de loin. Certes, les musulmans terrorisaient le pays depuis les attentats de 2015. Mais, eux, au moins, ils avaient des convictions. Il avait lu avec intérêt le Coran, avait surfé sur des vidéos YouTube de prédicateurs musulmans : ces gens-là avaient un idéal spirituel. Ils méritaient son respect. Mais quelles valeurs défendaient les Chinois, à part l'Argent ? Alors que personne ne trouvait de masques, en ce printemps 2020, tous les Chinois du quartier en avaient miraculeusement déniché. Les policiers avaient débusqué des réseaux de contrebande, passant par des officines chinoises, directement alimentées par leurs usines. Le cynisme du capitalisme porté à son paroxysme.

Il se demandait parfois si tout ça n'était pas une conspiration, un complot géopolitique pour asseoir la domination mondiale chinoise. Les preuves pullulaient sur Internet : le virus avait été fabriqué dans des laboratoires de Wuhan. Ça faisait sens. Le Covid, c'était l'ultime étape pour coloniser la planète. Ça avait commencé avec l'invasion du *Made in China*, les anoraks H&M à 15 euros, toute une camelote d'objets à prix défiant toute concurrence produite dans leurs gigantesques usines. L'invasion du produit jetable poussait le peuple à consommer, jeter, puis consommer encore. Le *Made in China* avait consacré le règne de la société-poubelle. Les Chinois avaient gagné la bataille de la globalisation avec leurs usines qui fabriquaient de la merde. Ils rachetaient l'Europe par petits bouts. Croquaient l'Afrique en énormes bouchées. À part Trump, qui avait osé s'opposer à eux ? Personne. Le virus avait été le coup de maître, mettant toute la planète à genoux. Qui saurait résister ? Qui serait l'équivalent d'Herbert Éveille-Chien qui avait su repousser les envahisseurs ?

Pendant le confinement du printemps 2020, la Tour devint l'enfer personnel de Clément. Barricadé chez lui, Clément avait l'impression que le virus colporté par ses voisins chinois se baladait dans les airs, il fermait la fenêtre, mais il y avait encore la hotte, les conduits où les particules mortelles transitaient. Les odeurs violentes de leur nourriture imprégnaient les murs et les sols et envahissaient son appartement. Les conversations, tenues fenêtres ouvertes dans leur impossible sabir, résonnaient sur la dalle. Ses voisins directs, ceux du 511[1], mettaient la télévision à fond. Des programmes chinois ou coréens. La femme chantonnait tout le temps et faisait frire des trucs en permanence. C'est cela qui attirait les cafards, il en était persuadé. Ils avaient à nouveau débarqué, ces maudits nuisibles. Ce n'était pas la première fois qu'il endurait ce type d'invasion, mais pendant ces mois d'enfermement, il eut tout loisir de les observer. Ils débarquaient le soir avec l'obscurité, galopant sur le plan de travail de la cuisine. S'affairaient, les antennes frémissantes. Se multipliaient.

C'est le type de l'appartement 516 qui l'exaspérait le plus. Il vivait avec un type plus jeune que lui, un Français[2]. Si ça se trouve, ils s'étaient mariés, puisqu'on s'en-

1. Les Truong, vietnamiens, sont souvent pris pour des Chinois. Cela agace souverainement Alice, Vietnamienne du Sud, pour qui la Chine représente l'ennemi immémoriel.

2. Marcel Vuong est arrivé en 1975 en France, alors qu'il avait 20 ans. Il était dans l'un des hélicoptères qui ont quitté Saigon de la terrasse de l'ambassade américaine, un diplomate, dont il était l'amant, l'ayant mis sur la liste des personnes à exfiltrer du pays. Marcel Vuong est parti seul. Sa mère est morte au Vietnam en 1979. Son père en 1981. Il a appris en 1984 qu'il

têtait à expliquer que deux papas ou deux mamans, c'était bien mieux. Il faisait un ramdam d'enfer, traficotant je ne sais quoi avec ses cartons remplis de vieux papiers, parfois stockés juste devant sa porte. Écoutait de la techno. Faisait de la gym. Sautait. Ahanait. C'était infernal. Mais il était intouchable, ayant été élu au syndic.

Pour sa santé mentale, Clément évitait tout contact avec ses voisins de palier mais il était obligé de sortir de chez lui une fois par semaine pour son expédition dans le local à poubelles. Il ne savait s'il fallait prendre l'ascenseur, cabine confinée, réceptacle de tous les

---

était séropositif. Il a fait partie des premiers militants d'Act-Up, même si ses camarades avouent qu'ils ne comprenaient pas grand-chose à ce qu'il racontait, à cause de son accent. Marcel Vuong est allé à 129 enterrements d'amis ou connaissances mortes du sida. Volontaire dans les hôpitaux, il a souvent tenu la main aux mourants, « pour se préparer », dit-il, car il était persuadé qu'il allait mourir aussi. Surtout quand son seuil de T4 est descendu en dessous de 15. « Y avait plus que deux connasses de T4, je les avais surnommées les *Hai Ba Trung*, comme les deux sœurs qui ont libéré le Vietnam. » C'est l'époque où Marcel Vuong hante les rues où ont vécu ses amis défunts. Il retrouve un jour sur le trottoir un carton avec des photos et lettres personnelles d'un homme mort du sida. Et le ramasse. « Depuis, je me suis dit que j'allais rassembler toute la mémoire de notre communauté. » Grâce aux trithérapies, Marcel Vuong a réussi à s'en sortir. Il a tenu sa promesse. Dans tous les cartons de papiers, revues, lettres qui s'entassent dans son appartement, c'est la mémoire de la communauté homosexuelle qui s'empile. Alors qu'il n'a pas un seul souvenir du Vietnam.

germes, ou l'escalier qui ne l'inspirait pas plus. À destination, il bloquait sa respiration. Le local était dans un état déplorable. Des ordures dans la poubelle jaune, des cartons dans la poubelle verte. Des traces non identifiées sur le sol. Et une odeur à vomir, entre poisson pourri et viande avariée.

*

Pendant cet étrange printemps 2020, Clément connut pourtant son épiphanie. Après l'exposition « Je suis Clément » en 2019, il avait réalisé qu'une subtile affinité le liait au chien de l'écrivain. Il avait ensuite lu Schopenhauer qui n'estimait qu'une seule personne au monde : son caniche, à qui il avait légué toute sa fortune[1]. Clément s'était toujours demandé quelle était sa place dans ce bas monde, lui le bâtard de cette longue lignée noble des Pasquier, lointainement appariée aux comtes du Maine ; lui, le fils dont aucun père n'avait voulu, l'homme qu'aucune femme n'avait désiré. Le confinement lui avait permis de comprendre quel était son destin. Il serait non pas Herbert Éveille-Chien, seigneur du Maine, mais Clément Être-Chien. Un homme-chien. Et pas n'importe quel

1. Schopenhauer a d'abord vécu avec un épagneul, avant d'avoir un caniche. Tous ses chiens étaient prénommés « Atma », âme. Dans une des rares poésies qu'il a écrites, il s'exclame : « Je ne m'étonne pas qu'on calomnie les chiens : – trop souvent hélas ! l'homme n'a qu'à rougir devant le chien. »

chien. La réincarnation de Clément, le chien de Houellebecq.

Un être-chien…

Clément n'était pas le seul à s'être engagé dans le chemin d'une métamorphose animale. Lors de ses pérégrinations sur la Toile, il avait fraternisé avec la communauté des *Therian*. Les *Therian* avaient abandonné le genre humain pour s'identifier au genre animal. Parmi eux, il y avait des loups (beaucoup), des chiens (un peu moins), des oiseaux (surtout des corbeaux). Plusieurs de ses congénères *therian* pratiquaient le *shift*, une pratique de méditation permettant de se transformer dans son *kin*, son être-animal. Rejet de l'être humain que partageait une autre communauté active, les *otherkin*, qui s'identifiaient plutôt à des êtres imaginaires, elfes ou dragons. Clément s'était réfugié dans cette famille virtuelle pendant plusieurs semaines, participant avec enthousiasme aux débats sur WhatsApp ou Discord, mais lors d'une dispute en ligne, le ton monta. Des *therian* loups crachèrent leurs mépris pour les *therian* chiens[1], des animaux domestiques, bref, des soumis, entachant la condition animale. Furieux, Clément préféra rompre. Son itinéraire spirituel, il le suivrait seul. Tous les soirs, il s'était entraîné au « *shift* ultime ». Et puis un jour, c'était arrivé. Il s'était métamorphosé. Il

1. On retrouve le même mépris du chien animal domestique chez Derrida.

avait fusionné avec l'âme du défunt chien de Houellebecq. Il ÉTAIT désormais Clément le chien.

Depuis, son odorat s'était affûté. Il ne dormait plus sur son lit mais dans une petite niche qu'il s'était aménagée dans l'appartement. Il marchait à quatre pattes dès qu'il le pouvait pour sentir à nouveau le contact avec la terre. Il aimer aboyer dans son appartement. Il avait simplifié son alimentation. Dans le frigo s'empilaient des conserves de pâtée, alignées soigneusement, par couleur et par taille. Les croquettes formaient des pyramides dans les placards. Il commandait sur Internet. Les livreurs déposaient tout dans le couloir. Les règles de sortie pendant le confinement stipulaient qu'on pouvait sortir promener son chien. Étant chien, il avait donc théoriquement droit de vagabonder dehors sans attestation, supposait-il, mais que faire sans maître au bout de la laisse ? Quand la ville fut déconfinée et que les parcs furent rouverts, Clément se précipita au parc de Choisy. Il se mit à quatre pattes et aboya. Personne ne le regarda. La capitale était désormais habituée à l'étrangeté, on voyait des vieilles dames avec des bouts de tissu fleuri sur la bouche ou des bonnets de soutien-gorge recyclés, des passants se baladaient avec des masques de snorkeling, d'autres avec des visières en plastique : dans ce paysage surréaliste, un homme-chien passait inaperçu. En ce mois de mai 2020, Clément était presque heureux.

*

Pour devenir chien, Clément avait d'abord dû faire disparaître les traces de sa vie humaine.

La première étape fut de supprimer son profil Facebook, ses comptes Twitter, Instagram. Ces dernières années, ses seules interactions sociales avaient été sur la Toile. Cette mort virtuelle avait tout d'une mort bien réelle.

Le plus difficile fut de tuer son avatar sur le jeu en ligne Planet of Legend. POL, c'était toute une page de sa vie. Dix ans qu'il évoluait sous le pseudo Thorn, un elfe de sang guerrier niveau 578. Sur POL, un MMORPG[1], des centaines de milliers d'individus jouaient en même temps et interagissaient. Au départ du jeu, on décidait de sa race (druide, elfe, orque, gobelin), de sa classe (voleur, chasseur, guerrier…), lesquelles déterminaient les talents de base de chacun. Et puis, à force de patience et d'ingéniosité, on progressait. Pour mener des quêtes (trouver des armes rares ou des sortilèges, combattre ensemble des orques ou des gobelins), Clément avait monté sa propre guilde, « les Croisés du Talisman Pourpre ». Parmi eux : une naine paladin, une druidesse chasseuse, un gnome démoniste, plusieurs elfes, des chamanes… Il ne

1. Le MMORPG, *massive multiplayer online real player gaming*, soit jeu de rôle massivement multijoueur, avait révolutionné la façon de jouer et même d'interagir entre individus. Il s'agissait d'un jeu qui, comme la vie, se déroulait en continu. Comme un univers parallèle, une autre dimension, où il était possible de « vivre » différemment, sous l'identité d'un avatar.

connaissait aucun des « croisés » IRL, mais en discutant ensemble et en jouant des heures par écrans interposés, une certaine intimité s'était créée entre les joueurs. Il y avait aussi des filles parmi les *gamers*.

Dès qu'il se connectait, Clément changeait de peau et devenait Thorn. Dans POL, Thorn était adulé. Dans les Hautes Terres d'Azeroth, les Marais du chagrin, ou les Champs de la Chasse éternelle, tous avaient entendu parler de Thorn, chef des « Croisés du Talisman Pourpre ». On l'avait sollicité pour mener plusieurs raids avec d'autres guildes, il avait mené la grande bataille des Terres Désolées de Rashgaroth – devenue légendaire sur POL. On discutait et on blaguait aussi beaucoup par messagerie sur POL. Sous l'identité de Thorn, on le trouvait charmant, drôle, attirant, même. C'est ce qu'avait l'air de penser Azurea, une druidesse chasseresse, une des « Croisées », avec laquelle il discutait souvent sur la messagerie. Ils avaient prévu de se rencontrer IRL.

Hélas, tout avait dérapé quand il avait coopté un Elfe de la nuit dans la guilde. Très vite, l'elfe avait commencé à remettre en question ses directives. Dans son dos, il baratinait Azurea la druidesse et Meneltarma, la naine paladin, les deux filles de la guilde. Il avait été jusqu'à organiser un mariage dans les Terres d'Azeroth avec Azurea, la druidesse chasseresse ! Peu à peu, l'Elfe de la Nuit avait pris le dessus.

Il était temps de faire périr Thorn. Avant de fermer son compte, il offrit toutes ses armes aux Croisés. Ce fut douloureux. Surtout quand il dut se séparer de sa précieuse épée chromatique. Ainsi délesté, il était libre. Il avait tué Thorn. Il avait tué tous ses avatars. Il pouvait enfin se consacrer à son devenir-chien.

Il était le dernier Rebelle, le Résistant. Il était passé dans la phase finale de la guerre.

Il serait désormais le visage d'un monde nouveau.

APARTÉ TECHNIQUE 1

La différence entre les chiens et les hommes

L'insatisfaction sexuelle est pour le mâle humain un corollaire direct de sa situation économique. En revanche, l'accès au sexe est pour le chien une fonction décroissante, inversement corrélée à sa situation économique, ou plutôt à celle de son maître. Les chiens des riches sont châtrés. L'opération est recommandée par les experts, car elle diminue l'agressivité de l'animal et toutes ses manifestations gênantes, comme le marquage du territoire par l'urine.

*

Désormais, le meilleur ami de l'écrivain vivait en lui. Y avait-il plus beau que cet amour entre le maître et son chien ? Le chien était le partenaire idéal. Affectueux et constant jusqu'à la mort. Dans son corps-chien, Clément se souvenait de tout. Il entendait la voix joyeuse de l'écrivain « c'est un bon chien, ça, allez va chercher, va », il sentait la main de Michel le caressant vigoureusement, il se souvenait même des réveils endiablés, où il venait taquiner tendrement son maître dans sa chambre, lui léchant les pieds qu'il avait très beaux. Quel bonheur, lors de leurs balades au parc de Choisy, quand Michel lui lançait un os en plastique acheté à Jardiland ! Que de rires lors de leurs sorties journalières à Saint-Germain-des-Prés ! Au café de Flore, le personnel avait appris à le traiter avec le plus grand égard, c'était un chien VIP après tout. Il se rappelait même cet éditeur qui se forçait à le caresser alors qu'il était allergique, espérant rentrer dans les bonnes grâces du Maître pour le voler à la concurrence.

Quand il avait emménagé aux Olympiades, Clément avait pris l'habitude de pister le maître. Il connaissait désormais tout de sa vie. Le matin, Michel se livrait à une séance de tai-chi sur la dalle des Olympiades avec les vieilles Chinoises. Il était beau quand il effectuait la position dite de « la grue blanche qui déploie ses ailes ». À midi, Michel déjeunait dans un bouiboui des environs, se contentant d'une soupe de raviolis aux crevettes et un dessert trois couleurs, étrange assemblage de poils de méduse fluorescents rouge, vert et blanc, flottant dans un verre. Clément avait envie de lui crier : « Arrête, lâche ce ravioli, Michel, de grâce, recrache ces poils de méduse radioactifs ! » L'après-midi, Michel s'aventurait parfois dans la galerie Oslo pour déguster un *bubble tea*, ces breuvages peu ragoûtants où trempent des bulles de tapioca. Vers 17 heures, Michel allait suer à la salle de sport Moving, convaincu que ces quelques kilojoules perdus sur le tapis de course, vitesse 13,4 kilomètres, étaient autant de minutes volées à la mort, et pourquoi pas, quelques centimètres de moins à la taille, la graisse viscérale était l'obsession des hommes passé la quarantaine. Michel enchaînait alors les *jumping jacks*, les squats, les fentes, les révérences, sautait à la corde, faisait du rameur.

Clément était allé en pèlerinage au cimetière des chiens d'Asnières, où Clément le chien, en tout cas son premier avatar, était enterré. Au bout d'une allée fleurie se dressait le monument pour Rintintin, et celui dédié aux chiens policiers. L'une des tombes du cimetière abritait ainsi sept chiens. Lucien 1, Lucien 2, Lucien 3, Lucien 4, Lucien 5, Lucien 6, Lucien 7. Certains changeaient de chien comme de pull, sans même prendre la peine de trouver un autre prénom.

Quand Clément réalisa qu'il était devenu le chien Clément, la fièvre le brûla. Il lui fallait retrouver son maître. Michel.

Hélas, l'écrivain s'était volatilisé. Pendant tout le confinement, la fenêtre de la tour qu'il connaissait si bien demeura plongée dans le noir. Au printemps, la ville s'ébroua à nouveau mais l'appartement resta vide. Clément hantait les lieux, la lippe pendante. Un soir de septembre, il errait sur la dalle. Il vit que la lumière de l'appartement de Michel était allumée. L'écrivain était revenu !

La joie l'envahit.

La lumière s'éteignit.

Ça y est ! Michel descendait enfin !

Clément se posta devant l'entrée.

Le couple des vieux Chinois du 511[1] étaient devant lui. À moins que ce ne soient d'autres, il les confondait tous. Il leur montra les crocs en bavant. La vieille poussa un couinement de souris, le vieux lui prit le coude et accéléra le pas.

Devant le hall, la silhouette si familière se dessina dans la pénombre.

Clément était si heureux qu'il avait l'impression que sa cage thoracique allait exploser. Le syndrome tatsekubo, ou syndrome du cœur brisé. Après un choc, le cœur se rétractait, et ressemblait à un piège à pieuvres, un tatsekubo. Puis il lâchait. Sans doute ce qui était arrivé au chien Argos qui, dans l'*Odyssée*, est le seul à reconnaître son maître Ulysse après vingt ans d'absence, puis meurt aussitôt, pétrifié de joie.

Soudain, la voix si familière, enjouée, suave, cette voix que seul lui connaissait :

— Allez, viens, Clément, bon chien chien !

Enfin, ils allaient se retrouver, batifoler, rire, courir dans les allées de Choisy après des os Jardiland !

Mais Clément vit surgir un petit fox-terrier noir. L'écrivain se tourna vers le nouveau chien. Il lui ébouriffa

1. À la retraite, Victor Truong s'était en cachette remis à sa passion : la traduction. Il avait ainsi traduit en vietnamien *Extension du domaine de la lutte*. Un bide. Les Vietnamiens furent persuadés qu'il s'agissait d'un livre de propagande du Parti.

le pelage avec amour et lui dit : « Viens, Clément ! Allez, bon chien va ! »

Il lui avait donné le même prénom.

Tout devint noir.

BFM TV, édition spéciale

15 septembre 2020

Agression terroriste présumée sur Michel Houellebecq

L'écrivain Michel Houellebecq a été victime d'une agression présumée terroriste. Un homme s'est jeté sur lui et a tenté de le mordre. Il a été neutralisé par son agent de sécurité qui a dégainé son arme. Le tir a malheureusement blessé grièvement le fox-terrier de l'écrivain. Selon certains témoins, l'homme aurait crié « Allahou akbar ». L'homme, un dénommé Clément P., vivait dans le quartier. Un de ses voisins que BFM a retrouvé témoigne : « Il était bizarre. Depuis quelque temps, il avait laissé pousser sa barbe. Il était certainement radicalisé. » Témoin de la scène de l'agression, une Chinoise assure n'avoir pas entendu « Allahou akbar ». « Le monsieur, il a aboyé », assure-t-elle. Très choqué par son agression, l'écrivain a été hospitalisé. « Il ne sait pas encore que son chien est mort. Ça va être terrible pour lui de l'apprendre », explique un proche à BFM.

Ascenseur (2)

Pendant longtemps, Victor Truong a emprunté les escaliers, parce qu'il détestait prendre l'ascenseur. Pourtant, les escaliers de la Tour, au sol en béton peint et à l'odeur parfois suspecte, ne sont pas très accueillants[1]. Ils sont cachés derrière deux portes coupe-feu. Dans les immeubles haussmanniens bourgeois, quand on ouvre la porte cochère, c'est au contraire l'escalier qu'on voit en premier, en chêne, il sent bon la cire d'abeille, recouvert dans les étages nobles d'un tapis moelleux s'élimant à mesure que l'escalier grimpe vers les hauteurs. Dans ces

1. « On ne pense pas assez aux escaliers. Rien n'était plus beau dans les maisons anciennes que les escaliers. Rien n'est plus laid, plus froid, plus hostile, plus mesquin, dans les immeubles d'aujourd'hui », écrit Perec, dans *Espèces d'espaces*. S'interrogeant : « Comment vivre dans les escaliers ? » Il n'y avait pas d'escaliers dans la mémoire d'enfant de Victor Truong. La maison où il a grandi est construite autour d'une cour, desservant plusieurs pavillons. Parti en 1975, Victor n'a jamais connu les « immeubles collectifs » à Saigon. L'espace où l'on vivait, au Vietnam, c'était celui, horizontal, de la rue.

immeubles, l'escalier est un lieu de sociabilité où l'on échange les potins de l'immeuble, il mélange les habitants quels que soient leurs revenus et leur classe sociale, quoiqu'il ait existé jadis deux escaliers dans ce genre d'immeuble, un escalier visible, celui des maîtres, et l'autre, invisible, « de service », escamoté derrière des portes dérobées, pour que domestiques et maîtres ne se mélangent pas, mais où, pourtant, à la faveur des désirs sexuels, le mélange se faisait parfois quand Monsieur montait posséder le corps de la bonne, tandis que cette dernière descendait la journée laver l'intérieur de ses maîtres.

Dans les immeubles modernes, les escaliers sont des non-lieux. L'escalier de la Tour est toujours vide, on l'utilise par défaut, on ne s'y croise jamais. Dans l'hypothèse saugrenue où deux habitants l'emprunteraient de façon simultanée, la longueur et l'effort du trajet les dissuaderaient de l'effectuer côte à côte, surtout en ces temps de pandémie[1]. Dans la Tour, rares sont donc ceux qui prennent l'escalier. Sauf peut-être les habitants du

1. Le salut viendra peut-être des *tower runners*, ces adeptes des courses verticales dans les tours, qui ont réinvesti les cages d'escalier comme la dernière frontière, défi ultime après les marathons ou les trails. « Seul, en famille, entre amis ou collègues, tous ensemble dans les escaliers, venez vous éclater ! » s'enthousiasme le site des *tower runners* français, dont le graal est la tour Montparnasse (1 000 marches, 60 étages, 210 mètres de dénivelé), mais qui s'essaient aussi à des tours de plus petite hauteur comme la tour Lille-Europe (550 mètres, 25 étages, 100 mètres de dénivelé). Preuve que l'escalier de tour peut être convivial et sportif.

1er ou du 2e étage. La terrible Maria Gonzales, l'une des plus anciennes résidentes de la Tour, vit au 1er étage[1]. Elle prend l'escalier, sauf quand elle trimballe son sac de courses. Pour accéder au 5e, l'étage des Truong, tout le monde prend l'ascenseur.

Victor Truong n'aurait jamais supporté de vivre plus haut. Comment se débrouilleraient ceux du 37e, si les quatre ascenseurs étaient en panne en même temps ? 37 étages à pied, c'est un exploit, certains mourraient certainement dans l'ascension de cette montagne de béton. Il paraît que sur les pentes de l'Himalaya, les cadavres congelés des alpinistes sont toujours là, en parfait état de conservation car il est trop coûteux de redescendre les corps. Une mort en montagne semble néanmoins préférable à une mort dans une « cage d'escalier ».

Victor Truong a vieilli, il a mal aux genoux : le voilà contraint d'abandonner les escaliers au profit de l'ascenseur. Une torture quotidienne. Enfermé dans la cabine, il ne sait pas où mettre son corps. Il a peur de gêner. Il ne sait quoi dire à ses voisins. Il voudrait devenir invisible. Mais c'est pire quand il est seul. Il a l'impression d'être

1. Maria Gonzales est d'origine espagnole. Ses parents, des républicains espagnols, ont fui l'Espagne en 1936. Ils sont restés enfermés dans un camp de rétention pendant un an, dans le Sud. C'est là qu'elle est née. Maria Gonzales a eu deux enfants, elle a six petits-enfants. Personne ne parle espagnol. Personne ne porte même plus ce patronyme de Gonzales, puisque Maria s'est mariée avec un Breton.

dans un cercueil vertical. Ce serait terrible d'être piégé dans la machine en panne, puis de mourir là, entre deux étages. Il y a ce bouton rouge sur lequel appuyer en cas d'arrêt, avec un haut-parleur, mais il craint de ne pas se faire comprendre par l'équipe de dépanneurs s'il était coincé. Peut-être serait-il enfermé jusqu'à ce que l'air manque. Il se résoudrait à appuyer sur le bouton rouge mais resterait muet devant le haut-parleur, ne sachant pas quelle langue articuler. Et il mourrait, de n'avoir su parler français.

L'imparfait du subjonctif,
Appartement 511, Victor et Alice Truong
(septembre 2020)

Dans le petit salon encombré de son F3 au 5e étage d'une tour des Olympiades, Victor Truong révisait le Bescherelle, son évangile aux pages toutes cornées, et plus particulièrement le chapitre consacré à l'imparfait du subjonctif. Victor Truong avait une passion pour l'imparfait du subjonctif.

Cet amour avait éclos il y a longtemps. Victor Truong était alors très jeune – il avait du mal à croire qu'il l'avait été, lui dont les articulations craquaient le matin, dont les os semblaient devenus aussi friables que des biscuits sablés, une machine rouillée où tout se déglinguait peu à peu, joints desserrés, vis mal vissées, un corps devenu étranger où la peau pendait tel un costume trop large.

Il avait été jeune, pourtant, il avait eu des cheveux, beaucoup de cheveux, un ventre plat, des côtes apparentes qu'on pouvait dessiner du doigt, une peau lisse. Le monde était alors un débordement de couleurs et de parfums violents. Depuis quand les couleurs s'étaient-elles affadies, à quel instant son odorat, son toucher, ses sens, s'étaient-ils engourdis ? Quand avait-il cessé de courir pour marcher, puis clopiner, tétanisé par la peur de tomber ?

Ces années-là. Son enfance. Son pays. Victor Truong s'en souvenait comme si c'était hier. Hanoi, sa ville natale, et le lycée Buoi, situé à quelques pas du lac de l'Ouest. Son père l'y emmenait souvent en pèlerinage. Le petit garçon s'efforçait d'allonger ses pas pour se caler sur ceux de son père, et leurs deux ombres se rejoignaient sur le sol pour n'en dessiner qu'une.

— C'est là que tu iras étudier, mon fils, tous les Truong ont étudié au lycée Buoi !

Victor levait alors les yeux vers l'auguste institution où étaient passés tant de membres éminents de l'intelligentsia vietnamienne. Intimidé. Mais fier de cette vie qui se dessinait devant lui, toute tracée. Comme la silhouette de son père qui s'étendait, géante et protectrice devant lui.

Le lycée Buoi ! Le lycée du Pamplemousse !

Buoi, pamplemousse en vietnamien. C'était un drôle de nom pour une école. Mais ce nom avait résisté au temps et à l'histoire tumultueuse du Vietnam. Beaucoup d'établissements scolaires avaient pris des noms français, Jean-Jacques-Rousseau, Pasteur ou Marie-Curie, garanties d'excellence pour la bourgeoisie indigène qui n'aspirait qu'à une chose : travailler avec les Blancs, ou plutôt pour les Blancs.

Après la victoire de Diên Biên Phu, les traces de soumission à l'ennemi étaient devenues encombrantes. Le pays avait été pris d'une frénésie : il fallait absolument effacer ou du moins renommer tous les lieux de mémoire. On avait alors lancé la grande lessiveuse de l'Histoire et débaptisé les rues – seul Pasteur avait échappé à la curée – à Hanoi comme à Saigon. Quand ils revenaient au pays, les vieux Vietnamiens de la diaspora ne reconnaissaient plus rien, perdus par la nouvelle topographie des lieux. Ils avaient beau insister, assurer au chauffeur de taxi ou au *xe-ôm* (les mototaxis) que leur maison était bien là, au 23-2 de la rue Chasseloup-Laubat, l'autre secouait la tête, riait, et quand il interrogeait les voisins, ils riaient aussi. « Non, vieil oncle honorable, nous vous l'assurons, il n'y a plus rien, vous avez dû confondre et oublier. La mémoire est fragile comme le cristal, oncle honorable. »

Les vieux touristes *viêt-kieu* tentaient de protester, leur mémoire était encore très bonne, ils bégayaient, vexés, dans leur vietnamien qui datait des années 60. Leurs mots, leurs expressions étaient si désuètes qu'ils provoquaient l'hilarité des vrais Vietnamiens du Vietnam. On les aurait crus congelés, ces drôles de zigs dont la vie s'était arrêtée avant 1975, oui, ces vieux *Viêt-kieu* avaient été cryogénisés dans une capsule temporelle. Ringards, décalés, maladroits, balourds, bouffis et gavés de nourriture occidentale, ils avaient l'air d'avoir subi une mutation génétique. Les vrais Vietnamiens du Vietnam ne pouvaient s'empêcher de rire d'eux, pour se venger des liasses de dollars ou d'euros qui gonflaient leur portefeuille banane, le signe distinctif de ces *Viêt-kieu* pleins aux as car ils craignaient les pickpockets. L'argent n'y pouvait rien, les *Viêt-kieu* se révélaient impuissants face à leurs compatriotes, les vainqueurs qui s'étaient approprié leur pays, d'ailleurs pouvaient-ils encore l'appeler le leur ? Non : l'insolence des Vietnamiens du Vietnam leur rappelait qu'ici, au Vietnam, ils n'étaient plus que des intrus.

Leur univers s'était évanoui, ne laissant que des traces fantomatiques, un pollen spectral qui s'envolait si l'on soufflait dessus, des pages jaunies dans les guides de voyages soldés dans les brocantes, des noms oubliés, des visages de plus en plus flous dans leurs mémoires, château de sable que les vagues rongent puis engloutissent. Et l'heure de Saigon, qui toujours était indiquée sur l'horloge de leur cuisine, tournait à vide, en témoin mensonger d'un monde parallèle où le pays serait resté le leur.

Mais le Pamplemousse avait résisté à la marée des années qui passent. Le Pamplemousse, apolitique, avait échappé à la rééducation culturelle. Le Pamplemousse avait tenu tête aux Français colonisateurs, aux impérialistes américains et aux commissaires politiques du parti communiste vietnamien. Pamplemousse un jour, Pamplemousse toujours ! Le lycée Buoi était resté lycée Buoi, malgré son aura sulfureuse d'école bourgeoise. Peut-être était-ce la magie des pamplemoussiers ? Étaient-ils d'ailleurs toujours là, ces arbres rêveurs qui jadis encerclaient l'école ?

Il suffisait à Victor Truong de fermer les yeux et tout était là, caché derrière ses paupières. L'éclosion du printemps, quand soudain les arbres se recouvraient de coton vaporeux, la splendeur des fleurs de pamplemoussier s'éparpillant au vent. La légende disait qu'une déesse déchirait sa tunique de soie blanche et qu'elle en parsemait l'air, révélant sa nudité d'albâtre.

Leur parfum entêtant ressemblait au français, cette langue dont il apprenait les subtilités en classe. Travaille ton français, lui répétait son père, qui lui-même avait travaillé avec l'Administration française à Hanoi. Puis vint la guerre d'Indépendance, Diên Biên Phu en 1954, il avait alors 12 ans. Toute la famille avait fui dans le Sud, après les accords de Genève qui entérinèrent la partition du pays en deux. Ils étaient des bourgeois, des intellectuels, des gens qui parlaient le français : des traîtres.

« *Viêt-gian, Viêt-gian* » (traîtres, traîtres), leur avait-on lancé quand ils avaient quitté précipitamment Hanoi. Des passants jetaient des pierres sur la voiture qui les menait à l'aéroport. Lui, un gosse encore, ne comprenait ni les cris, ni les cailloux, pourquoi étaient-ils partis si vite, en voleurs, sans même prévenir la famille, les cousins, les amis ? Sa mère avait pleuré en fermant la maison, puis pleuré à nouveau dans cette voiture, de peur, cette fois. Il avait demandé des explications à son père, qui regardant droit devant lui répondit : « Ce n'est rien mon fils. Ferme les yeux et bouche-toi les oreilles. »

Des traîtres eux ? Parce qu'ils avaient travaillé avec les Français ? Des fuyards ?

Les Truong n'aimaient pourtant pas spécialement les Français. Ils aimaient le français, c'était autre chose. Ils l'aimaient tant que le patriarche l'avait appelé Victor comme Victor Hugo.

Le français était une langue si belle : une concubine tentatrice qui subjuguait son esprit. Le français était voluptueux et libre, comme ses femmes, d'ailleurs, leur peau blanche découverte, leurs cheveux et leurs yeux clairs, leur hardiesse, leurs généreuses poitrines qu'elles n'hésitaient pas à largement décolleter.

*

Le français… C'était la langue du colonisateur, la langue du pays qui asservissait le sien, mais aussi la langue de l'élégance, la langue de Victor Hugo, d'Alphonse de Lamartine, qui avait écrit « Le Lac ». Et Hanoi, la belle Hanoi, était la ville des cent lacs, le lac de l'Épée, le lac de l'Ouest, la ville de l'eau et des nuages, le paradis des rêveurs et des promeneurs. Hanoi était lamartinienne, hugolienne, et tellement française, dans son charme suranné, ses maisons coloniales de brique jaune, ses avenues arborées bordées de bougainvilliers.

Du français, Victor Truong aimait tout. Les mots ampoulés, les phrases à rallonge, les adverbes rutilants comme le fruit du dragon, d'un rose ostentatoire au-dehors et d'un blanc virginal à l'intérieur, les conjugaisons et déclinaisons qui transformaient les mots. Il aimait se perdre dans les méandres de sa grammaire complexe, hésiter sur un accord, un participe, il était madame

Bovary au bal du marquis, valsant, envoûtée par les lueurs des lampions de la fête et étourdie par l'odeur du cigare et la mélodie des violons.

Et puis il y avait l'imparfait du subjonctif.

Cette merveille.

L'imparfait du subjonctif ne servait à rien, ou pas grand-chose, et c'est son inutilité même qui subjuguait Victor Truong.

L'inutilité était la définition même de l'élégance. Le français était une langue de riches qui pouvait se permettre l'inutilité. La langue des pauvres était abrupte, elle n'avait pas le temps de se perdre en détours, elle allait à l'essentiel, manger, dormir, marcher, des verbes d'action secs et efficaces.

Non que le vietnamien ne fût subtil, le vietnamien des grandes épopées et des poèmes était si beau. Mais chaque langue dessinait son propre paysage mental. Le vietnamien était à l'image de ses ciels : vaporeux. Le vietnamien était une langue pour les fantômes, les silhouettes imprécises se dessinant dans les crépuscules et les aurores brouillées. Une langue de musique où il existait mille expressions pour exprimer le bruit de la pluie, le tambour crépitant et dru de la mousson, le clapotis discret d'une ondée matinale sur la tôle d'un toit, le chuintement caressant de la bruine lorsque la nuit tombe sur un chemin de terre rouge dans les rizières, que la chaleur monte du sol et semble se densifier en un nuage lourd d'humidité. Le français était une langue cartésienne et précise. Tranchante. Une langue d'intellectuels, de théories savantes, de métaphores précises.

On ne croyait pas aux fantômes en France. Alors qu'au Vietnam, ils habitaient avec les vivants. Les esprits étaient partout : dans les branches tortueuses du banyan, dans le feu du foyer, les photos des morts, le bol de riz et les offrandes qu'on laissait tout en haut, avec l'encens, sur l'autel des ancêtres. Les vivants et les morts vivaient ensemble et c'est peut-être pour cela qu'il n'y avait pas besoin de temps en vietnamien. Pas de passé, pas de futur, des verbes figés dans un éternel présent.

Victor Truong avait été fasciné de découvrir la complexité de la conjugaison française. En français, on dénombrait tant de passés ! Le passé simple (qui ne l'était pas), l'imparfait (si mal nommé), le plus-que-parfait (tellement), le passé composé (un peu présent, un peu passé), le passé antérieur (métaphysique). Et Victor Truong trouvait cette obsession magnifique, le français était la seule langue capable de raconter des histoires qui allaient d'un point A vers un point B. Le vietnamien, intemporel, n'était pas romanesque. Le vietnamien était fait pour la poésie. Une langue circulaire. En vieillissant, pourtant, il avait réalisé la beauté d'une langue sans temps. Il eût finalement tant aimé ne pas utiliser le passé.

Avant, je vivais au Vietnam.

Maintenant, je vis en France.

C'est terrible, le passé.

Il aurait dû vieillir dans son pays, honorer ses ancêtres, enfanter puis mourir là où étaient leurs racines depuis des siècles. Le temps aurait coulé, sans ruptures ni exil. Le français, peut-être, mieux que le vietnamien, intégrait la folie du monde, fait de guerres et de violence. Le français fonctionnait en ruptures et en bascules. Le français était intrinsèquement révolutionnaire.

Cette folie touchait au sublime quand il s'agissait d'accorder. Les Français semblaient tellement obsédés par l'idée de sujet qu'il dictait sa loi à toute la phrase. Tel un roi soleil, le sujet attirait tout à lui, qu'il fût masculin ou féminin, singulier ou pluriel.

Plus déroutant encore, la « concordance » des temps. Les Français avaient eu l'absurde et délicieuse idée de changer les temps lorsqu'on collait des phrases ensemble. Il n'y avait pas de « que », de « qui », en vietnamien, tandis que le français avait besoin de complexifier, rajouter des vis, des boulons, des conjonctions. Comme la tour Eiffel, la langue française lui semblait une construction splendide et bizarre. Un jeu de Meccano qui échappait à la pesanteur, un miracle aérien s'élançant vers les airs.

Il n'y avait ni sujet ni objet dans la grammaire vietnamienne. Peut-être parce que le sujet et l'objet ne faisaient qu'un. Pas besoin de conjugaison en vietnamien. Première personne ou troisième personne du singulier, aucune différence. Pas de « il », de « nous ». Pas de « je ». Le verbe, dans sa simplicité, son immédiateté, suffisait.

Oh, il y avait bien ce petit mot grotesque et ampoulé. *Toi*. Prononcé « toï ». Un mot béquille ou prothèse, c'est au choix, qui avait été introduit juste après la colonisation par des intellectuels vietnamiens voulant singer leurs maîtres pour dire « je », « je », comme dans les poésies romantiques de Lamartine et Hugo qu'on étudiait au lycée Buoi. *Toi* était une greffe ratée. *Toi* n'avait jamais pris. À part les *tay*, les Français, aucun Vietnamien ne disait *toi*. On continuait à parler à la troisième personne. On disait « Enfant parle à maman ». « Oncle parle à neveu ». « Grande sœur parle à petite sœur ». Dire « je » ? C'était prétentieux. C'était français.

Victor Truong gardait la nostalgie de ce monde perdu, le pays et la langue de son enfance, où tout était si bien défini, chaque personne à sa place, dans un ordre immuable. On était *con*, enfant, on devenait *em*, petit frère, puis *anh*, grand frère, *chu*, jeune oncle, et enfin *bac*, oncle honorable.

Et quand on atteignait l'âge de Victor où l'on peut deviner le taux d'humidité dans l'air à la douleur de ses articulations, où l'on a peur de tomber dans les escaliers ou de glisser sur les trottoirs, quand il pleut, où l'on s'essouffle dès qu'il faut allonger le pas, où l'on ne sait même plus ce que le mot courir ou sauter veut dire, où l'on tend tout simplement, mollement, vers la fin, quand on arrivait à cet endroit de la vie où l'on aperçoit l'autre rive, il n'y avait plus personne à qui dire *bac*, oncle honorable. Car on l'était devenu. Désormais, Victor était *bac*, l'oncle honorable.

*

Malgré quarante ans passés en France, Victor peinait toujours à prononcer les mots correctement. Ce fichu *r*, par exemple, devenait un *l* dans sa bouche.

« Je m'appelle Victor. Comme Victor Hugo », disait-il quand il se présentait. Mais Victor Hugo devenait Vik To Lou Go. Il devait répéter plusieurs fois, jusqu'à ce que son interlocuteur comprenne : « Vik To Lou Go ? Ah, Victor Hugo, vous voulez dire ! »

Le vietnamien est chantant, module avec cinq tons alors que le français est monocorde. Pour Victor, passer d'une langue l'autre c'était comme passer d'un piano de concert à un cornet à piston : Victor Truong ne pouvait s'empêcher de rajouter des tons quand il parlait français, de sa voix gutturale qui liquéfiait les R. Et ça faisait rire, autour. Des rires étouffés, gênés, des sourires réprimés : ceux des collègues, des caissières, des professeurs de sa fille, à l'école. Des rires bruyants : les ados en survêtement à capuche devant le Franprix, des Noirs et des Arabes, pourtant, qui, parce qu'ils étaient nés ici, le moquaient : « Eh, le vieux Chinois ! »

Victor Truong en était peiné, mais il voyait bien qu'il embarrassait même sa fille. Ça avait commencé dès qu'elle avait appris à lire. Il n'arrivait pas à prononcer les syllabes de son manuel. Il aurait aimé lui raconter des histoires, comme son propre père qui narrait si bien l'épopée de Kim Van Kieu ou les aventures des Trois Mousquetaires. Mais comment lire à haute voix quand on peinait à prononcer les mots ? Et il était toujours épuisé. Un temps, il avait caressé le rêve de reprendre des études afin d'obtenir une équivalence pour son diplôme de lettres françaises qui ne valait rien ici. Mais avec son accent…

*

Quand Victor rêvait de la France, là-bas, au Vietnam, il pensait à celle décrite dans les livres, les restaurants des Grands Boulevards, le Bonheur des Dames, le ventre des Halles de Zola, la belle et grasse campagne normande de Maupassant ou Flaubert, avec ses ruisseaux chantants et ses vergers, les aubépines de Combray chez Proust. Cette France-là n'avait rien à voir avec celle de la dalle des Olympiades. Il se souvenait de son arrivée. À l'époque, les Tours étaient toutes neuves. Dans ces années-là, on en avait construit un paquet pour optimiser le taux de remplissage d'immigrés au mètre carré. La France avait besoin de main-d'œuvre et il fallait la loger. Ces travailleurs étrangers, transplantés de leur campagne en Algérie ou au Maroc pour se casser le dos dans les usines françaises, avaient été séduits par cette modernité bon marché, la salle de bain, le robinet d'eau courante, le carrelage et le lino neuf. Victor Truong l'avait tout de suite détestée : le formica des meubles, les revêtements en plastique, les murs en placoplâtre qui sonnaient creux. La nostalgie l'étreignait, insoutenable, dès qu'il se remémorait la vaste maison de Hanoi, avec sa cour carrée, les lits et divans en bois de santal sombre, l'odeur pénétrante des jasmins et des bougainvilliers.

C'est le sol en lino qui le déprimait le plus. Les femmes trouvaient ça pratique car ça se lavait facilement. Victor en détestait la sensation poisseuse sous ses pieds nus. Même s'il gardait ses claquettes en plastique, la sensation persistait : il était une mouche piégée, les pattes collées sur un papier gluant.

L'espace manquait. La première année, ils vécurent à 13 dans un F2. Les femmes se marchaient dessus quand elles faisaient la cuisine ou la vaisselle. L'appartement sentait la nourriture. Les nuits, l'odeur fauve des corps ensommeillés le dégoûtait, les haleines se mêlaient, les respirations rauques et les ronflements le tenaient éveillé, une main grattait furieusement une peau irritée, des articulations craquaient, des jambes frottaient nerveusement le drap, parfois, une voix ensommeillée parlait en vietnamien, plaintive ou effrayée, les songes alors se transformaient toujours en cauchemar.

Pendant ces longues nuits fébriles, il sortait. Il se perdait dans les longs couloirs de la résidence. Plus d'une fois, il avait manqué tomber dans la cage d'escalier en béton, avec ses marches en colimaçon trop étroites qui sentaient l'urine. Quand enfin il poussait les portes battantes du hall d'entrée, il aspirait goulûment l'air de la nuit. Mais rapidement le dépit le gagnait. Son corps encore engourdi de sommeil ressentait l'étrangeté du lieu.

Il sortait alors son inhalateur, il était asthmatique depuis son arrivée en France. Il ne respirait plus comme avant. Toujours cette gêne, cette oppression dans les poumons. Seul sur la dalle en béton gris, face à cette étendue minérale, il avait l'impression d'être Neil Armstrong. Il était à Saigon quand il l'avait vu à la télévision fouler le sol lunaire. Les astronautes n'étaient restés que quelques heures sur cette autre planète, émerveillés et c'est cette même exaltation qu'avec Alice, il avait éprouvée lors de leur arrivée à Roissy. À ceci près que les astronautes étaient rentrés chez eux ensuite. Pas eux. Il se souvenait de ses pieds nus sur la terre battue, le chant des geckos, les odeurs de jasmin, la chaleur qui l'enveloppait comme un manteau, la moiteur de l'air qui invitait à fumer. Était-ce l'humidité ou la température ambiante ? Il avait gardé la même marque de cigarette, des Marlboro, mais en France elles n'avaient pas le même goût. Il sortait toujours en simple chemise et finissait frigorifié.

Victor n'avait jamais aimé les Olympiades. Il rêvait d'un jardin en banlieue où faire pousser du jasmin, des magnolias, des bambous. Pourtant, les Truong ne déménagèrent jamais du 13e arrondissement. L'idée de faire leurs bagages une nouvelle fois était inenvisageable. Lui s'était exilé deux fois : quand il avait quitté Hanoi pour le Sud, après les accords de Genève, puis quand il avait fallu abandonner son pays et sa langue natale pour la France. Alors ils étaient restés là, dans ces Tours devenues familières à défaut d'être aimées.

Les Tours avaient vieilli. Les façades devenaient sinistres, la dalle se fissurait par endroits. Le quartier avait changé. Trop d'étrangers, pestait Alice. Victor ne disait rien. Il avait toujours peur. Dans le métro, dans la rue, dans les magasins. Alors, il pensait au Paris des livres. Personne pour vous bousculer, vous couper le chemin, éructer des insultes, pas de chewing-gums collés sur la chaussée, pas d'affiches de publicité avec des femmes nues, pas de graffitis sur les murs. La France aux Français, avait-il d'abord lu. Et puis, les messages s'étaient faits plus explicites, avec le virus. Coronachinois, dégagez !

*

Tous les jours, quand il se douchait, Victor Truong conjuguait des verbes en français. Attention à ne pas tomber, *dung tê*, criait Alice Truong, qui avait insisté pour installer dans la douche une poignée et un tapis antidérapant. Alice Truong aimait chanter sous la douche. Du salon, il l'entendait faire ses vocalises. Son épouse chantait tout le temps. Elle s'était même inscrite à une chorale du quartier. De la salle de bain, on entendait donc du *khai lung*, ces vieilles rengaines d'opéra populaires, des bluettes de « Paris by night », l'émission de variété des Vietnamiens de la diaspora. Et depuis peu aussi, du Justin Bieber.

Alice Truong passait tout son temps libre sur YouTube, où elle regardait des vidéos d'enfants prodiges chinois ou singapouriens jouant du piano et du violon.

C'est là qu'elle était tombée sur des vidéos de Justin Bieber enfant, au début de sa carrière. Alice Truong s'en était entichée. Elle était fan de « The Voice ». Par un mystère que Victor Truong ne parvenait pas à élucider, elle connaissait tous les tubes du moment, qu'elle écorchait joyeusement en même temps que les candidats, tandis qu'elle invectivait les coachs : « *Ong nay ngu thay mo !* Ce type est bête à voir sa tombe. »

Alice Truong se fichait des conjugaisons. Elle parlait le français, comme elle parlait le vietnamien. Sans changer les temps. De toute façon, elle répugnait de plus en plus à parler français. Jadis, elle y tenait, pour montrer qu'elle était bien intégrée et qu'elle n'avait rien à voir avec les immigrés récemment arrivés, les Chinois par exemple, qui ne respectaient rien et qui restaient entre eux. Aujourd'hui, elle n'avait plus envie de faire des efforts. Elle en avait trop fait dans sa vie. Trimer dans le salon de beauté, à genoux, respirer la vapeur des vernis pour les ongles, toucher les pieds calleux, râper les cors, enlever les peaux mortes, la corne, toujours à genoux, telle une esclave. À mesure qu'elle vieillissait, Alice s'était donc réfugiée dans sa langue maternelle comme dans un vieux pyjama peluché. C'était doux, confortable, et rassurant. Elle y retrouvait sa voix, aussi.

Victor Truong aimait l'entendre également. Autant Alice Truong était bruyante et agressive en français, autant elle se refaisait douce dans sa langue natale. Toutes les années s'envolaient. Il retrouvait fugitivement l'émotion de cette toute première fois où il l'avait appelée *em*, petite sœur, tandis qu'elle lui répondait *anh,* grand frère, c'est ainsi que se parlent les amoureux en vietnamien. Ses yeux brillaient, ses joues rougissantes étaient douces et veloutées, il n'avait osé en caresser la peau si fine mais elle lui avait donné sa main, minuscule. Il s'était penché vers elle, et de sa chevelure déployée et luisante émanait le délicat parfum des pamplemoussiers. Elle lavait ses cheveux dans une eau où elle faisait tremper des zestes de citron. Elle avait gardé cette habitude en France. Les années avaient passé, Alice avait vieilli, elle était de plus en plus fluette, mais la peau toujours aussi douce. Elle restait la même gracieuse Alice. Son odeur suave, légèrement citronnée, continuait à le bouleverser comme au premier jour. Ils s'appelaient toujours *em* et *anh*, petite sœur et grand frère, les mots d'amour les plus impudiques qu'ils eussent jamais échangés.

En France, vieillir c'était déchoir, contrairement au Vietnam où les aînés avaient le privilège d'être choyés et entourés de leur progéniture, toutes les générations vivant sous le même toit. En France, les vieux allaient mourir dans ce qui ressemblait à des prisons – lino au sol, ascenseurs avec code, cantines où l'on servait du pain tout mou avec de la confiture et du fromage sous plastique. Pendant l'épidémie, les Truong, horrifiés, avaient vu à la télévision les maisons de retraite mises sous cloche, les vieux interdits de visite pour éviter les contaminations. Tandis qu'Alice, en permanence sur Internet, suivait la situation au Vietnam, redevenant même patriote malgré sa haine des communistes, car le pays n'avait eu à déplorer quasiment aucun mort pendant la pandémie, contrairement aux pays occidentaux.

Mourir en maison de retraite. La perspective les terrifiait. Quand Victor Truong avait été hospitalisé pendant un mois pour une méchante pneumonie, il avait remarqué que les infirmières ne lui disaient pas « Avez-vous bien dormi, monsieur Truong ? », mais « Il a bien dormi, le monsieur ? », comme si elles s'adressaient à un enfant. Cela corroborait sa théorie : utiliser le « je », c'était entrer dans l'âge adulte.

Il aimait le « je » français. Dire « je », c'était s'affirmer comme individu. Jeune, il avait toujours voulu étudier à l'étranger, se délester du poids de la tradition, son père, son grand-père, tous ces anciens qui le toisaient, statues impénétrables et impavides dont les effigies en noir et blanc trônaient sur l'autel des ancêtres. À quoi bon ? Il vivait aujourd'hui dans un pays dont l'individualisme forcené le terrifiait. Des « je » qui se juxtaposaient s'ignoraient, des solitudes qui s'empilaient ou s'affrontaient. Plus il se rapprochait de la mort, plus il comprenait la sagesse ancestrale de sa langue maternelle qui avait nié le « je ». Les Vietnamiens savaient qu'il ne servait à rien de s'émanciper, le vieillard redevient l'enfant à qui l'on parle à la troisième personne, et le « je » semble vain, soudain.

Si seulement il avait eu la certitude de rejoindre, une fois mort, les ancêtres sur l'autel. Une photo parmi les autres, dans la lignée des Truong. Victor avait peur de mourir en France, ce pays qui érigeait de si solides murailles entre les vivants et les morts. Alice et lui rêvaient de finir leurs jours au Vietnam, mais l'idée de mourir loin de leur fille Anne-Maï leur était insupportable. Elle ne semblait pas décidée à se marier ni à avoir des enfants. C'était la plus grande tristesse des Truong, une vieillesse sans petits-enfants à choyer, joues moelleuses et duveteuses qu'ils auraient embrassées à la vietnamienne en reniflant leur odeur sucrée, mains potelées qu'ils auraient serrées dans leurs paluches ridées, petits ventres qu'Alice Truong aurait rassasiés, ils voulaient revivre ces jours où ils s'émerveillaient de voir Anne-Maï grandir. Chez les Truong, les albums photo commençaient à leur arrivée aux Olympiades. Avant ? Il n'y avait rien.

*

Où étaient ses amis ? On les appelait le trio des inséparables : Lam le taché, Cau le maigre et lui, Victor, le grêlé. Ils se connaissaient depuis l'enfance et partageaient les mêmes souvenirs des ruelles de Hanoi. Dans leur petit groupe, Lam, qu'on appelait le taché à cause d'une tache de vin sur son visage, était le plus assuré, le monsieur « Je sais tout », parfois agaçant tant il était péremptoire. Victor se voyait surnommé le grêlé, du fait de ses cicatrices de rougeole. Et puis, il y avait Cau le maigre, toujours écartelé entre Victor et Lam, qui apaisait les tensions, avec sa silhouette affûtée, ses mains longues et maigres, sa gentillesse inégalée.

Cau le maigre n'était jamais arrivé en France. Il avait fui en bateau et avait disparu en mer. Il était celui qui parlait le mieux français. Au karaoké, à Saigon, il faisait fureur quand il chantait « Tombe la neige », la chanson d'Adamo. Pauvre Cau le maigre. Il n'avait jamais vu la neige. Ni même eu de tombe.

Comme celle de Victor, les familles de Lam le taché et de Cau le maigre avaient abandonné une première fois leur foyer en 1954. Après les accords de Genève, un million de nordistes avaient fui le Viêt-minh. Ils avaient été relogés tant bien que mal à Saigon, ils s'étaient entassés dans des gymnases et des écoles reconverties en dortoirs. Ils étaient des immigrés de l'intérieur, immigrés dans leur pays, ces « nordistes 54 », reconnaissables à des kilomètres à la ronde avec leur accent guttural : leur vietnamien n'avait rien à voir avec celui des sudistes. Les gens du Nord détestaient l'accent du Sud et les gens du Sud n'en pensaient pas moins de cette diaspora d'intellectuels : mais pour qui se prenaient-ils ? Les sudistes et les nordistes ne se mélangeaient pas, les premiers envoyaient leurs enfants au lycée Jean-Jacques-Rousseau, les derniers à *Chu Van An*, le lycée de Hanoi bien connu, qui avait déménagé à Saigon. Le trio des garçons s'était donc retrouvé à Saigon.

Lam le taché était le premier à avoir rejoint la France, grâce à une bourse et à un visa étudiant. C'était en 1960, juste avant la mobilisation générale. Cau le maigre et Victor le grêlé avaient dû rester.

Et tandis que les journaux les abreuvaient d'images d'horreur, d'avions déversant du napalm, de villageois brûlés, ils avaient continué à vivre leur vie. Les deux copains passaient l'essentiel de leur temps à regarder les filles. Alice était une des plus jolies élèves du lycée Marie-Curie. Elle avait une peau très blanche, un nez fin, de grands yeux en forme d'abricot, une voix de rossignol. Ils tombèrent tous les deux amoureux d'elle. Et ensemble ils prirent l'habitude d'aller manger des glaces au café Givral. Ils se promenaient le long de la rivière Binh Quoi, juste avant le couvre-feu, quand le soleil rouge embrasait l'eau.

Vivre à Saigon pendant ces années-là, c'était danser sur un volcan. Parfois, dans la nuit, les shrapnels déchiraient le ciel. Certains, défiant le danger, allaient tout de même contempler le spectacle en haut de la terrasse du Continental. Les soldats encombraient les bars et les clubs, ça buvait, ça baragouinait dans toutes les langues, l'argent circulait, l'alcool, les cigarettes. On suivait les nouvelles quotidiennement. Avec la sensation d'être au cœur du cyclone. Victor se souvenait parfaitement de ce jour de juin, en 1963, quand un bonze s'était immolé par le feu pour protester contre le régime, image qui avait fait le tour du monde tandis que la femme du président Diem faisait scandale en évoquant ce « barbecue bouddhiste ». C'était en plein centre-ville, Victor avait vu la manifestation, il n'avait pas compris ce qui se passait, il n'avait pas entendu de détonation, puis se rapprochant, il avait vu l'homme brûler. Il ne criait pas. Victor crut qu'il était illusionniste. Plus tard, cet événement serait qualifié d'historique. Mais Victor aurait du mal à en saisir la portée : on ne sait jamais, au moment où elle se déroule, qu'on vit l'Histoire. Peut-être parce que c'est toujours les Événements qui prennent le dessus, que l'Histoire avec son grand H écrase toujours les histoires individuelles. C'est si fragile, une vie.

Tous craignaient les bombes, s'inquiétaient de la mobilisation générale, tous avaient un ami, un cousin, un oncle, qui combattait soit pour l'ARVN, soit comme *bo doi* pour le Nord. Les familles à Saigon étaient déchirées, personne ne comprenait rien, certains travaillaient avec les Américains le jour, avec les Viêt-cong la nuit. Victor et Cau n'imaginaient pas mourir, ils étaient si jeunes. En vérité, dans ces années-là, Victor se fichait bien de Kissinger ou de Nixon. Il s'inquiétait surtout qu'Alice ne lui préférât Cau. Les deux garçons rivalisaient d'attentions pour la jeune fille. Et puis un jour, Cau comprit. Il surprit le regard d'Alice sur Victor. Elle l'avait choisi lui, elle ne le savait peut-être même pas encore. Cau continua de les accompagner, pourtant, lors de ces promenades le long de la rivière. Mais il partait désormais le premier.

Malgré la guerre, le mariage d'Alice et Victor fut magnifique. Le festin dura trois jours. Cau fut le témoin de Victor. Alice venait d'une famille du Sud très riche.

La famille de Victor avait perdu une bonne partie de sa fortune en s'exilant mais leur nom était réputé. Le couple s'installa chez les Truong, dans une belle maison coloniale de la rue Chasseloup-Laubat, débaptisée en 1955, mais que tout le monde appelait encore ainsi.

Cau avait été enrôlé dans l'armée du Sud-Vietnam comme médecin militaire. Victor avait échappé à la mobilisation grâce à son père qui avait soudoyé les autorités, laissant quelques taels d'or à un fonctionnaire véreux. Au début, Victor avait refusé que son père intervînt, mais Alice avait insisté, tu veux que je me retrouve seule, veuve, tu ne m'aimes pas, *anh oi*, moi qui t'aime de toute mon âme, comment peux-tu me laisser ?, et Victor avait cédé. Restait en lui un poison, ce sentiment de culpabilité envers son ami parti au front : il lui avait tout volé.

Avec la chute de Saigon, leur monde s'écroula. Un jour, de très jeunes *bo doi* étaient venus frapper à la porte, exigeant que tous leurs livres fussent brûlés. Il avait fallu s'incliner. Les voisins se surveillaient les uns les autres. Victor avait allumé le bûcher. La fumée âcre piquait le nez, dessinait des volutes dans le ciel pâle. Sur les toits, on apercevait tous ces feux d'une beauté sauvage. Victor n'avait sauvé qu'un seul livre : *Les Contemplations*.

Victor et Alice décidèrent de s'enfuir. Le père de Victor les encourageait. Lui ne partirait pas, il était trop vieux. Ils avaient pleuré ensemble, le dernier soir. Ils n'avaient rien dit : que dire à ceux qu'on aime quand on sait qu'on ne les reverra plus ?

Le jour du départ, sur la plage sombre, le couple serré l'un contre l'autre attendit le bateau. Puis vint l'angoisse. La mer. L'attente et l'eau, toujours l'eau. Enfin la terre. Pulau Bidong. Puis le camp à Hong Kong. Le coup de fil à un ami des parents, qui rappellerait la famille restée à Saigon pour délivrer le mot de passe. « Les paquets étaient arrivés à destination. Les fruits ne sont pas abîmés. » Enfin la France. Lam le taché s'était porté garant, il était allé les chercher à l'aéroport.

Longtemps, ils attendirent Cau le maigre, mais les mois passèrent. On ne le revit jamais.

Ils ne reparlèrent plus de ces jours-là. Les histoires les plus terrifiantes circulaient concernant les femmes. Certaines avaient été kidnappées, séquestrées dans des îles, soumises au bon plaisir des passeurs, d'autres violées sur le bateau sous le regard de leurs pères, leurs frères, leurs maris. Celles qui avaient survécu se turent. Comme toutes les filles, Alice s'était barbouillé la tête de boue, et serrée contre Victor, elle fermait les yeux très fort, espérant ainsi qu'elle disparaîtrait de la vue des hommes. La traversée avait duré des jours. La mer semblait infinie. Mais ils arrivèrent sur la terre ferme. Une île. Un camp. Là, elle avait respiré. C'était donc fini ? Elle était allée se décrasser à la citerne. Enfin, un peu d'eau douce. Elle avait enlevé sa chemise, savouré l'eau coulant sur sa peau. Un homme avait surgi. Elle l'avait reconnu, il était sur le bateau. Il l'avait saisie par les seins, elle avait senti la bouche avide, les doigts qui pénétraient en elle alors qu'elle se débattait. Elle avait réussi à s'échapper. Elle n'avait rien dit à Victor. Elle savait qu'il en deviendrait fou, qu'il chercherait le type, que la situation dégénèrerait, qu'il risquerait sa vie, deux hommes s'étaient déjà entretués sur le bateau, c'était ainsi, la misère et la peur les rendaient fous et violents, alors elle avait enfoui la honte au plus profond d'elle-même.

Il fallait oublier. Et la mer qui avalait les morts. Et la faim. Et les poux. Et l'odeur des excréments, de l'urine, du vomi, de la terreur. Et les sales doigts de l'homme. La peur perdurait pourtant, incontrôlable. Des années plus tard, lorsqu'ils emmèneraient Anne-Maï en vacances à la Grande-Motte pour faire comme les Français, eux ne réussiraient pas à se baigner. Ils installeraient leur natte le plus loin possible de l'eau, tournant le dos aux vagues, les yeux rivés sur les grandes barres de béton modernes de la station balnéaire qui ressemblaient un peu aux Olympiades : ça les rassurait.

En France, ils ne parlaient jamais du passé. Dans le pavillon de banlieue de Lam, à Lognes, ou chez eux, dans la Tour, quand ils se retrouvaient autour de festins, Alice chantait au karaoké avec Lan, la femme de Lam, ils riaient sans évoquer les morts. Ils étaient encore jeunes. L'avenir était à écrire. On le lisait dans le visage des enfants récemment arrivés. Alice Truong et Lan avaient accouché la même année. Des jumeaux d'un côté, fille et garçon, une fille pour eux. Alice fut longtemps jalouse de son amie : elle aurait voulu un fils. Mais après Anne-Maï, son ventre resta vide. Quand sa fille eut 5 ans, un petit frère vint s'y loger mais Alice accoucha d'un bébé mort-né. Dont ils ne reparlèrent jamais, expliquant à Anne-Maï que sa maman avait été « malade ».

Victor n'évoqua jamais non plus la douleur de n'avoir pu revoir ses parents. Ni la frustration que lui causaient ces lettres écrites sur un papier si fin et qui ne disaient rien car la censure muselait leurs mots. Leurs voix semblaient étranges et lointaines à l'autre bout du fil, les communications longue distance étaient brèves, elles coûtaient si cher. Il y avait tant à dire qu'on ne savait même plus par quoi commencer. Alors on ne disait rien. Jusqu'au jour où le téléphone se tut aussi. Son père partit le premier. Puis ce fut le tour de sa mère deux ans après. Il n'avait pu assister à leurs obsèques. Il avait parfois l'impression qu'ils avaient juste disparu, comme le nom des rues de Saigon ou de Hanoi, comme la maison de son enfance, comme tout son univers.

Victor et Alice avaient pourtant connu le bonheur dans le nouveau pays. Victor Truong se souvenait du premier hiver où il avait vu la neige. La féerie de cette pluie cotonneuse lui rappelait les fleurs blanches de pamplemoussier, qui s'envolaient dans le vent, à Hanoi. La neige ! Des pétales qui fondaient sur la langue. La beauté singulière de la dalle des Olympiades nappée de blanc et le bruit amorti de leurs pas. Sa petite fille était excitée, emmitouflée d'une écharpe rose et d'un anorak vert, elle courait, tirant la langue pour attraper un maximum de flocons, son joli rire d'enfant éclaboussait tout. Lui aussi riait. Appliqués et sérieux, le père et la fille avaient fait un bonhomme de neige. Ils avaient planté une carotte pour le nez. Et Victor Truong s'était alors réjoui à l'idée que sa fille aurait droit à tout, en France : les bonnes études, la réussite, et la neige en hiver. Son enfant à lui incarnait le pays perdu, la maison, le foyer. En vietnamien, le mot *nha* rassemblait tout ça. Il voulait dire maison, mais aussi famille, patrie, terre, ou même ce simple mot : « nous ». *Nha* c'était Ithaque, le doux *home*, le *Heimat*, et bien plus encore. *Nha* : c'est tout cela que Victor et Alice voyaient quand ils contemplaient leur fille. *Nha*. Nous, notre famille. Ils n'avaient plus de racines, ils avaient perdu leur pays, mais ils l'avaient, elle. Elle était la promesse du nouveau pays, la graine qui tombée dans la terre ferait racine, et elle portait aussi le passé : Victor distinguait dans ses traits, ému et bouleversé, ceux de sa mère qu'il n'avait jamais revue.

*

Pendant des décennies, tous les matins, Victor et Alice firent du tai-chi sur la dalle. Tandis qu'Alice, appliquée, étirait ses bras et ses jambes, Victor déclamait Hugo.

Soixante ans après, il pouvait encore réciter :

Demain dès l'aube, à l'heure où blanchit la campagne,
Je partirai. Vois-tu je sais que tu m'attends.
J'irai par la forêt, j'irai par la montagne.
Je ne puis demeurer loin de toi plus longtemps…

Au printemps 2020, avec l'épidémie, les séances sur la dalle furent suspendues. Ils s'exerçaient dans l'appartement. Et Victor se répétait ces vers de Hugo, qui résonnaient si fort en lui. Hugo parlait des voyages impossibles. Le voyage du retour, dans un pays qui n'existait plus. Il restait coincé dans cet autre pays, devenu le sien, par la force des choses.

La France…

— Rentrez en Chine, arrêtez de nous piquer nos emplois !

Cela faisait une dizaine d'années qu'il avait commencé à entendre ce genre de phrases. Ce bruit de fond lui avait révélé la vérité : ici, ils ne seraient jamais que tolérés. Et encore. La France, cette grande France si fière, était nouée de peur. Tout le monde avait peur. De perdre son emploi. De perdre sa vie dans un attentat ou à cause d'une épidémie inconnue. Pour donner un visage à ces peurs, on montrait du doigt les étrangers. Cela faisait longtemps que les Truong vivaient dans la peur des agressions du quotidien. Dans la communauté asiatique on ne parlait que de ça : ces gangs qui ciblaient les Chinois, s'habillaient en faux policier, les suivaient en voiture, les cambriolaient et parfois, les tabassaient. Vitry, Ivry, Aubervilliers : les actes de violence s'accumulaient. Les agresseurs pensaient que « les Chinois avaient de l'argent ». Comme les Juifs. Mais les Juifs pouvaient fuir en Israël, il avait vu un reportage à la télé. Lui et sa femme, où iraient-ils ? Quand l'épidémie gagna la France en 2020, avec ce virus que beaucoup appelaient le coronavirus chinois, l'angoisse de la communauté s'accrut. Plusieurs restaurants avaient été dégradés, tags, vitrines cassées. Victor s'était fait alpaguer au Franprix. Un type avec son masque avait voulu l'empêcher de rentrer dans le magasin. « Casse-toi sale Chinois avec ton virus. — Je ne suis pas chinois, je suis vietnamien », avait-il bafouillé, piteusement. Il ne dit rien à Alice. Il ne voulait pas l'inquiéter. Mais il imaginait qu'un fou, un jour, débarquerait ici, submergé par la haine envers les Asiatiques. Ses cousins américains avaient tous acheté des flingues pour se protéger. Là-bas, ça ne s'était jamais arrêté, cette haine. Dans les années 80, le péril jaune était incarné par les « Japs » : Vincent Chin, un Sino-Américain, avait été tabassé à mort par des employés de l'industrie automobile vociférant contre ces « Japs » qui leur avaient piqué leurs emplois. Désormais, tous les bridés étaient englobés dans une seule entité : les Chinois. Avec le Covid et ses millions de morts, c'était un miracle qu'un forcené n'eût pas déjà posé une bombe dans Chinatown.

*

Ce 15 septembre 2020, Victor Truong était de sortie avec Alice. C'était à nouveau autorisé. Alice pestait contre ces Français qui semblaient mettre un point d'honneur à défier l'obligation de port du masque : ils prétendaient que c'était contraire à leur liberté ! Ça leur ferait une belle jambe, s'ils tombaient malades ! Dans la communauté asiatique, on n'en avait pas fait un foin. Depuis le début, on ne sortait plus sans.

Devant la tour, ils aperçurent le voisin du 510, ce type bizarre, avec sa longue barbe rousse. Sans masque, bien sûr, mais personne ne lui faisait remarquer. Il faisait peur à tout le monde.

La suite des événements fut confuse. Le type avec la barbe rousse s'était jeté sur un petit chien noir, ou sur le monsieur qui le promenait. Il y avait eu des cris, des aboiements, ou des cris qui ressemblaient à des aboiements.

Était-ce à nouveau un attentat ?

Victor Truong avait tiré Alice Truong par le bras et s'était empressé de se barricader dans leur appartement. Alice Truong n'avait pu résister. Quand elle avait vu les camions de BFM TV débarquer, elle était allée à leur rencontre et, imprudente, avait même parlé à un journaliste.

Victor Truong, lui, était resté cloîtré. Il se sentait vieux.

Il pensa à Lam le taché qui ne répondait plus à ses coups de fil.

Il pensa à Cau le maigre, évaporé lui aussi.

Il ferma les yeux et soudain il eut l'impression d'être retourné là-bas : il entendait le doux clapotis de la pluie sur la tôle ondulée du toit et la ritournelle du gecko. La maison de Hanoi. La cour intérieure où sa mère et ses tantes, accroupies, lavaient la vaisselle dans des baquets et chantaient, les bougainvilliers, les saules qui pleuraient près du lac de l'Épée restituée.

Il était à nouveau un petit enfant, il sortait avec Lam le taché et Cau le maigre dans les ruelles jouer au combat de criquet.

Ils étaient adolescents, de jeunes hommes fringants, ils refaisaient le monde au café Givral, regardaient les filles en *ao dai* pédaler gracieusement sur leurs bicyclettes, ils avalaient un *pho* au marché, se désaltéraient d'un jus de canne à sucre bien frais, il entendait la complainte du marchand ambulant, il tenait la main d'Alice près de la rivière *Binh Quoi*, lui retirait son épingle et ses cheveux noirs soudain ruisselaient sur ses épaules, son visage était doré, caressé par la lumière diaprée du couchant.

Il était jeune père, Anne-Maï riait, il neigeait, ils tiraient la langue pour goûter la neige au goût de métal.

Plus rien n'avait de goût aujourd'hui.

Il se dirigea vers le frigo et sortit un triangle de Vache qui rit. La texture molle et écœurante le réconforta, au Vietnam, ils se régalaient des *banh mi* sur les étals des vendeurs à la sauvette et de « vasskiri », le fromage français coulant.

Il était trop tard. Il ne pensait pas qu'il lui fût désormais possible de trouver un refuge ailleurs.

Qu'il lui fût. Encore un imparfait du subjonctif. Est-ce que ça s'entendait un accent circonflexe quand les vrais Français le prononçaient ?

C'était si beau, l'imparfait du subjonctif.

Anne-Maï Truong, d'une dalle l'autre
(15 septembre 2020)

Passer d'une Tour à l'autre : voilà ce à quoi la vie d'Anne-Maï se résumait pour l'instant. Il y a dix ans, s'étant juré de fuir le béton, elle avait déménagé dans un immeuble en crépi de cinq étages, de l'autre côté de l'avenue d'Italie, du côté « français » du 13ᵉ mais elle n'avait jamais investi les lieux, se contentant d'y dormir la nuit. La journée, elle la passait dans l'*open space* d'une tour de La Défense, où était installé le siège de Canina Inc., leader de la nutrition animale. Le son de la dalle, à La Défense, était légèrement différent des Olympiades, noyé par le martèlement de milliers de pieds de salariés en transhumance. Tous les matins, le RER A crachait sa livraison d'humains, ça courait sur le quai, ça se bousculait dans les escalators, ça remontait à la surface, puis ça se dispersait en rangs bien serrés. C'était fascinant de voir cette foule compacte se diriger en tous sens, sans même lever la tête vers la haute silhouette des tours, ni vers l'arche monumentale, point d'orgue de cette perspective qui courait de l'Étoile à l'Arc de triomphe le long des Champs-Élysées. La dalle, comme aux Olympiades, étaient desservie par une myriade d'escalators. Un jour, en courant, elle avait coincé son talon dans l'un d'entre eux, qui la ramenait vers la surface. Paniquée, elle avait désespérément secoué le pied, pensant à tous ces accidents d'escalator et leur lot de jambes broyées, strangulations, mains sectionnées[1]. Derrière, les gens avaient commencé à s'impatienter. Puis à la contourner. Elle s'était dégagée in extremis mais s'était dit qu'elle avait manqué se faire amputer, là, dans l'indifférence générale. Elle aurait été un « accident voyageur ».

Le plan Chrysanthème avait été annoncé aux salariés de Canina Inc. fin 2019. Derrière ce nom bucolique, un plan de réduction des coûts qui taillerait en priorité

---

1. « La mère meurt broyée par un escalator ! » « Une fillette happée par un escalator ! » « Son écharpe se coince dans un escalator, il meurt étranglé. » Sur YouTube, les vidéos de mort ou d'accident par escalator pullulent. Pourtant, les ascenseurs sont statistiquement plus dangereux. Aux États-Unis, par exemple, on compte 900 000 ascenseurs, et seulement environ 35 000 escalators, alors que les escalators sont plus rentables, vu qu'ils transportent plus de personnes (105 milliards par an, contre 18 milliards pour les ascenseurs). Les escalators sont cependant bien plus sûrs que les ascenseurs. On déplore chaque année 27 morts par ascenseur (souvent des réparateurs), et 10 200 blessures, contre 2 morts et 6 000 blessures causées par un escalier mécanique. Il n'existe cependant pas de statistiques mondiales sur les morts par escalator (ni d'ailleurs par ascenseur). (Source *Western Journal of Emergency Medicine*, mars 2013 ; 14(2) : 141-145)

dans la masse salariale : eux. C'était la Blonde, la nouvelle DAF, qui leur avait présenté Chrysanthème en AG. Anne-Maï l'avait trouvée belle, avec son visage aigu et ses traits fins. La Blonde se tenait très droite à l'image de ces femmes qui toute leur jeunesse ont contraint leur corps à l'art difficile de la danse classique. D'une voix douce et précise, elle leur avait expliqué qu'il faudrait désormais fonctionner avec moins. Rationnaliser. Couper. S'alléger.

Anne-Maï savait son poste menacé. Son service comptait 18 personnes, soit 16,8 ETP. On avait tenté de lui expliquer comment les 18 individus s'étaient transformés en 16,8 ETP. Anne-Maï n'avait rien compris sauf une chose : l'intégrité humaine était toute relative puisqu'il était facile de fractionner l'individu. On disait un « individu ». Pourtant, l'être humain était divisible, un ETP divisible en plein de petites parts fractionnables – des « dividus » –, tous les masques qu'on superposait dans cette farce grotesque qu'était la vie. Qu'importe, elle avait besoin d'être un ETP. Elle pensa avec un pincement au cœur à ses parents. Quand elle avait obtenu un CDI, à 31 ans, après six ans de contrats précaires, des études erratiques – une classe préparatoire abandonnée en pleine année scolaire, une réorientation en faculté de lettres, un nouvel échec au CAPES de lettres, qui lui avait interdit les portes du paradis de la fonction publique – ils avaient été soulagés de la savoir tirée d'affaire. Certes, elle n'avait jamais imaginé qu'elle passerait des journées entières à écrire des argumentaires marketing pour croquettes pour chiens. Elle était spécialiste des alicaments pour chiens et devait piloter une opération prévue pour l'automne 2020, l'introduction des Crocoss ©, les nouvelles croquettes pour peau sensible et ostéoporose précoce[1]. Elle tentait d'avoir l'air investie, mais elle le savait, au fond : elle n'était pas indispensable au bon fonctionnement de l'Entreprise. Pas plus qu'elle ne s'était jamais sentie indispensable nulle part. Certaines personnes attirent la lumière dès qu'ils pénètrent dans une pièce, par leur sourire ou leur aura. Elle, elle était un personnage secondaire, une « silhouette » comme on appelle ces figurants muets dans les films. Résumée à son appartenance ethnique. Dans l'Entreprise, il y avait trois autres Asiatiques comme elle. On se méprenait toujours sur leurs prénoms. La confusion pourrait-elle la sauver dans le cadre du PSE ? La Coréenne en charge du CRM (le *custom relationship management*) était très appréciée par la hiérarchie. Alors qui sait, sur un malentendu.

Les mois suivant la réunion Chrysanthème, l'atmosphère était devenue irrespirable dans l'Entreprise. Les salariés tentaient de se faire oublier, espérant échapper à la faucheuse. L'invisibilité était la condition de survie.

1. « Ceux qui ont l'âme le plus profondément ignoble prennent des chiens et se laissent tyranniser par ces chiens et finalement détruire (…) La masse est pour le chien, parce qu'au fond d'elle-même elle ne veut même pas faire l'effort d'être seule avec elle-même » : Thomas Bernhard, *Béton*. C'est ce qu'il y a écrit sur le mug d'Anne-Maï, une petite provocation « corporate » qu'elle n'assume qu'à moitié.

Dans le silence ponctué du cliquetis des touches d'ordinateur de l'*open space*, chacun surveillait son voisin en feignant d'être le plus affairé possible. Il circulait, disait-on, des listes noires. Chacun espérait que la foudre tomberait sur le voisin. Personne n'osait craquer, ce n'était pas le moment de paraître faible, une cellule d'aide psychologique avait été ouverte pour prévenir les risques psychosociaux induits par le PSE, un numéro vert, donc gratuit, mais personne n'osait le composer de peur d'être fiché. Dans le cadre du PSE, il fallait répondre à un questionnaire et renseigner ces éléments : 2 points par enfant, 2 points pour un conjoint au chômage, âge et ancienneté. Plus on obtenait un score élevé, plus on avait de chance d'être épargné. Le must était d'être en situation de handicap : l'Entreprise ne parvenait jamais à remplir son quota de salariés handicapés et devait payer tous les ans une amende pour non-respect de ses obligations légales. Si Anne-Maï avait été malentendante, aveugle ou tétraplégique, elle aurait obtenu un bonus de 4 points. À l'époque, pourtant, quand une société de conseil en « diversité » était venue auditer l'Entreprise, aucun salarié, même sa collègue Marina qui souffrait d'une surdité de l'oreille droite, n'avait osé se manifester. Tous craignaient un piège. Beaucoup regrettèrent ensuite d'être passés à côté de l'aubaine. Anne-Maï n'était pas assez myope pour être considérée comme malvoyante. Elle n'avait pas d'enfants, ni de mari au chômage, ni plus de 55 ans. Avec un total de 2 points, elle se trouvait dans les premiers sur la liste.

La survenue de l'épidémie de Covid au printemps 2020 empira la situation. Le lancement de Crocoss © avait été repoussé à 2021. Anne-Maï commit l'erreur de déclarer à la DRH qu'elle était en « situation de vulnérabilité » du fait de son asthme. Elle avait séché quelques réunions alors que toute son équipe avait mis un point d'honneur à se retrouver dans l'*open spac*e jusqu'au dernier moment, faisant fi du risque de contamination. Puis était venu le confinement. Pendant des mois s'étaient succédé les réunions sur Zoom. Elle se branchait, écoutait d'une oreille de plus en plus distraite la vie lointaine de l'Entreprise, prétextant des problèmes de connexion pour désactiver sa caméra alors que ses pairs arboraient des mines concernées, dans la mosaïque de l'écran. Peu à peu, on omit de la mettre en copie ou de lui envoyer les invitations Google Meet. Sauf pour les réunions animées par la Blonde qui concernaient la stratégie future de l'Entreprise, suivies par tous les salariés.

Pendant ces réunions à distance, Anne-Maï eut tout loisir d'observer la Blonde. Sur l'écran, elle était encore plus fascinante. La beauté est, dit-on, affaire de proportions mathématiques. Un corps et un visage harmonieux sont modélisables en équations, tout n'est qu'affaire de barycentre. Le barycentre de la Blonde était parfaitement placé. Anne-Maï faisait partie du camp des gens mal barycentrés. La Blonde devait être née comme ça, avec ses cheveux bien en place et son dos tout droit. Dans le cadre de sa webcam, on apercevait son appartement, décor parfait, tout en teintes douces, beige, grège, semblable aux annonces Airbnb ou ces logis de rêve sur

Instagram. Anne-Maï avait toujours pensé que personne ne vivait dans ce genre d'endroits. Parfois, elle rêvait de *homestaging*, en feuilletant les catalogues Ikea où les appartements étaient toujours fonctionnels, les teintes des papiers peints et canapés coordonnées, les meubles ultra-pratiques. Ikea lui semblait offrir le mode d'emploi d'un monde inaccessible, bien ordonné, celui des Français, dont le sésame serait ces accessoires et meubles aux noms étranges : Knopparp, Färlöv, EkTörp.

*

À quoi ressemblait la vie de la Blonde dans son bel appartement ? Quel effet ça faisait d'être riche, désirée et de décider pour les autres ? À force de la voir s'inviter chez elle, apparition lumineuse sur son écran d'ordinateur, Anne-Maï développa une fascination morbide pour cette femme. C'était fatal. Elle avait toujours vécu sous l'emprise des Blondes. Il y avait d'abord eu celles des livres : Camille ou Madeleine de Fleurville, les Petites Filles modèles – avec leurs anglaises dorées et leurs robes à smocks – ; Boucle d'Or-la-pute qui, sans gêne, volait les lits et les tables des trois ours ; la Belle au bois dormant mais aussi les blondes de la télévision et des dessins animés[1].

1. Candy, Pollyanna, Cendrillon, Lady Oscar, Marie-Antoinette (toujours dans *Lady Oscar*), Aurore de *La Belle au bois dormant*, *Peau d'Âne*. Anne-Maï découvrirait plus tard cette même dichotomie

Mais surtout, il y avait eu les Barbie. Leurs longues jambes en plastique fuselées, leurs cheveux d'or, leurs délicats pieds cambrés pour les talons aiguilles, leur poitrine altière. À chaque anniversaire et ce, jusqu'à l'âge canonique de 14 ans, celui de son entrée en troisième, à l'époque où toutes les filles avaient désormais des seins et des soutiens-gorge, sauf elle, Anne-Maï réclama une Barbie à ses parents. Elle aimait les parer puis les torturer. Elle pouvait les pendre. Les étrangler. Leur couper les mains. Les pincer. Les brûler. Les perforer avec la pointe de son compas. Ronger leurs petits pieds élastiques et délectables. Leur arracher les cheveux. Leur barbouiller la figure de marqueur. Elles résistaient à tout.

La blonde Barbie était-elle une icône du *girl power* ? Un jour, Anne-Maï avait réalisé, intriguée, que quasiment toutes les femmes de pouvoir étaient blondes. Angela Merkel, Hillary Clinton, les patronnes de la Silicon Valley ou du CAC 40, la chef du FMI… Les vraies blondes ne représentaient pourtant que 2 % de la population mondiale. La blondeur était en effet due à la mutation d'un gène dénommé MC1R, advenue il y a onze

---

dans les séries américaines, où une brune, même jolie, joue toujours le faire-valoir d'une blonde. *Dallas,* Sue Ellen = brune alcoolique. Linda Evans = blonde, épouse parfaite. *Dynastie,* Joan Collins est elle aussi la méchante. *Beverly Hills* : tout le monde aime détester Shannon Doherty. Même les séries plus récentes comme *Gossip Girl* perpétueraient le cliché.

mille ans. L'homo sapiens chassait les femelles blondes en priorité car elles étaient rares, donc recherchées. Le phénomène était biologique[1]. Les vraies blondes étaient une espèce en voie d'extinction : la dernière blonde naîtrait en Finlande, vers 2300. En attendant, le blond n'avait jamais été aussi copié. Une femme sur trois se teignait les cheveux en blond.

Dans les quartiers riches, les femmes, qu'importe leur âge, étaient souvent blondes et minces, corsetées dans des jeans et haillons de marque, les dents bien rangées. Dans les quartiers les plus pauvres, le cheveu était frisé, crépu, noir, raide, châtain, avec ou sans extension. On se tenait moins droit, avec les dents de travers et, passé un certain âge, on en manquait, les implants n'étaient pas

1. La séduction de la blondeur perdura à travers les âges. À Rome, les brunes se teignaient à la chaux, avec de l'excrément de pigeon ou même de l'urine d'enfant fermentée. L'impératrice Messaline était célèbre pour ses perruques blondes. Les perruques venaient des chevelures des esclaves nordiques qui fascinaient les soldats romains. Il n'y avait aujourd'hui plus d'esclaves nordiques, mais il y avait toujours des cheveux à vendre : ceux des femmes chinoises ou indiennes pauvres. Une fois coupées, rassemblées, expédiées, puis triées, peignées, lavées, leurs mèches qui se vendaient par tonnes, étaient teintes en blond dans des usines pour finir sur les têtes des Occidentales sous forme d'extensions. Des mafias russes allaient chasser le vrai cheveu blond dans les Pays baltes, mais celui-là coûtait encore plus cher que de l'or, le commerce du cheveu blond était dangereux, on mourait parfois, de ramener la précieuse cargaison.

remboursés par la Sécu. Les femmes pauvres étaient les premières à tomber sous les coups de l'âge, de la vie qui ronge les chairs, ternit les peaux, les regards et les lèvres. Pour les femmes de couleur, la quête de la beauté était d'autant plus absurde qu'elles n'avaient qu'une obsession : ressembler à des Blanches et avoir leurs cheveux. Les Noires se napalmaient la tête pour arborer des chevelures lisses, les Maghrébines tiraient sur leurs boucles pour arborer des brushings impeccables, les Asiatiques s'infligeaient des permanentes et se débridaient les yeux. Toutes s'enferraient dans cette détestation d'elles-mêmes qui les conduisait, en plus de vouloir ressembler à des femmes blanches, à ne vouloir plaire qu'à des hommes blancs, quitte à n'être pour eux que des objets exotiques de consommation.

*

Était-ce l'excès d'écran ? La fameuse « lumière bleue » ? Anne-Maï voyait de plus en plus mal. Pendant les réunions sur Zoom, souvent, tout devenait flou. Elle avait mis ça sur le compte d'une mauvaise connexion, mais de plus en plus souvent, les visages se dédoublaient, les images sur l'écran semblaient dotées d'une vie propre. Elle était très myope, mais dûment appareillée, elle réussissait à évoluer dans un monde aux contours précis[1].

1. Anne-Maï avait toujours peur de devenir aveugle. Gardant en mémoire les prédictions de la voisine du 1er Maria Gonzales

Il lui suffisait pourtant d'ôter ses lunettes pour retomber dans un univers de songe mal pixelisé où les êtres et les choses se confondaient. Depuis peu, chez l'ophtalmo, elle échouait à tous les tests oculaires. Notamment celui du point vert et du cercle rouge.

— En dehors du cercle ? En dedans du cercle ? interrogeait le praticien.

La tête coincée dans la machine, le regard fixé sur un petit écran, elle se concentrait. Elle était soulagée à chaque fois qu'elle répondait correctement. Mais là… Le point vert sautillait. Dedans ? Dehors ? Le foutu point semblait à la fois dedans et dehors, à l'instar du chat mort et vivant de Schrödinger. Un être et un non-être. Comme les fantômes de sa mère… Encore eux. Elle croyait s'en être libérée mais ils la poursuivaient à l'intérieur de ses yeux.

Les fantômes hantaient depuis toujours l'appartement des Olympiades. Ils parlaient dans la télévision via le magnétoscope (« Il faut mettre le magnétoscope en marche, ma chérie, tu sais bien, grand-père nous parle à travers la télé, quand il y a le magnétoscope ! »), ils mangeaient les offrandes sur l'autel des ancêtres (« Tu ne TOUCHES pas aux fruits sur l'autel, ma chérie, grand-père ne sera pas content, son fantôme te mangera l'estomac et tu auras un énorme trou à la place du ventre ! »), et on les voyait même, ombres spectrales sur les photos plantées sur l'autel des ancêtres. L'image d'un

---

(voir note 1, p. 89) qui soupirait, en la voyant : « Si petite, et déjà de si grosses lunettes. Tu vas devenir aveugle, ma fille. »

arrière-grand-père la terrorisait plus particulièrement, elle ne savait toujours pas s'il s'agissait d'une photo ou d'une peinture ratée.

« Dans la famille, nous avons un don. Nous parlons avec les morts », répétait sa mère.

La prédiction familiale s'était-elle réalisée ? Voyait-elle à son tour des fantômes ? Peut-être souffrait-elle de problèmes neurologiques. Elle avait tapé « symptômes dégénérescence neurologique » sur Google, s'était reconnue. Elle avait réclamé une IRM, mais son médecin traitant avait haussé les épaules. « C'est un problème de convergence », assénait quant à lui l'ophtalmo. « Une dégénérescence classique, due à l'usage trop intensif de la lecture sur écran. Et puis vous êtes myope, c'est un facteur aggravant. »

Le monde se séparait en deux. Ceux qui voyaient clair et loin, et pouvaient agir sur le réel. Et ceux qui voyaient flou, contraints à subir. Des touristes égarés incapables de lire les panneaux d'orientation, des losers de l'existence.

Elle aussi, elle allait rejoindre les fantômes de l'autel des ancêtres. Les médias annonçaient une récession mondiale historique. Les températures atteignaient des records. Les incendies ravageaient la planète. Les virus allaient continuer à décimer la population. Le monde s'effondrait. Eux, les non-désirés, les immigrés, ils seraient les premiers à payer les pots cassés. Énième déchéance. Ça devait être dans leurs gènes. Ses parents étaient riches à

Saigon puis, pouf, ils s'étaient retrouvés en France, tournant en cage dans leur F3 des Olympiades. Des *nha que* ! (Ça se prononçait niakoué, insulte qui les désignait eux, les chinetoques. En vietnamien, ça voulait dire « ceux qui vivent à la campagne », et par extension : plouc, ringard, blédard, naze, en somme.) Voilà ce qu'ils étaient devenus. Son père travaillait chez Tang Frères. Sa mère faisait les ongles des Françaises. « Si tu avais vu nos terres, ma chérie… » psalmodiait sa mère. Dans son incessante rengaine ces terres mythiques devenaient des mines de rubis, de diamant, des plantations de pavot, d'hévéas, d'arachides, peut-être y avait-il du pétrole ou du gaz de schiste dans le sol rouge.

Mais il n'y avait plus de terres. Ses parents étaient français, leur décret de naturalisation, le 189488X78, était immortalisé dans le *Journal Officiel.* Ils avaient une carte d'électeur, une carte Vitale, tous ces bouts de plastique et de papiers étaient de précieuses preuves d'existence (et l'on n'a jamais assez de preuves d'existence quand on vient de nulle part), mais en temps de crise, ça ne pesait pas grand-chose. Le pire était toujours possible. Partout dans le monde, on s'en prenait aux Asiatiques. Coupables d'avoir colporté le virus. On fermait déjà les frontières, on supprimait les visas. On renvoyait les indésirables. Eux, les Truong, pourraient être renvoyés aussi.

Mais où ? Quand la cheffe blonde d'un parti politique promettant de rendre la France aux Français s'était retrouvée au second tour de la présidentielle, l'épicier algérien, le seul qui avait résisté à ses concurrents chinois de Chinatown, avait plaisanté : « Allez, hein, ça y est, mademoiselle, ils veulent nous renvoyer chez nous ! » Anne-Maï avait frissonné. Chez nous. Ça voulait peut-être dire quelque chose pour l'épicier algérien. Mais pour elle qui était née en France, chez nous, ça voulait dire nulle part.

Renvoyée. On ne renvoyait pas les vrais Français. Comment faisait-on pour être un vrai Français ?

Renvoyée. Il suffisait d'un rien pour se retrouver de l'autre côté de la barrière. Elle serait licenciée, elle perdrait son statut, son salaire, son logement, puis ses papiers. Elle ne serait plus rien.

*

En septembre 2020, la majorité de l'effectif de Canina Inc., poussée par les managers, avait réintégré l'*open space* de la tour. Anne-Maï, tétanisée, arguant de la climatisation propice à la propagation des germes et des diverses études épidémiologiques, continua d'invoquer son statut de « personne vulnérable » auprès de la DRH pour rester chez elle. Quand elle reçut une convocation pour se présenter le 15 septembre dans les locaux, elle demanda que l'entrevue se déroulât à distance. On lui accorda une dérogation.

Ce mardi 15 septembre 2020 à 9 heures, elle était chez ses parents. Dans sa chambre, elle alluma l'ordinateur. Sur l'écran apparut le visage de la Blonde. C'était la première fois qu'elles étaient en tête à tête. La connexion était parfaite et l'image de la Blonde très nette.

— Anne-Maï Truong ? Vous m'entendez bien ?

C'est alors qu'Anne-Maï eut une révélation. La Blonde n'était autre qu'Armelle Trudaine. Armelle. Avec vingt ans de plus. Armelle, dont tous les garçons étaient amoureux en prépa. Armelle ne lui avait jamais adressé la parole, mais Anne-Maï se souvenait parfaitement d'elle. C'était comme ça, à l'école, à l'université, ça continuait dans le monde professionnel et il en serait ainsi jusqu'à la mort. Il y avait les élus et les damnés. Ceux dont on se souvenait et ceux qu'on oubliait. Le ventre mou, la masse indistincte de ceux qui tentaient péniblement de graviter dans l'orbite des seigneurs. Depuis que le monde était monde, les dominants se serraient les coudes pour préserver leur caste, tandis que les dominés se piétinaient, espérant attraper quelques miettes de la lumière des heureux du monde. L'Indochine fonctionnait exactement comme cela au temps de la colonisation. Les indigènes restaient à leur place, loin des métropolitains. Pour asseoir leur fortune, ses grands-parents avaient accepté de collaborer avec les Français. Ils avaient appris à leurs enfants la langue de leurs maîtres : le français. Ils avaient donné à leurs enfants des prénoms français, les avaient mis dans des écoles françaises où l'on chantait *La Marseillaise* et où on les punissait s'ils parlaient vietnamien avec leurs camarades. Mais leurs pathétiques efforts ne parvenaient jamais à effacer la réalité : ils restaient des indigènes.

Anne-Maï se força à écouter la voix dans l'écran. La femme était désolée, elle aurait tellement préféré lui expliquer tout cela de vive voix, mais c'était elle, Anne-Maï, qui refusait de venir dans l'Entreprise, toutes les précautions sanitaires étaient pourtant prises très au sérieux, son attitude montrait que finalement, elle n'était plus investie dans le Projet, il était peut-être temps pour elle d'évoluer, ailleurs, compte tenu de la crise, il avait fallu prendre des décisions, le plan Chrysanthème l'exigeait. Ce serait deux mois de préavis sans obligation de l'effectuer. Si on y ajoutait le congé de reconversion, la prime à la formation, la prime pour pallier le délai de carence, ça faisait un joli paquet. Anne-Maï était virée.

À ce moment-là, Anne-Maï pensa à la fureur des salariés qui brûlaient des pneus, cassaient l'outil de travail et séquestraient les patrons. Ceux qui avaient arraché la chemise de leur DRH, l'image avait tourné en boucle sur les chaînes d'information en continu, tandis que les commentateurs fustigeaient la violence de l'acte. La robe-chemisier de la Blonde était bleue, assortie à ses yeux. Les deux premiers boutons étaient défaits, suggérant les seins hauts et fiers qui pointaient sous la fine étoffe. Si Anne-Maï avait été en face d'elle, elle aurait pu répondre, peut-être lever la main, ébouriffer son brushing, le teint pâle d'Armelle serait devenu brique. La reine des neiges aurait eu chaud, elle aurait sué comme un bœuf, des taches seraient apparues sur la soie bleue, elle aurait paniqué, Anne-Maï l'aurait peut-être séquestrée elle aussi, l'autre aurait supplié, de la morve aurait coulé de son petit nez droit, et Anne-Maï l'aurait insultée, « Mouche-toi, arrête de renifler, salope ». Anne-Maï se souvenait encore du petit balèze de CP qui s'était moqué d'elle et qu'elle avait mordu, quelle jouissance de lui avoir pété la gueule, de l'avoir entendu chouiner, oui, quelle ivresse c'était de ne pas s'écraser, garder la tête haute, elle en avait tellement assez de s'excuser d'exister en permanence, d'ignorer les petites humiliations du quotidien sans jamais répliquer. Se soumettre, toujours. Oui, si elle avait été face à la Blonde, elle aurait pu lui arracher sa robe. Et lui dire merde.

Ou pas.

Dans l'écran, le visage, interrogateur, la scrutait.

— Vous avez compris, mademoiselle Truong ?

Elle acquiesça. La Blonde s'excusa. Et elle se déconnecta.

Des Crocoss © pour votre Bogoss !

L'obésité peut causer des problèmes de santé à votre fidèle compagnon. Voilà pourquoi Crocoss © a sollicité les meilleurs vétérinaires et nutritionnistes pour concocter une recette de croquettes à la fois équilibrée, fondante et craquante. Étudiée pour un apport calorique optimal, avec des teneurs faibles en matières grasses, mais riches en protéines, en fibres, en nutriments essentiels et en glucides complexes pour réduire la sensation de faim, Crocoss © permettra à votre animal adoré de maintenir un poids idéal et sa masse musculaire, y compris après stérilisation. Grâce à son taux élevé en antioxydants, Crocoss © contribue à la neutralisation des radicaux libres pendant les inflammations articulaires et favorise la santé des cartilages grâce à la glucosamine. Sans oublier le facteur plaisir : la recette Crocoss © contient de véritables morceaux de poulets bio origine France, Crocoss © est certifié Green Friendly, garanti sans huile de palme pour lutter contre la déforestation en Indonésie. La gamme Crocoss © se décline également en Crocoss © anti-tartre, en Crocoss © friandises et en-cas pour chiens (oreille de sanglier, bois de cerf).

LES AVIS DES CONSOMMATEURS

Super mais croquettes un peu friables

@champipi61 : Mon labrador adore, mais les croquettes sont un peu friables et il reste beaucoup de poudre au fond.

@chefdeproduitcrocoss : Merci pour votre confiance.

Tip top !

@charlotteCies : Je recommande Crocoss. J'ai quatre chiens dont trois viennent de la SPA et depuis la stérilisation, ils avaient pris beaucoup de poids. Je leur donne Crocoss, avec ce régime, ils sont en pleine santé et ils n'ont aucun problème de selles. Et ils ont un beau poil brillant.

@chefdeproduitcrocoss : Merci pour votre confiance. Nous nous tenons à votre disposition si vous souhaitez faire partie des clients testeurs de notre nouvelle gamme.

Vous n'avez pas répondu à ma question sur la gamme anti-tartre

@clienteénervée : Mon chien souffre de plaque dentaire. J'ai acheté la gamme Crocoss qui devait réduire son problème gingival. Le vétérinaire me confirme que vos croquettes hors de prix n'ont absolument pas réglé ses problèmes de salivation et que sa parodontose s'aggrave. POUVEZ-VOUS EXPLIQUER ????

@chefdeproduitcrocoss : Vous savez quoi ? Je m'en branle de la parodontose de votre putain de clebs. Demain je me casse de cette boîte de merde alors allez tous vous faire foutre avec vos chiens castrés et obèses.

@chefdeproduicrocoss : Toutes nos excuses à nos clients, notre compte a été temporairement hacké. Nous vous remercions pour votre confiance. Crocoss © est toujours à vos côtés !

Ascenseur (3)

Dix personnes au moins attendent devant les ascenseurs. Tout le monde écoute Alice Truong, qui, à grand renfort de gestes, raconte ce qu'elle a vu hier sur la dalle : l'attentat contre le célèbre écrivain. C'est le locataire du 510, le type roux avec sa barbe, qui l'a agressé. Maria Gonzalez, du 101 au 1er étage, dit que le locataire du 510 lui a toujours fait peur. Jean Tourneur, propriétaire du 3746, au 37e étage, un homme d'une soixantaine d'années aux cheveux gris, très distingué, se mêle à la conversation (alors qu'il ne prend jamais les ascenseurs desservant les étages de 1 à 15)[1]. Il assure que l'homme roux est un Kabyle algérien (d'où les yeux clairs et les cheveux roux). Péremptoire, il explique avoir déjà échangé avec l'homme dans l'ascenseur et pressenti

1. Jean Tourneur ne sait pas qu'il trouverait chez le locataire du 510 beaucoup de ses livres de chevet : Charles Maurras, Maurice Bardèche, Jean Raspail. De son appartement au 37e étage, Jean Tourneur a une vue imprenable sur Paris, la tour Eiffel et Notre-Dame. Les vestiges du Paris « avant le Grand Remplacement », dit-il. Jean Tourneur n'aime pas les étrangers, tolère cependant les Asiatiques, « plus disciplinés », dit-il.

« que quelque chose ne tournait pas rond ». Mensonge ! Comment Jean Tourneur aurait-il pu croiser l'homme roux dans l'ascenseur puisqu'il ne l'emprunte jamais ? Et surtout pas ces derniers temps, où chacun tente de prendre l'ascenseur seul pour éviter les germes ! Mais personne ne relève les incohérences de Jean Tourneur. Les Wang – qui habitent au 14e étage – et les Truong du 15e (on dénombre 7 familles Truong dans la tour Melbourne) écoutent, sans piper mot. Sur la porte 510, il y a du scotch et le mot « Scellé ». Les policiers sont déjà passés, explique Alice Truong. Ils lui ont même posé des questions. En bas, dans le hall, une autre Asiatique griffonne dans son carnet. « Vous habitez ici ? » demande Maria Gonzales. « Je vais voir ma cousine », dit la fille. Maria ne relève pas. La fille se met alors à parler vietnamien avec Alice Truong qui lui raconte tout ce qu'elle a vu la veille. La fille repart aussitôt. Aucune trace d'une cousine lors de son périple. Une fois dans le métro, elle se saisit de son téléphone et envoie un SMS : « c bon, j'ai eu des trucs sur le profil du terro, c un islamo kabyle, j'écris le papier, dis au site qu'ils pourront publier ce soir[1]. »

1. Il s'agit d'une journaliste dénommée Doan Bui qui, notons-le, ne fait pas honneur à la profession puisqu'elle vient d'enfreindre la charte de déontologie de la presse, selon laquelle un professionnel de la presse ne doit pas mentir sur ses fonctions pour obtenir des informations. Encore plus méprisable : sa façon de parler vietnamien pour amadouer cette pauvre Alice Truong qui est tombée dans le panneau. La journaliste se montre d'autant plus mauvaise professionnelle qu'elle va citer Jean Tourneur et ses allégations parfaitement fantaisistes sur le locataire du 510.

Appartement 512, Ileana Antonescu
(16 septembre 2020)

Sur l'écran lumineux, 5 h 40 s'affichait. Ileana s'agitait dans son lit, le drap se froissait désagréablement sous sa peau moite. L'alarme la surprit en plein rêve. Engourdie, elle n'arrivait pas à se lever. À côté, ses voisins étaient déjà réveillés. Et comme tous les matins, une voix douce lui parvenait, noyée dans les réverbérations de la tuyauterie qui conduisait tous les bruits. La voisine aimait chanter sous la douche, elle avait un timbre étonnamment clair pour son âge. C'était une vieille Chinoise toute ridée et souriante. Ileana l'aimait bien. La pauvre. Elle avait été si choquée par l'attentat.

Chez elle, en Roumanie, c'était moins le bazar. On aimait l'ordre, en Europe de l'Est. En Hongrie, par exemple, Viktor Orbán avait décidé de construire des murs pour empêcher les migrants d'envahir l'Europe. Il y avait toujours eu des murs, à l'Est. Avant, ils interdisaient l'accès à l'Ouest. Aujourd'hui, ces murs étaient tombés. Devenus les gardiens de l'Europe, les anciennes républiques soviétiques avaient fini par en élever d'autres.

Leurs habitants continuaient de partir vers l'Occident, légalement. En se félicitant de ses murs qui empêchaient d'autres migrants de les suivre.

Ileana attrapa son iPad sur la table de chevet. Skype. Connexion maison. La petite icône représentant « Teodora » se mit à clignoter. Elle connaissait cette photo par cœur. Teodora avait alors 3 ans, elle était blonde, rose, et ronde. Elle souriait. Sur sa joue gauche, une pommette se dessinait, et une trace de chocolat tachait la commissure des lèvres. Ileana avait pris cette photo dans leur maison de Ciorteşti. Elle se souvenait précisément de ce petit déjeuner, elle se sentait légère, la plus heureuse du monde, et elle avait dit à sa fille : on va fixer ce moment dans nos têtes pour s'en souvenir toute la vie. Elle avait sorti l'appareil photo.

Sa petite fille, de l'autre côté de l'écran, lui semblait proche. Elle avait envie de respirer la saveur sucrée de son cou, chaud et tendre, à l'odeur de brioche. La nuit, elle rêvait qu'elle tenait Teodora dans ses bras. En Roumanie, elles aimaient dormir ensemble. La petite se pelotonnait, lui agrippait la main, puis s'étendait, dans la largeur, posant ses jambes sur les siennes. Le lit était trop étroit, la petite prenait ses aises, mais elle savourait ces instants, elle aimait guetter la respiration régulière de l'enfant, sentir son pouls battre au poignet, caresser ses tempes en sueur, là où les cheveux s'emmêlaient. Au matin, ceux de Teodora faisaient toujours un nœud, une araignée de sommeil sur la bosse de son crâne qui frottait sur l'oreiller.

L'iPad resta froid. L'icône clignotait, figée. Ileana espérait voir surgir le miracle. Mais oui, te voilà, ma puce, ma Teodora, comment ça va mon amour, tu as bien dormi, tu as fait de beaux rêves, l'image trembloterait, déformée en pixels grossiers, la petite ressemblerait à un spectre, un poltergeist familier et vaguement inquiétant. Elle n'avait jamais pu obtenir une meilleure image, la webcam était trop mauvaise. Tant pis, sa fille bougeait, vivait. Et la magie grandissait quand résonnait la voix acidulée de la petite, pleine de points d'interrogation comme le sont toujours les voix d'enfant. La sienne lui semblait celle d'un tout petit bébé à travers le micro, et chaque fois, ça la bouleversait, elle sentait dans son ventre la morsure de l'absence, la voix la réclamait, par ce seul mot, caressant : maman.

Mais le miracle n'advenait pas. Le téléphone rouge, l'icône, têtue, restait immobile. Et en boucle la musique agaçante de Skype. *Sol do. Do fa. Sol do. Do fa.* Le réveil se remit à sonner. *Ré. Ré. Ré.*

Elle ne mettait jamais la radio le matin. Toutes ces voix qui parlaient français. Elle avait essayé les radios musicales. Idem : impossible d'échapper au flash info entre chaque plage de musique. Le matin, dans son lit, elle aimait flotter dans le liquide amniotique de sa langue maternelle, le roumain. Elle était fidèle à leur rituel. Chuchotait doucement tous les mots qu'elle disait à Teodora. Fredonnait la berceuse des matins assoupis. Ça parlait d'une petite taupe qui devait se réveiller et mettre ses lunettes parce que le monde est flou. C'est tellement plus doux de rester dans le flou.

Le soir, la mère et la fille mettaient l'iPad à côté du lit. Elles étaient ensemble, par écrans interposés. Le week-end, elles dînaient ensemble. Ileana jetait un sachet de soupe instantanée dans un bol d'eau chaude et elle regardait sa petite fille manger de l'autre côté de l'écran.

Parfois, surtout dans les premiers temps, Teodora pleurait. La petite voulait l'embrasser à travers l'écran. Elle tendait désespérément les mains pour l'agripper. Ileana avait envie de mourir. Ne pleure pas mon hibou. Teodora séchait ses larmes. À force, la petite, raisonnable, s'était habituée à voir sa mère dans la machine. Elle aimait lui faire visiter via Skype la maison rénovée à Ciorteşti. Ileana dans l'iPad, Teodora trottinait et se hissait sur la pointe des pieds pour ouvrir les portes. Ileana rayonnait de voir sa maison, les murs tout blancs, les pièces immenses avec un parquet de chêne. Montre-moi le piano, ma puce ! Alors Teodora lui montrait l'instrument qu'Ileana avait acheté, une folie, mais Ileana voulait le meilleur pour sa fille.

Ileana aurait dû devenir pianiste. À l'âge de 5 ans, elle avait été acceptée à l'Académie nationale de musique. C'était l'époque où le bloc de l'Est fournissait par cargaisons entières des pianistes, des violonistes, des gymnastes, des danseurs, formés depuis leur plus jeune âge à devenir des bêtes à concours. En piano, la compétition était impitoyable. Dès 4 ans, les enfants travaillaient six heures par jour, déliaient leurs doigts en d'interminables gammes dans tous les tons, à l'unisson, en tierces, en sixtes, en triolets, en quadruples croches, à l'envers et à l'endroit, travaillaient les notes répétées, le staccato, la souplesse, la virtuosité, la célérité. Le jeu en valait la chandelle. Le piano pouvait être un ticket pour la gloire, la liberté, les voyages à l'étranger. Les plus talentueux étaient envoyés au conservatoire Tchaïkovski de Moscou, ou en France. Ils étaient prêts à tout pour ce graal : glisser du verre cassé dans les poches pour blesser les doigts d'un concurrent, fomenter une chute pour fouler un poignet ou un bras, tordre un auriculaire. Ileana était gamine quand le régime de Ceauşescu s'effondra en 1989. L'Académie mit la clé sous la porte. Ileana continua le piano, mais ses parents ne pouvaient plus payer les cours du conservatoire. Son père, membre du Parti, ne s'en remit jamais. Vers 14 ans, Ileana tenta un concours international. Dans son programme, trop ambitieux, les suggestions diaboliques de Prokofiev et la première ballade de Chopin. Tendue et stressée, elle commença par le Prokofiev : un immense crescendo qui devait se conclure par un moment de bravoure, en notes répétées, succession d'accords jusqu'au fortissimo. Elle eut une crampe, une tétanie du bras gauche. Paniquée ensuite en se lançant dans le Chopin, ses doigts et sa tête ne se souvinrent plus de rien au milieu de l'introduction. Le vide. Elle n'était plus de taille pour lutter contre les jeunes prodiges chinois qui envahissaient les concours internationaux. La Chine était devenue le plus gros marché d'acheteurs de piano. On y formait des pianistes par armées entières. La chute du mur de Berlin mit ainsi fin à la suprématie de l'École russe de piano, détrônée par l'Empire du Milieu.

Ileana tenta alors de gagner sa vie comme professeur de piano. Elle gagnait deux cents lei par mois, même pas cent euros. Heureusement, elle parlait plusieurs langues ce qui lui permettait d'arrondir ses fins de mois en donnant des cours particuliers de français. Tous les diplômés de littérature, philosophie, mathématiques appliquées, travaillaient dans les *call centers* de Bucarest. Le prix de l'immobilier avait flambé. Les parents d'Ileana étaient revenus dans leur village natal, près de Iaşi, à Ciorteşti.

Aujourd'hui, grâce à Ileana, la famille avait regagné son prestige d'antan. La maison de Ciorteşti était une maison de riche. Ileana s'était débrouillée seule. Après sa naissance, le père de Teodora avait disparu et n'avait plus donné de nouvelles. Certains disaient qu'il était *migrans* en Italie, d'autres qu'il trempait dans des trafics en Russie. Peut-être était-il mort au cours d'un règlement de compte ? Peu importait, finalement. Ileana n'avait jamais été vraiment amoureuse de lui, elle rêvait d'un enfant dont lui ne voulait pas.

La salle de bain de la villa de Ciorteşti faisait à peu près la taille du studio de 20 mètres carrés où vivait Ileana, dans la tour Melbourne. À Ciorteşti, toutes les maisons étaient neuves. Et vides. Dans les rues, il n'y avait que des vieux et des enfants. Ciorteşti était le village des enfants sans mère. Toutes les femmes en âge de travailler étaient parties vers l'Ouest. Certaines allaient s'occuper de vieux en Italie, d'autres cueillir des fraises dans des plantations en Andalousie. À la station de bus de Iaşi, les panneaux indiquaient Milan, Madrid, Paris, on avait l'impression que toute la Roumanie déménageait à l'Ouest, en traînant derrière elle de grosses valises poussiéreuses.

Ileana s'était décidée pour Paris. Elle parlait bien français et pourrait dégoter un bon job. Pas femme de ménage. Mais gouvernante ou nanny. Peut-être même qu'elle pourrait donner des cours de piano. Ileana s'était juré qu'elle ramènerait de l'argent. Plein d'argent. Teodora pourrait faire des études. En France, en Angleterre.

Quand on partait, qu'on devenait *migrans*, il fallait faire croire à tous ceux restés au pays qu'on avait rejoint le paradis. C'est tout un art de mettre en scène son exil. Sur Facebook, Ileana postait des photos d'elle sur les Champs-Élysées, près de la tour Eiffel, devant les Galeries Lafayette ou devant les magasins de pianos de la rue de Rome. Paris ! La Ville Lumière ! Mais aucun cliché de son quartier, si peu conforme à son idée du Paris éternel. Même si elle y retrouvait parfois la silhouette majestueuse d'un immeuble haussmannien ou les volutes Art nouveau qui signaient les entrées du métro, tous ces vestiges étaient noyés par l'étrangeté criarde de Chinatown, les néons clignotants des salons de massage, les enseignes en chinois des restaurants où pendouillaient des volailles rougeâtres, les étals débordant de fruits et légumes odorants, les trottoirs encombrés. Même les fontaines avaient été repeintes en rouge.

Quand Ileana était arrivée en bus à Paris, porte de Bagnolet, après quatre jours d'un voyage éreintant, elle s'était sentie étourdie. Il y avait tant de voitures, de klaxons, les échangeurs d'autoroute s'entrelaçaient, le boulevard périphérique s'étirait en un long ruban grisâtre parsemé de lumières jaunes ou rouges. Les bus arrivaient sans discontinuer, dégueulant valises et visages hagards. Elle serrait dans ses mains un petit bout de papier où était noté le nom du mari roumain d'une amie. Razvan était plombier à Paris. Il avait réussi. En témoignaient les deux appartements qu'il avait acquis à Iaşi et la villa toute neuve qu'il avait fait construire près de Ciorteşti. Quand elle l'appela, Razvan parut gêné. Razvan, le riche Razvan, n'avait pas de logement à lui, à Paris[1]. Il travaillait sur des chantiers et dormait où il pouvait. Parfois dans des appartements vides en rénovation, parfois dans sa voiture. Pourtant, il ne la laissa pas tomber. C'était un type bien : il n'avait même pas essayé de coucher avec elle. Trois fois on lui avait fait des avances entre Iaşi et Paris. Coup de veine, Razvan travaillait en ce moment sur un chantier où le propriétaire ne passait jamais. Avec son copain plombier, ils squattaient dans l'appartement le soir, un

1. Razvan ne l'avouera jamais à quiconque. Mais lors de son arrivée à Paris, il a pendant un mois habité dans un sous-sol de La Défense. Il avait pour voisins Rathko, un Bulgare, et un Polonais dont il ne se souvient plus du nom.

arrangement qu'ils avaient avec le proprio. Ça permettait de faire avancer le boulot plus vite. Ileana pourrait se faire une petite place, le temps de voir venir. Il y avait beaucoup de poussière, de peinture, pas de toilettes. Il fallait sortir pour se soulager, aller aux bains municipaux pour se laver.

Razvan lui avait tout expliqué :

— Pour manger, il y a les Restos du cœur. Pour le travail, moi, je vais au Point P. Mais toi…

Ileana parlait beaucoup mieux français que Razvan, mais elle ne savait ni réparer la plomberie, ni poser du carrelage.

Contrairement à elle, les autres étrangers voulaient partir de la Ville Lumière le plus vite possible. Ils rêvaient de Londres. « *France ! Nothing in France for us* », lui avait glissé avec mépris une Afghane qu'elle avait croisée aux Restos du cœur. Elle y avait aussi aperçu de vraies Françaises, des mères avec enfants, qui venaient comme les migrants chercher de la nourriture.

Razvan l'avait hébergée quelques mois. Puis quand le chantier fut terminé, elle avait à nouveau galéré. Elle avait appris à composer le 115, une espèce de numéro de loterie magique : quand quelqu'un répondait au 115, ils essayaient de vous trouver une chambre. Elle découvrit alors les hôtels 115, Formule 1 ou Campanile, sillonna les banlieues autour de Paris, les lignes de RER, de bus, les zones périphériques. Dans ces hôtels, il y avait des Tchétchènes dont elle se méfiait comme de la peste, des Noirs, des Arabes. Des enfants couraient dans les couloirs, on se battait pour accéder au micro-ondes le soir pour manger. Des écoliers faisaient leurs devoirs dans le hall. Des mères ramenaient des courses et s'échangeaient des tuyaux pour cuisiner sans plaques de cuisson. Et perdus parmi cette foule étrange, des Français bien français, un peu égarés, cadres en séminaire de formation, représentants de commerce, touristes en goguette venus pour une noce ou un événement familial. L'hôtel chouchoutait ces vrais clients qui payaient leur nuitée, leur offrant thé ou café gratuit dont ne bénéficiaient pas les squatteurs du 115.

À Paris, Ileana avait voulu se faire une place sur le marché ultra-compétitif des nounous et hanté les endroits stratégiques : les squares. Les Noires y étaient les plus nombreuses. Il n'y avait pas de Noirs en Roumanie. Les premiers jours, Ileana avait beaucoup marché et remarqué qu'on ne les croisait que dans certains endroits de la capitale et sur certaines lignes du métro. Dans les quartiers où il y avait de beaux appartements, les Noires était des femmes avec des poussettes où trônaient des enfants blancs et blonds. Elles venaient en majorité de Côte d'Ivoire. Elles s'échangeaient les tuyaux de compatriote en compatriote, défendaient leur marché avec férocité. Il était difficile voire impossible de trouver une place sans référence ni recommandation. Ileana laissait traîner une oreille, osait parfois une question. Mais les Ivoiriennes l'ignoraient superbement.

Les Asiatiques n'étaient pas plus amicales. Au début, Ileana les croyait chinoises, elles avaient la même tête que ses voisins aux Olympiades, puis elle avait découvert qu'elles étaient philippines. Les Philippines méprisaient cordialement les Ivoiriennes, les premières ayant fait l'OPA sur les quartiers ouest de droite, comme le 16e arrondissement, tandis que les dernières s'étaient réservé les quartiers est, les familles bobos adoraient les « Blacks » (mot qu'elles préféraient on ne sait pourquoi à « Noires ») répétant qu'elles étaient plus *chaleureuses* avec les enfants. Les Philippines, c'était un autre style. Elles se faisaient payer plus cher car elles parlaient anglais. Idéales pour les familles de l'ouest parisien qui pensaient déjà sélection, écoles privées bilingues, internationales, MBA. « Les Philippines sont très propres, mais un peu froides », disaient les patronnes. Beaucoup avaient été dressées à la dure, envoyées par leur agence de recrutement au Liban ou dans les Émirats. À Paris, elles acceptaient tous les horaires, toutes les tâches. Des perles.

Ileana appartenait à un autre segment du marché. Celui des « filles de l'Est ». Des putes, selon une Ivoirienne, laquelle aurait préféré qu'elles retournent faire le trottoir. Nombre d'entre elles avaient les cheveux et les yeux clairs, s'attirant l'hostilité des Noires et des Asiatiques qui leur avaient taillé une réputation de filles faciles. De toute façon, les patronnes se méfiaient des nounous slaves trop jolies.

Heureusement, Ileana avait rencontré Mari, une autre Roumaine. Mari avait fait le ménage chez une dame qui jouait au tennis avec Armelle Trudaine, Vallet de son nom d'épouse. Armelle Trudaine était enceinte. À la naissance du bébé, elle avait cherché une « démarreuse » pour faire des « rotations » de nuit. Et passer ce cap difficile des premiers mois où il fallait nourrir son nourrisson à heures régulières.

Madame Armelle avait beaucoup voyagé, notamment en Roumanie pour un stage, elle aimait beaucoup Cluj Napoca. Ileana avait souri, ravie. Cluj. C'était agréable de parler avec quelqu'un qui connaissait son pays. Ici, en France, tout le monde confondait Roumains et Roms. Ileana n'aimait pas les Roms. Leurs camps de fortune près du périph, les femmes en longues jupes implorant et exhibant leurs enfants rachitiques, qui traînaient leurs savates dans le RER ou près des distributeurs de billets, répétant leur horripilante complainte. Elle détestait les accordéonistes qui faisaient la manche dans le métro et massacraient « Mon amant de Saint-Jean » (mais où diable ces maudits Roms avaient-ils trouvé tous ces accordéons, y avait-il une mafia de l'accordéon ?). La dernière mode : les rappeurs, qui rappaient en roumain, accompagnés d'un mini-ampli qui grésillait. Elle s'enfonçait alors dans son siège pour cacher qu'elle comprenait les paroles et détournait la tête quand ils s'approchaient d'elle pour réclamer une pièce : elle ne voulait rien avoir à faire avec eux.

La première fois qu'elle avait rencontré Madame Armelle, le courant était passé à merveille. Faire les nuits ? Pas de problème ! Ileana était entièrement disponible. Appelez-moi Armelle, insistait madame Armelle Trudaine-Vallet. Ileana n'y était jamais parvenue. Elle préférait « Madame ». Ileana serait déclarée et aurait une vraie fiche de paie. Autre miracle, Madame Armelle lui avait trouvé un appartement. À cette époque, après avoir écumé les hôtels Formule 1, Ileana squattait dans le studio d'une compatriote, à Goussainville, sur la ligne du RER D. Madame Armelle avait tiqué car la ligne du RER D, imprévisible, était un cauchemar pour les employeurs et les employés. Elle avait ainsi atterri tour Melbourne, aux Olympiades. Chez les Chinois.

Elle avait été frappée de voir autant d'étrangers en France. Elle avait déjà vu des Chinois, pourtant, dans les coulisses des concours internationaux de piano. À Bucarest, on croisait aussi des ouvriers asiatiques, venus de Chine ou du Vietnam communiste : pendant longtemps, ces pays avaient échangé des ouvriers et des étudiants. Après la chute du Mur, beaucoup avaient décidé de rester là, dans les pays de l'ancien bloc de l'Est. Ils parlaient désormais polonais, roumain, tchèque. Le capitalisme et la mondialisation avaient ensuite accéléré les grandes migrations[1].

Ileana se souvenait très bien de cette usine de confection textile, près de Ciorteşti, qui jadis employait des ouvrières roumaines. Toutes les filles étaient parties

1. Si en France, tous les restaurants asiatiques, qu'ils soient japonais, vietnamiens ou thaïs sont tenus par des Chinois, à Budapest, Berlin ou Bucarest, ce sont les Vietnamiens qui tiennent les restaurants de sushis, de nouilles chinoises, voire de *nan* indiens, sans compter les salons de massage thaïs. Au 12e étage de la Tour, Quyn Anh Pham, Vietnamienne, a ainsi été quand elle habitait à Berlin thaïlandaise dans un salon de massage, japonaise dans un restaurant de sushi, taiwanaise dans un bar à *bubble tea*.

travailler en Italie, torcher des vieux dont les enfants n'avaient plus le temps de s'occuper. Elles laissaient leurs propres gamins derrière elles, en Roumanie. Loi cruelle : pour les pauvres, prendre soin de sa progéniture, ça voulait dire l'abandonner. Endurer des présents séparés pour offrir un futur convenable en attendant un temps où tous seraient réunis. Pour remplacer les ouvrières roumaines, l'usine avait fait venir cent vingt Chinoises. Les malheureuses ne parlaient pas roumain et ne sortaient qu'en groupe, accompagnées de leurs contremaîtres pour des balades au pas de charge dans le bourg. Elles habitaient dans l'usine. Y mangeaient aussi. Une cuisinière chinoise faisait partie du convoi qui leur permettait de retrouver des mets familiers. Les patrons y gagnaient. Zéro absentéisme, une productivité record : les femmes travaillaient nuit et jour, certaines s'assoupissant brièvement à leur poste pour pouvoir accumuler plus d'heures et d'argent. Agglutinées les unes aux autres, elles formaient une masse informe et triste. Les gamins les attendaient quand elles sortaient de l'usine pour leur promenade hebdomadaire. Ils rigolaient, les moquaient, les pourchassaient, leur jetaient des pierres. Ileana se souvenait de leurs visages pâles, encadrés de cheveux noirs et raides, de leurs regards emplis d'une mélancolie sourde. Elles pensaient certainement à leurs enfants qui grandissaient sans savoir où leurs mères vivaient. Ileana savait qu'elle aussi devrait faire de même.

*

Ileana vivait depuis quatre ans en France.

Elle se souvenait de la période où elle dormait sur un lit de camp dans la vaste chambre de l'enfant des Trudaine. Dès qu'il s'agitait, se réveillait, elle lui donnait le biberon. Le bébé sentait bon, lait sucré et sueur, ça lui tirait des larmes aux yeux, ses seins devenaient durs et lourds, comme lorsqu'elle allaitait Teodora. Elle n'avait pas dit à Madame Armelle qu'elle avait une petite fille, restée là-bas, en Roumanie. Mari le lui avait déconseillé.

Et puis, Ileana eut un coup de bol. Le job de « démarreuse » était bien payé, mais précaire : après quelques mois, les bébés faisaient leurs nuits, et hop, fini, les patrons vous congédiaient. Fort heureusement, la nounou de jour qui devait s'occuper d'Adèle, la petite Trudaine, avait claqué entre les doigts de Madame Armelle. Ileana put rester. « C'est une perle ! » vantait souvent Madame Armelle.

Tous les matins, elle mettait le réveil à 5 h 40. Émergeait vers 6 heures, grignotait une biscotte et s'habillait en vitesse pour s'engouffrer dans le métro, puis le tram, et encore le métro, jusqu'au 16e arrondissement. Un petit voyage quotidien qui lui donnait l'impression de changer de pays, avec ces grandes avenues où les voitures roulaient vite, trottoirs larges et vides, et parmi les rares piétons, des étrangères – les nounous et les domestiques.

À 7 h 30 pétantes, elle sonnait, Madame lui ouvrait. Souvent il fallait réveiller Adèle. Devant le lit de la petite fille, Ileana s'arrêtait toujours. Elle la regardait dormir, écoutait sa respiration régulière. Elle s'approchait, respirait l'odeur des cheveux de l'enfant. La petite fille étirait ses bras potelés, les yeux fermés, encore ensommeillée. Ileana s'occupait du petit déjeuner. Un chocolat chaud. Des tartines. Monsieur Philippe, le mari, était déjà parti au bureau. Madame Armelle sortait à 8 h 10, embrassait rapidement Adèle, avant de filer elle aussi au travail.

Jusqu'au soir, Ileana oubliait l'existence de la mère. Adèle était devenue un enfant de substitution. Elle avait deux filles, l'une dans un appartement somptueux du 16e, l'autre dans son écran d'ordinateur, le soir, quand elle communiquait via Skype de sa tour des Olympiades à Ciorteşti.

Après le petit déjeuner, il fallait se dépêcher pour emmener Adèle à l'école. Ileana aimait ce trajet, sentir la petite main pelotonnée dans la sienne. Le cœur d'Ileana se serrait quand la silhouette délicate de la gamine disparaissait derrière le portail. De retour chez les Trudaine, Ileana aimait se retrouver seule dans le salon. Elle passait des heures à faire le ménage, à récurer chaque recoin des 200 mètres carrés haussmanniens. Avec un luxe infini de précautions, elle soulevait le couvercle de l'immense piano à queue, en essuyait religieusement les touches, les caressait. Elle n'osait pas jouer mais s'autorisait à s'asseoir sur le siège. Les mains sur les touches, elle laissait courir ses doigts, ils esquissaient la première ballade de Chopin[1] :

---

1. Au 17e étage de la tour Melbourne, vit une autre pianiste. Thi Minh Lan, 96 ans, fut l'une des concertistes les plus talentueuses de Hanoi. Pendant la colonisation, elle apprit le piano avec une

son corps se rappelait, autant que son cerveau, elle jouait silencieusement les accords, les octaves à la main gauche, les arpèges en vague, et quand venait le deuxième thème, mélodie sinueuse et déchirante qui passe du mineur au majeur, une joie inextinguible la gagnait alors, celle qu'elle aurait éprouvée si elle avait pu serrer sa petite fille, et alors, elle pleurait. Effrayée, elle ôtait vite ses mains. Reprenait son chiffon. Essuyait méticuleusement les touches d'ivoire. Les sols, les murs, les vitres, les meubles, les crédences, les miroirs, les plans de travail, les bibelots, les étagères.

---

professeur française disciple de Cortot. Elle était si douée que son professeur voulut l'inciter, elle, une indigène, à demander une bourse pour étudier au conservatoire à Paris. Il n'en était pas question pour le père de Thi Minh Lan, le directeur de l'Académie musicale de Hanoi, indépendantiste proche de Hô Chi Minh, qui dès 1945 prit le maquis. Thi Minh Lan partit avec sa famille à Thanh Hoa, là, dans les villages, ils transportèrent des pianos. Elle revint s'installer à Hanoi en 1954, après la victoire contre la France. L'Académie continua à accueillir des légions de pianistes (les musiciens échappaient à la conscription ou, plus exactement, c'est en tant que musiciens qu'ils suivaient les troupes. Bref, ils n'avaient pas à prendre les armes. Les membres du parti communiste considéraient en effet que « musiciens et dessinateurs étaient tout aussi utiles à l'effort de guerre que les soldats »). Pendant les bombardements de 1972, l'Académie de Hanoi décida de transporter tous ses pianos dans un village perdu dans la jungle. C'est là que Thi Minh Lan continua à jouer Chopin et la première ballade, alors que les rats et autres musaraignes galopaient autour de l'instrument. Elle a rejoint dans les années 90 sa fille, installée en France.

Comme toutes les patronnes, Madame Armelle était maniaque. Il fallait nettoyer les vitres avec du papier journal et de la cendre, « plus écologique », disait-elle. Les étagères étaient remplies de bibelots à épousseter tous les jours. Quant au parquet, de vieux pulls en angora servaient à le lustrer. Ileana astiquait. Il fallait que ça brille. Une fois son travail achevé, Ileana l'admirait. Merveille éphémère car bien vite, le parquet serait à nouveau terne, il faudrait recommencer, sans même que ses patrons ne remarquent ce travail de Sisyphe épuisant.

Grâce à Mari, Ileana avait appris tous les trucs. Elle connaissait le jeu du « Petit Poucet » : les patronnes cachaient des petits déchets, un coton tige ou un noyau de cerise, dans des endroits improbables, sous un tapis, au fond d'un tiroir, dans une chaussure. Un test. Ileana se réjouissait alors de dénicher un coton tige entre deux pulls enveloppés dans du papier de soie, ou une épluchure de mandarine sous un lourd tapis persan. Au bout d'un certain temps, Madame Armelle, rassurée de la diligence de son employée, cessa de semer ces indices. Ileana en fut presque déçue.

Elle gardait la chambre d'Adèle pour la fin. Elle passait des heures à aligner méthodiquement les Barbie et les Playmobil sur l'étagère. À la fin, elle plaçait la poupée préférée de l'enfant dans son lit, en la bordant avec soin dans une mise en scène immuable. Elle avait parfois un pincement au cœur, devant ce lit vide et cette poupée, seule, qui souriait fixement vers le plafond.

À 16 h 15, Ileana était postée devant l'école. Elle guettait. Le visage blond d'Adèle ressemblait tant à celui de Teodora. Les autres nounous attendaient en rang d'oignons. Femmes de couleur avec des petits enfants blonds. Ileana avec sa peau blanche et ses cheveux clairs était la seule qui pouvait passer pour une mère de l'école, du moins elle s'en persuadait. Un jour d'ailleurs, au parc, un monsieur lui avait dit « votre fille vous ressemble beaucoup ». Elle se demandait si Teodora lui ressemblait encore. On voit si mal, sur Skype. Elle pensait à Teodora tout en écoutant Adèle babiller. *Penser à envoyer à Teodora des cartes Pokemon, en lui précisant qu'en France, toutes les petites filles en raffolent.*

À la fin de l'après-midi, Adèle et Ileana se lovaient dans le canapé. Aujourd'hui, elles regarderaient *La Reine des neiges* pour la trentième fois. Là-bas, à Ciorteşti, on chantait aussi « Libérée, délivrée », en roumain, même si Ileana connaissait mieux les paroles en français. Sur Skype, elle avait chanté avec Teodora. Ileana était reconnaissante à Disney d'avoir établi ce pont entre elle et sa fille, fût-il fragile. Après le dessin animé, Adèle suivait Ileana qui se mettait à la cuisine. Madame Armelle rentrait en claquant la porte, la tête vissée à son iPhone. Elle embrassait distraitement sa fille. Puis replongeait dans son smartphone en consultant ses mails. Au square, les nounous étaient unanimes : « Les patronnes sont toujours accrochées à leurs téléphones, elles les voient plus que leurs enfants. Nous c'est le contraire : les enfants, on ne les voit que dans les écrans de nos téléphones. » À 20 heures, il était temps pour Ileana d'aller coucher Adèle, de l'embrasser et de laisser la place à Madame Armelle.

Bus. Métro. Escalator. Dalle. Tour. Ascenseur.

Avant même de dîner, Ileana alluma Skype. Comme tous les soirs.

Elle laissa sonner. *Sol do fa do fa*, mélodie de Skype.

Pas de réponse.

Ileana retenta, en fredonnant la berceuse qu'elle chantait à sa fille. Peut-être qu'elle parviendrait à la faire apparaître.

Toujours rien.

L'historique Skype d'Ileana affichait 1 490 appels restés sans réponse.

Aujourd'hui, 15 septembre 2020, cela faisait 237 jours que Teodora était morte.

Armelle

Nous sommes le 15 septembre 2020. Il y a 128 jours que papa est mort. Depuis sa mort, je m'achète une robe par jour. 23 ne sont jamais arrivées, je les avais commandées pendant le confinement. Je les ai quand même rentrées dans le tableau Excel. J'aime bien faire des listes, ça m'apaise. La plupart sont restées dans leur papier de soie, j'ai l'impression d'avoir des ailes de papillon sur les portants de mon dressing. Parfois je les étale par terre, on dirait des peaux mortes abandonnées. J'ai mis ce matin une Saint Laurent en velours noir. Je me sentais protégée, dans un cocon. J'ai aimé mon reflet dans le miroir, éclairé à la lampe. La lumière du matin est trop crue, ça ne pardonne plus sur le visage. J'ai trop pleuré, j'ai pris plusieurs années d'un coup. Je veille à ne jamais orienter ma webcam avec la fenêtre pile devant moi, ça cache cette affreuse ride du lion, sur mon front. J'ai mis du temps à trouver le cadre idéal pour les réunions sur Zoom, il faut prendre garde à tout, lumière, angle, tenue. Je ne veux pas avoir l'air négligé. Il faut savoir se tenir. Pour tenir.

La mort de papa me fait toujours aussi mal, mais au moins ça ne se voit pas.

Je suis revenue au travail. La tour est encore à moitié vide. Ileana a disparu depuis trois mois. Elle ne répondait même plus au téléphone. Pourquoi m'a-t-elle abandonnée ainsi. J'ai dû trouver une remplaçante au pied levé. Adèle ne la supporte pas. Mais comment je vais m'en sortir. Et le travail. L'Entreprise. Les employés ne veulent pas revenir sur site. Ils ont peur. À La Défense, la dalle est encore déserte. Satané virus. À force de mourir de peur, on va mourir tout court. Les gens paniquent. Ils critiquent désormais les tours et les *open spaces*. Au fond, ils voudraient revenir à l'âge de pierre. Papa serait effaré. C'est lui qui a inventé les tours.

Je vais marcher, ça fera 500 pas. Hier, j'ai perdu 624 calories pendant ma séance de Power Pilates. Ce mois-ci, j'ai couru 47 kilomètres, nagé 12 kilomètres à la piscine, fait 10 heures de Power Pilates, 13 heures de crossfit, 10 heures de barre au sol, 3 heures de HIIT. Mon taux de masse graisseuse est de 0,2 %. Je pèse 44 kilos. J'ai amélioré mes performances cardiaques depuis la mort de papa. 10 tours en 55 minutes, 20 secondes. Je n'avais jamais été aussi performante. C'est étrange. Je me sens vide à l'intérieur, mais, techniquement parlant, mon cœur marche à merveille. Philippe dit que je suis trop maigre. Il est comme tous les hommes, il veut une femme ballon dans son lit, avec des seins et des fesses bourrées de silicone. Les grosses ont toujours l'air plus jeunes que les maigres.

Je ne serai jamais une *bonne mère*. Pendant les deux mois où je suis restée enfermée avec ma fille, j'ai cru devenir folle. Sans Ileana, j'étais perdue. Je crois que je ne sais pas faire, c'est comme ça. Ma pauvre Adèle n'a pas de chance. J'ai toujours su que je serais incapable d'être mère. À l'hôpital, les infirmières voulaient que je l'allaite. Il a fallu que j'insiste pour prendre le comprimé pour stopper la lactation. J'ai bandé ma poitrine très fort, jusqu'à m'étouffer. Pendant la grossesse, les médecins râlaient parce que je ne mangeais pas assez. Ils voulaient me gaver comme une oie. À partir du moment où elle porte un enfant, une femme ne s'appartient plus. On la tripote, on l'examine, écartez les jambes, madame, un peu plus, faites un effort, écartez plus, les pieds dans les étriers, détendez-vous. On devrait nous payer, nous les femmes, pour ce qu'on subit. Mon accouchement. J'étais devenue une vache. Un vagin, un utérus et deux mamelles. Après la naissance d'Adèle, j'ai eu de l'eczéma partout sur le corps. Surtout sur les mains. J'étais obligée de porter des gants. Je ne pouvais pas toucher ma propre fille.

Je ne mange plus. C'est à cause du plan Chrysanthème. Philippe, lui, il se gave. Ça me dégoûte. Je repense souvent à la première fois que papa m'a conduite à Saint-Dominique, il n'avait pas envie de me laisser là, j'avais juste un petit problème avec la nourriture. Rien. À la danse, toutes les filles se faisaient vomir comme moi, pas de quoi dramatiser. Papa a fait un détour, on s'est arrêtés près des Tours, il m'a raconté l'histoire du chantier, l'utopie, et j'ai compris que j'étais comme lui qui rêvait de ses tours. Moi aussi, je voulais échapper à la gravité. Être libre.

J'ai licencié une salariée sur Zoom aujourd'hui. Une Asiatique. L'image était floue, sa connexion était mauvaise. J'étais gênée que cela se passe comme ça, dans quel monde vit-on. Mais c'est elle qui a refusé de venir. Peur du virus. La DRH n'a pas insisté et a autorisé qu'on fasse l'entretien préalable de licenciement en distanciel, c'est ainsi qu'on dit désormais, pas la peine d'avoir un procès aux prudhommes. Finalement, j'ai trouvé ça mieux. À la fin, il suffisait de déconnecter.

Fichiers extraits de l'ordinateur de Pasquier Clément, écrou 49095. Mis en examen pour agression terroriste et acte de cruauté animale

Sujet : Prostituées chinoises
Répondre/Nouveaux sujets/Liste des sujets

Clementyorkshire
11 juin 2020, 22 h 40

Les amis, que pensez-vous de cette invasion de prostituées chinoises dans nos rues ? Je les vois partout, avec leur anorak et leur masque... Il n'y a plus de Françaises ? C'est encore un des effets de la mondialisation ? Le sexe tarifé est-il condamné à céder aux sirènes *low cost* ?

Fabthefaf
11 Juin 2020, 22 h 43

Les Chinoises ont cassé le marché. Tu ne trouves pas moins cher, now. Bon, ok, le matos a servi, on va pas se mentir, mais dans le genre, elles ne sont pas trop ridées, c'est leurs gènes. Sinon, t'as des escorts splendides, genre slaves, sur Internet. Mais faut allonger.

Kheyette
11 juin 2020, 22 h 55

Topic à feed. Attention DDB (demande de Ban). Les modos vont pas être contents, les kheys faites gaffe, c'est devenu des vrais nazis !

Redpill
11 juin 2020, 22 h 58

@Clementyorkshire De toute façon, moi, les Françaises, c'est fini. J'en peux plus de toutes ces chieuses foldingos féministes : qu'elles y aillent, chez les talibans, elles verront c'est quoi la domination masculine !!! Et le pire, c'est que nous, les mecs, on se tait, on accepte tout sans protester. On s'excuse comme des fiottes. Faut aller voir ailleurs. Et puis faut oublier Tinder. Y a des sites qui proposent des filles de l'Est, un peu tradi, avec des bonnes valeurs, tout ça. Elles, elles te font la totale pour se choper un mari occidental. Mais ça te coûte un bras, avec tous les papiers.

Fabthefaf
11 juin 2020, 23 h 10

Moi, maintenant les gars, c'est game over. MGTOW for ever, Men going their own way ! Je suis au stade 4, je ne passe plus que par des professionnelles. Elles, au moins, elles affichent leur prix. Et elles ne vont pas te soûler avec toutes ces conneries de metoo et de féminisme. Les putes d'aujourd'hui sont habillées de façon plus décente que n'importe quelle pétasse qui pose sur Instagram en pornstar. Et après, ça va crier au viol. LOL.

Incel34

11 juin 2020, 23 h 20

Oui, quand elles sont jeunes, elles kiffent bien le fucking carrousel, elles t'envoient balader après t'avoir chauffé, te calculent pas si t'as pas le compte en banque ou la tête de BG et quand elles s'approchent de la ménopause, ces connasses, là, tout d'un coup, tu les vois rappliquer. T'as vu sur Tinder ? Pathétique. Et on devrait se contenter du matos usé ? Alpha fuck beta bucks, mon cul.

Clementyorkshire

11 juin 2020, 23 h 30

C'est clair, le gynocentrisme est en train de tuer notre civilisation. Et puis l'hypocrise femelle me débecte, les amis : quand on s'habille comme une catin, et qu'on pousse l'audace à aller pleurer parce qu'on s'est fait tripoter dans le métro… @fabthefaf, je n'ai rien contre les professionnelles. Mais toutes ces Chinoises qui s'offrent dans nos rues, et des laiderons, de surcroît, cela en dit beaucoup sur la décrépitude de notre pays.

Redpill

11 juin 2020, 23 h 40

T'es dur. Moi, je les trouve gentilles, ces Chinoises. Surtout celles des salons de massage, elles sont souriantes, toutes douces, et tu as le 2 en 1. Et puis comme tu comprends rien à leur sabir, t'as pas besoin de parler.

Appartement 511, visite chez les Truong, (1989)

Les enfants détestaient aller à Paris rendre visite aux amis des parents. Paris, c'est-à-dire Chinatown et ses Tours, c'était si moche. Et puis il y avait les embouteillages. Tous les Asiatiques de France venaient faire leurs courses ici. Dans la Volvo break grise dont maman était si fière, papa s'énervait, slalomait entre les files, ralentissait, accélérait de nouveau, tandis que maman lui criait dessus. Les enfants avaient vomi, l'un après l'autre.

Les amis des parents, les Truong, habitaient la tour Melbourne. Maman avait elle aussi habité une de ces Tours. Pas longtemps heureusement. Avec papa, ils étaient devenus propriétaires d'un pavillon à Lognes. Maman soignait son jardin avec minutie, ses bambous, ses fleurs, la mare avec des carpes dorées. « Lognes, c'est tellement mieux que les Tours, c'est un peu comme les États-Unis », disait-elle souvent. Et elle ajoutait : « Les Olympiades sont malfamées. » Maman serrait toujours plus fort son sac contre elle, même dans la Tour.

— Ils auraient pu venir chez nous. *Troi oi*, ciel qui est le mien, aller s'entasser dans leur appartement minuscule !

37 étages dans la Tour. « Récitez-moi les nombres premiers de 1 à 37, sinon, vous montez à pied », dit papa. 1 3 5 7 11 13 17 19 23. Il fallait continuer au moins jusqu'à 37, le nombres d'étages de la Tour. Papa ne voulait plus s'arrêter. Cinq étages, c'était long, avec lui.

Ils sonnèrent à la porte. Tonton Victor et tata Alice étaient radieux.

— *Troi oi*, ciel qui est le mien, vous voilà enfin !

— Se garer ici, *kho thay mo*, c'est pénible jusqu'à voir sa tombe ! Enfants, dites bonjour à tonton Victor et tata Alice ! Et à Anne-Maï !

Les Truong n'avaient aucun lien de famille avec eux. Mais il fallait appeler tonton et tata tous les Vietnamiens de leur entourage. Tonton Victor était un ami d'enfance de papa qu'il avait connu au Vietnam. Quand papa le retrouvait, ses yeux s'éclairaient, sa voix vibrait. Et leurs surnoms de jadis resurgissaient alors : Victor le grêlé et Lam le taché.

Chaque fois que papa voyait des amis vietnamiens, il buvait plein de bière. Et du vin blanc. Et à nouveau de la bière. Et de l'alcool de riz. Allez encore un peu. Mais si, vas-y. T'es un homme ou non. Un toast. Allez, un autre. Ils chantaient tous. Papa vidait les bouteilles. Il devenait rouge brique. Il parlait à grands flots. Il riait fort. Vociférait. Mais le soir, quand ils revenaient à la maison, fini la rigolade. Il s'énervait. Contre maman, contre eux. Les enfants se faisaient minuscules. Se cacher dans la chambre en attendant que papa s'endorme, la tête écrasée dans le canapé, alors que la télé hurlante couvrait ses ronflements. Recroquevillés dans leur lit, les enfants se tenaient la main. Ils avaient peur que papa monte les voir.

Mais tour Melbourne, papa était heureux avec son copain Victor le grêlé. Il oubliait tout le reste. Dans le salon, les adultes riaient et parlaient vietnamien. Dans le couloir, Bich regarda Liêm. Et se risqua :

— Rotzco baloving.

— Chatovon vogmang.

Depuis qu'ils étaient tout petits, les enfants parlaient en « bichliemien ». C'était leur langage secret. Bich et Liêm étaient jumeaux mais ils ne se ressemblaient pas du tout. Dès la petite enfance, on s'extasia sur Liêm, ses longs cils, sa peau de pêche, ses grands yeux brillants. Bich en retrait, cachait son visage derrière ses cheveux. Quand Bich commençait une phrase, Liêm la terminait. Il avait fallu les séparer à l'école car ils ne parlaient plus que le bichliemien.

Les parents avaient été convoqués. Lors du rendez-vous, la maîtresse avait suggéré de voir une psychologue, les enfants « ne s'intégraient pas encore très bien ». Et puis Liêm avait des difficultés avec la lecture. Un psy pour leur faire passer le bichliemien ? Ça avait énervé maman, qui les avait corrigés en leur tapant les fesses avec la canne de bambou. Ils n'allaient pas tout de même attirer la honte sur la famille ? Interdiction de parler bichliemien à l'école. Et à la maison. Maman leur frotta la bouche avec du piment rouge.

À force de piment rouge et de coups de bambou, Bich et Liêm avaient cédé. Ils ne parlaient plus le bichliemien que cachés dans leurs chambres. À l'école, pourtant, cela n'avait pas changé grand-chose. Ils ne s'étaient pas plus « intégrés ».

Si maman se rendait compte qu'ils parlaient bichliemien alors qu'ils étaient en visite chez les amis, elle serait furieuse. La fille les avait entendus. Elle avait une tête de cafteuse.

Leur mère, pour l'instant, papillonnait dans sa cuisine, avec tata Alice, qu'elle abreuvait de « grande sœur » par-ci, « grande sœur » par-là. Les enfants n'étaient pas dupes : lorsque maman serait rentrée à la maison, elle se déchaînerait contre tata Alice toute la soirée.

Maman ne cessait de se comparer aux autres femmes. Quand c'était son tour de recevoir, elle était sur les nerfs une semaine avant, et le jour J, elle insultait la terre entière, ses casseroles, ses marmites, le four, son mari, ses enfants, et passait des heures à s'habiller et à se recoiffer. Et lorsque la sonnerie retentissait, elle arborait son plus beau sourire.

Tata Alice avait cuisiné pour une armée. Des cheveux d'ange, des rouleaux de printemps, du poisson aux herbes odorantes, des nouilles sautées, une omelette tendre avec des champignons noirs et des miettes de crabe, des *banh cuon*. Et, surtout, du sang de bœuf caillé, une spécialité du Nord-Vietnam.

Le ballet des deux femmes dans la cuisine était une danse cordiale et dangereuse.

En voyant arriver le sang caillé, les hommes poussèrent un cri de satisfaction. Enfin de la vraie nourriture du Nord.

Les parents jacassaient en vietnamien et racontaient des blagues. Les papas avaient trop bu, parlaient fort. Ils se mirent à chanter l'hymne du Sud-Vietnam en se donnant des tapes sur les épaules. « Victor ! Victor ! » criait papa, hilare. Victor déclama un poème de Victor Hugo mais avec l'accent et l'alcool, impossible de comprendre ce qu'il racontait.

— Et si on chantait ? dit Alice.

Les enfants connaissaient la suite par cœur. Les parents regarderaient ensemble des cassettes de « Paris by night », cette émission débile où de vieilles Vietnamiennes en robe traditionnelle chantaient des chansons dégoulinantes accompagnées d'un synthétiseur.

Les parents évoquèrent alors l'événement de la veille. La chute du mur de Berlin. Les enfants avaient vu les images à la télé. Papa et maman avaient dit : « Enfin, les communistes ont perdu ! C'est historique ! » Les enfants avaient compris qu'il fallait se réjouir. Les communistes avaient volé toutes les richesses de papa et maman au Vietnam.

Pour marquer l'anniversaire de la chute de Saigon le 30 avril 1975, maman mettait un drapeau noir dans la maison. Et dans la cuisine, l'horloge marquait toujours l'heure de Saigon. Les enfants ne savaient pas très bien ce qui s'était passé après cet événement funeste, *la-chute-de-saigon*, à part qu'une partie de la famille avait fui. Eux, ils étaient arrivés juste avant. Ils n'étaient pas des *boat people*. « Victor Hugo » et sa femme « en » étaient. *Boat people*. Il y avait une pointe de mépris dans ce mot. Dans l'échelle des immigrés, il y avait un distinguo entre les réguliers et les irréguliers. Mais il y avait toujours la rage. La colère de maman éclatait souvent, contre la France, contre papa, contre le monde entier, contre l'argent qui n'était jamais là en quantité suffisante, et ça faisait une vieille chanson qu'ils n'en pouvaient plus d'entendre, la chanson aigre de la colère, la voix en vietnamien de maman montait dans les aigus, crissait, hurlait, gémissait, mais moi j'étais riche et tu m'as dupée, regarde la vie que tu m'as faite, je croyais que monsieur Nul était ingénieur, avait un grand diplôme, il me vantait la belle vie qu'on aurait en France, quelle idiote d'avoir cru à ces belles promesses, mais tu n'étais capable de rien à part cirer les bottes des Français, j'aurais mieux fait d'épouser Binh qui est parti aux États-Unis, il a fait fortune avec son entreprise de salami, avec sa femme ils ont deux BMW, un écran plasma, ils partent à Hawaï l'été, il n'y a rien pour nous en France, rien du tout. On n'est plus rien parce que monsieur Nul n'a jamais rien réussi, monsieur Nul est un rien-du-tout. Papa ne disait rien, sauf s'il avait bu, ça lui donnait du courage, l'alcool, alors il hurlait, se sentait soudain un homme, un vrai, sa voix faisait trembler les murs, il lui en remontrait un peu à sa femme, il lui donnait une baffe pour lui montrer qui était le chef et alors les enfants s'enfermaient dans la chambre des parents en mettant la télévision très fort.

Mais avec les amis vietnamiens, il fallait garder la face. Leur montrer qu'on avait réussi et qu'on était plus heureux qu'eux.

Dans le poste, des Allemands démolissaient le Mur à coups de marteau, ils s'étreignaient et ils chantaient. Bich et Liêm étaient perplexes : cette histoire de ville coupée en deux par un mur était étrange, ils avaient vérifié sur la carte, Berlin était à l'est, comment se débrouillaient les habitants de Berlin-Ouest ? Vivaient-ils sous cloche pour éviter la contamination communiste ? Les transplantait-on en hélicoptère quand ils souhaitaient se rendre à Francfort ?

Les parents avaient expliqué que le Vietnam aussi avait été coupé en deux, comme la Corée, comme l'Allemagne, comme l'Europe, mais ils avaient l'air de regretter cette période où le Sud existait encore. Des gens avaient tenté de fuir Saigon en hélicoptère après la réunification, qui ne plaisait donc pas à tout le monde.

— Les communistes sont en train de tomber un peu partout en Europe. Les prochains, ce seront ces sales cocos qui nous ont volé notre pays ! disait papa.

— Tu vois que j'avais raison de dire aux enfants de faire allemand en première langue, disait maman.

— À l'heure où blanchit la campagne, récitait Victor Truong, encore complètement soûl.

— Ciel qui est le mien, il joue bien, ce *ong tay*, honorable Occidental ! disait Alice Truong, applaudissant à la télévision un vieux bonhomme assis devant le Mur qui jouait du violoncelle, Rostropovitch ou un nom russe de ce genre.

Les enfants se fichaient du Vietnam. Ils n'étaient jamais allés dans ce pays et n'avaient pas l'intention d'y foutre les pieds.

— Allez jouer ensemble ! disait tata Alice.

— *Di choi !* répétait maman.

Il fallait toujours *di choi*, avec les Viets, une expression qui voulait dire « jouer, fréquenter » : c'était l'obsession des parents d'apparier leurs enfants. Les trois enfants se dirigèrent vers la deuxième télé, qui était dans la chambre des parents Truong. C'était l'heure du « Prince de Bel Air ».

Cette série autour d'une famille de Noirs habitant dans les quartiers riches de Los Angeles qui accueillait un neveu venu des quartiers pauvres, incarné par Will Smith, les électrisait. Bich raffolait de leur aisance à faire famille, dans cet univers où l'on ne voyait quasiment aucun Blanc. Liêm tentait de copier les mimiques de Will, avec sa casquette à l'envers, sa démarche nonchalante et son débit de mitraillette. Grâce au « Prince de Bel Air », il avait découvert l'existence de Malcolm X et des Black Panthers. Il s'était mis à écouter du rap. Il rêvait d'être noir.

À l'école, les garçons jouaient les cadors. Dans la cour de récré, on retroussait les pantalons jusqu'aux genoux, on se checkait. Liêm s'exerçait en cachette. Il tentait de rouler les épaules, porte fermée dans sa chambre. Bich l'avait surpris un jour. Elle ignorait que ces simagrées signaient le début de la trahison. La puberté serait une tempête qui les déracinerait de leur île primitive, l'île de la gémellité. Ils seraient désormais chacun pour soi face à la dureté du monde dont ils avaient pourtant réussi à se préserver jusqu'alors, tous deux lovés dans leur bulle où ils n'entendaient plus les cris des parents.

Après « Le Prince de Bel Air », ils zappèrent sur la 6. C'était l'heure de « Buffy ». Anne-Maï poussa un cri de joie. « J'adore. Elle est trop belle ! »

Buffy était une tueuse blonde de vampires. À l'université de Sunnydale, elle passait son temps à combattre des créatures de la nuit, moulée dans des pantalons en cuir. Elle était amoureuse d'un vampire. Sa meilleure amie était une petite rouquine un peu ingrate, dont le petit copain intello se transformait en loup-garou. Anne-Maï regardait passionnément l'écran.

— J'adorerais me teindre les cheveux en blond.

Avait-on déjà vu des Asiatiques blondes ???? La fille était débile.

Ils regardèrent encore des feuilletons américains, quelques dessins animés, des séries françaises ennuyeuses. Les pères dessoûlaient dans le salon en insultant les communistes. Les mères rangeaient la cuisine.

Puis vint l'heure de partir. Tout le monde se promit de se revoir, la prochaine fois ce serait à Lognes, « mais achetez donc une maison à Lognes, qu'est-ce que vous attendez », maman se rengorgeait, mais tonton et tata rétorquaient que les Tours étaient proches du Quartier latin et des meilleurs établissements scolaires de la capitale. Et puis on s'engouffrait dans la Volvo et les embouteillages, papa taquinait Liêm, elle est mignonne Anne-Maï, pas vrai ?, mon fils, j'espère que tu te marieras avec une Vietnamienne, et maman renchérissait, tu entends, Bich, ne te laisse pas avoir par leurs beaux discours, aux Français, tu n'es pas très jolie, alors fais-nous confiance, nous te trouverons un gentil Vietnamien.

Bich n'avait besoin de personne. Ni de vampires, ni d'armes, ni d'amis. Elle avait son frère. Elle était entière quand elle était avec lui. Invincible. Leur gémellité était un bouclier contre la vie. Elle pensait que le bouclier serait éternel. Et pourtant. Tous deux grandirent. Le corps de Bich, aux hanches étroites comme celui de son frère s'arrondit. Elle prit du poids. Son visage était dévoré d'acné. Liêm devenait plus anguleux. La mâchoire carrée à peine ombragée d'un duvet. Il fumait des cigarettes, des joints, mettait du rap très fort dans sa chambre, et son père hurlait. Peu à peu, il s'éloigna d'elle. Elle tentait, parfois, de lui parler encore en bichliemien. Mais il lui répondait avec impatience : « Arrête, on n'est plus des bébés. »

Ils regardaient encore la télévision ensemble. Un jour, devant « Le Prince de Bel Air », Bich sentit sa culotte toute humide. C'était du sang. Ses règles étaient arrivées. Un immense désespoir l'engloutit. Elle avait l'impression qu'avec ce liquide chaud et nauséabond coulant entre ses jambes, c'était son enfance qui partait.

— Putain ! T'es dégueulasse, dégage ! hurla Liêm.

Pendant quelques mois, elle le cacha à sa mère. Elle achetait ses protections périodiques, avec son argent de poche. Elle les enroulait dans du papier toilette, des sacs plastique, du papier, n'importe quoi, pour les jeter discrètement à la poubelle. Elle lavait le soir les draps, les culottes. Mais il restait toujours des traces. Quand elle avoua enfin à sa mère qu'elle avait eu ses règles, cette dernière soupira. « Comme si Bouddha ne m'avait pas donné assez de malheur. »

Bich avait prié Bouddha pour que les règles disparaissent. En vain.

Bich fut bonne élève et solitaire. Liêm fut un cancre. Bich fut admise dans une prestigieuse école préparatoire. Liêm redoubla encore sa terminale.

Et puis leur famille explosa.

Chambre d'enfant, appartement 511
Les Truong, (automne 2020)

Anne-Maï se réveilla en sursaut. Le rêve était encore là. À chaque fois le même scénario. Elle devait quitter en catastrophe une chambre d'hôtel, une maison, et, paniquée, remballait ses affaires en vitesse, mais les sacs et les valises étaient trop petits. Parfois les valises se perdaient, parfois ses parents se perdaient, il manquait toujours une chose ou quelqu'un. Et lorsqu'ils partaient pour l'aéroport ou la gare, il y avait toujours un imprévu, une grève, un accident, des embouteillages. C'est à ce moment-là qu'elle se réveillait. Paniquée. D'où venait ce rêve récurrent de départ ? Exorcisait-elle l'exil de ses parents ? Elle aurait pu en parler avec un « psy », mais les « psys » appartenaient à cet étrange continent qu'elle n'avait jamais exploré. Celui des « trucs de Français », disait sa mère.

Elle avait pourtant bien tenté de rejoindre le quartier des « Français », côté butte aux Cailles. Parfois, elle avalait un café dans ces bistrots avec des nappes à carreaux faussement rustiques. Mais elle n'y était jamais à l'aise. Elle préférait les restaurants de Chinatown. Et quand elle disait « à la maison », elle pensait à la Tour. Toutes ses affaires étaient restées dans sa chambre d'enfant, intacte. Là où elle était revenue s'installer à l'automne 2020.

Il n'était que 22 heures, elle s'était assoupie sans s'en rendre compte. Elle resta allongée dans son lit. C'était son petit lit de gamine. Là-dedans, elle avait l'impression d'avoir rétréci. Elle n'avait aucun souvenir d'avoir été un jour adaptée à ce lit. Contrairement à Boucle d'Or, qui dans le conte, s'arrogeait le lit à sa taille, ni trop mou, ni trop dur, Anne-Maï avait toujours bataillé avec le sien. La nuit, en fonction de ses cauchemars, il dictait sa loi, tantôt navire, vaisseau, cercueil. Petite, elle en était venue à le haïr. Dès qu'elle s'y étendait, des pensées informes venaient galoper dans sa tête. La peur de la mort. Son rythme cardiaque s'accélérait, ça tournait dans son cerveau, elle essayait de respirer pour se calmer puis se pelotonnait dans un angle, le corps recroquevillé, les jambes coincées contre le mur. Paniquée, elle courait rejoindre ses parents : leur chaleur et leurs ronflements sonores l'apaisaient.

Elle ne s'était jamais réconciliée avec son lit. Adolescente, il était devenu trop petit, elle se cognait aux bordures, ses pieds dépassaient, pourtant, ses parents n'avaient jamais voulu en changer[1], ils ne jetaient jamais

1. « Heureux qui peut dormir sans peur et sans remords/Dans le lit paternel, massif et vénérable/Où tous les siens sont nés aussi bien qu'ils sont mort », dit une poésie de José-Maria de Heredia. Au

rien, l'appartement était encombré de meubles ébréchés, bibelots inutiles, grille-pain cassés, transistors grésillants, corbeilles remplies de piles usées et d'ampoules grillées. Une foule hétéroclite d'objets défectueux s'empilait en strates géologiques qui racontaient leurs vies en France. Elle avait eu beau râler, sa mère protestait, il est immense ce lit, moi, je dormais avec mes sœurs et ma mère au Vietnam, on aurait tenu à trois là-dedans. Anne-Maï pensait alors au brigand Procuste dans la mythologie grecque, qui capturait des voyageurs, les ramenait dans son auberge et afin que leur taille s'ajustât exactement aux lits, écartelait les trop petits et amputait les trop grands. Sa vie entière avait été consacrée à ce combat procustéen : s'ajuster. Rentrer dans la norme. Devenir une vraie Française.

Petite, Anne-Maï avait lu *Astérix*. Bien souvent, les identitaires de l'extrême droite se revendiquaient Gaulois, les désignant, Anne-Maï, ses parents et tous les métèques, comme les envahisseurs. C'était étrange cet attachement des Français de souche pour les Gaulois, dont il ne restait pourtant rien sur le territoire, que de vagues légendes et une poignée de clichés de carte postale. Grands perdants

---

Vietnam, le grand-père de Victor Truong était mort dans le lit où il était né, où ses parents avaient dormi, un lit traditionnel en bois ouvragé précieux où l'on posait juste une natte. « Partager la même natte » veut dire « se marier » en vietnamien. Voilà pourquoi Victor n'a jamais voulu se débarrasser d'un lit, n'importe lequel, cela lui semble sacrilège. Le lit est le centre de la maison. Le lit est enraciné, et symbolise l'intangibilité des lieux. Celui d'Ulysse était lui-même creusé dans un tronc d'arbre immense, inamovible.

de l'histoire, les Gaulois s'étaient effacés face au triomphe de la civilisation romaine, mais ils avaient réussi à imprimer l'imaginaire français. Vercingétorix incarnait pour l'éternité la figure du *loser* magnifique. Comme les Sudistes de la guerre de Sécession d'*Autant en emporte le vent*, les Russes blancs chassés par la révolution de 1917 dans les romans d'Henri Troyat, les Gaulois avaient été broyés dans le Grand Lavomatic de l'Histoire mais ils étaient devenus immortels. Leurs histoires avaient été racontées, inscrites, gravées dans l'inconscient collectif grâce aux livres, grâce aux films, grâce à tous ceux qui avaient conté leur tragédie. Mais leur histoire à eux, les Truong, où était-elle ? Le Vietnam de ses parents avait disparu sans laisser de traces.

Tout le monde avait entendu parler de la guerre du Vietnam. Mais par un tour de passe-passe étrange, les Vietnamiens étaient passés à la trappe. Les Américains avaient perdu la guerre sur le terrain, mais pas celle des mots et des images. Les GI et les vétérans avaient colonisé les écrans d'Hollywood, anti-héros au visage buriné et superbe, au corps blessé. Mais les Vietnamiens ? Où étaient-ils ? Qui étaient-ils ? Elle avait été embarrassée de les découvrir dans les films. Étaient-ce ses compatriotes, ces semi-humains accroupis dans la jungle qui se faisaient dégommer à la kalachnikov ? Ils étaient en général muets mais quand ils prenaient la parole, c'était pire. Hollywood embauchait indifféremment des Chinois, des Thaïs, des Laotiens, qu'importe tant qu'ils étaient bridés. Les acteurs baragouinaient une espèce de charabia approximatif qui n'avait rien à voir avec du vietnamien[1]. En VF, on les affublait d'un accent ridicule – « nous, ti-ler, su Ame-li-cains, tac, tac tac ! », et ça lui donnait envie de disparaître sous terre. Parce que cet accent ridicule, c'était un peu l'accent de son père.

Elle avait cherché les siens dans les livres. En vain. La littérature n'était pas faite pour les gens comme eux. Les immigrés. Parfois – dans le meilleur des cas – ils représentaient un objet de rencontre exotique, un animal sauvage plus ou moins apprivoisé[2]. Mais en général : rien. Ses parents n'étaient rien. Leur histoire ne pesait rien. Du pays pour lequel ils s'étaient battus, le Sud-Vietnam, dont ils tentaient désespérément de sauver la mémoire, il ne restait rien. Il n'y avait rien sur le « Sud-Vietnam », dans les tomes de l'*Encyclopædia Universalis* que sa mère s'était vu refourguer par un VRP flattant son désir de

1. Dans *Full Metal Jacket*, la plupart des Vietnamiens censés parler vietnamien ne parlent pas vietnamien. On pourrait dire « c'est du chinois », sauf qu'il est impossible de savoir quelle langue ces acteurs parlent. Dans l'appartement 894 tour Melbourne, Solange Phan Gia, actrice d'origine vietnamienne, ne sait pas parler vietnamien mais elle a souvent été castée pour jouer des Asiatiques et « faire l'accent ». On lui demande aussi de « faire l'accent » quand elle travaille dans des doublages.

2. Anne-Maï a détesté *Un Américain bien tranquille* de Graham Greene. Les pépiements « d'oiseau » de Phuong, la maîtresse tonkinoise rencontrée au « dancing », bref, au bordel, confirmaient cette certitude : dans les livres, les Vietnamiennes étaient toujours des putes.

reconnaissance sociale. L'encyclopédie n'identifiait qu'une entité dans ses cartes : un pays appelé « République socialiste du Vietnam ». Elle ignorait tout du pays de ses parents, de son pays d'origine, finalement. Le peu qu'elle savait, elle l'avait appris grâce à Wikipédia[1].

Sur les murs de sa chambre était affichée une vieille carte du monde où figuraient encore l'URSS, la RFA, la RDA. Ses parents la lui avaient offerte pour lui montrer où habitait toute la famille de la diaspora, Vancouver, San José, Sydney, Saigon qui n'existait plus, puisqu'elle avait été rebaptisée Hô Chi Minh-Ville. Elle avait gribouillé toute la péninsule indochinoise, ridicule petite virgule à l'extrême droite de l'affiche. Au milieu de l'Atlantique, elle avait dessiné un grand continent colorié en violet : Chibac, son pays imaginaire. Un continent englouti d'où venaient tous les immigrés.

Anne-Maï était née à Paris, mais longtemps, elle crut que la capitale était cantonnée à ce petit îlot délimité par les avenues d'Ivry et de Choisy, dont le cœur palpitant battait aux Olympiades. Paris se continuait dans la banlieue sud, Villejuif, Ivry, ou vers Lognes, où résidaient d'autres Vietnamiens de la diaspora. Ce n'est qu'adolescente qu'elle avait traversé la frontière invisible séparant

1. Marcel Vuong (voir aussi p. 75 et p. 258), le voisin du 516, contributeur très actif de Wikipédia sous l'identité d'Oscarwilde1975, a écrit une bonne partie de l'article « Vietnam ». Rédaction qui fut l'objet d'une bataille homérique entre plusieurs factions de Vietnamiens de la diaspora.

Chinatown du reste de la capitale, quelque part autour de la place d'Italie. La première fois qu'elle vit la cathédrale Notre-Dame, la tour Eiffel, les quais qui longeaient la Seine, l'île Saint-Louis, elle eut l'impression de se retrouver dans un pays étranger.

*

Son cauchemar l'avait réveillée. Vite, Internet. Pour se calmer, elle surfa sur des vidéos d'ASMR[1] : femmes chuchotant des poèmes ou pliant des serviettes, goutte d'eau s'échappant régulièrement d'un robinet, ongles vernis tapotant une table. À l'adolescence, elle comatait tous les après-midi devant le poste : elle nourrissait un intérêt morbide pour l'intrigue anesthésiante des « Feux de l'Amour », zappait des journées entières entre des clips de MTV et des émissions de téléréalité. La télévision dilatait le temps, l'abrutissait dans un état de non-être hypnotisant. Était alors apparu le vortex infini du Web. Elle cliquait. Errait entre les vidéos YouTube de prodiges coréens du piano ou d'*unboxing* (satisfaction devant le

1. *Autonomous sensory meridian response.* Peu d'internautes connaissent la signification du sigle ASMR, qui est pourtant la 3e requête la plus populaire au monde sur YouTube. Les vidéos ASMR sont censées procurer un bien-être émotionnel, de petits picotements, une transe euphorique. Anne-Maï est fan des vidéos de mains de « dreamynono », sans savoir qu'il s'agit de Nora Phan Gia, la fille de Solange Phan Gia (voir p. 186), à l'appartement 894, 12 ans, qu'elle croise souvent le matin.

bruit du papier-cadeau qu'on déchire), téléchargeait des GIF de chats volants ou d'hippopotames, scrollait sur Twitter, d'une indignation l'autre. Elle aimait tout particulièrement les *tutoriels*. S'initier au bricolage, au *homestaging*, à l'harmonica, au jardinage, à la méditation, aux cupcakes… Ces vidéos d'apprentissage express avaient colonisé le Web. Avec ce message subliminal, si encourageant : il était encore temps d'apprendre et de se réinventer ! Mais un tutoriel demandait une attention un peu constante, les vidéos étaient longues, on était vite happé ailleurs, par un diaporama de photos de célébrités – « Que sont-ils devenus ? Leurs visages vont vraiment vous faire PEUR !!!! », les clics entraînaient d'autres clics, un lien hypertexte ouvrait sur un nouvel onglet, une nouvelle fenêtre, et parfois, elle en venait à cliquer sur des publicités sponsorisées : « Cette femme a un secret jalousé par TOUS LES MÉDECINS pour PERDRE DU POIDS ! Pour le savoir, cliquez sur le lien !!! » Google la bombardait de publicités de régime, mais aussi de traitement pour la fertilité depuis qu'elle avait dépassé ses 35 ans.

Le Web, c'était le royaume de l'onanisme hypertexte. Surfer était devenu si addictif que ce voyage dans la Toile vous arrachait au commerce des autres. Avec l'avènement des messageries, qui permettaient de communiquer en tapant sur son clavier, on avait perdu l'habitude de se confronter aux vraies rencontres, on fuyait l'embarras des regards, des voix, des corps.

Comme tout le monde, Anne-Maï détestait parler au téléphone. C'était pire depuis les confinements. Elle avait cessé de décrocher. Se contentant d'envoyer un message sur WhatsApp ou un SMS, après un appel manqué. Pourtant, après des heures passées devant son écran ou plutôt ses écrans (6 pouces pour le smartphone, 12 pour la tablette, 24 pour l'ordinateur), la lassitude la gagnait. L'overdose de Web la plongeait dans une espèce d'aboulie. Elle était écrasée face à tant d'offres, incapable de fixer son attention : elle voulait apprendre à « jouer de l'harmonica comme un pro » mais elle était happée par les « recommandations » YouTube, une vidéo des 5 meilleures chutes en patinage artistique ou un tuto cuisine pour choyer son levain. Elle avait téléchargé l'application « Écrivez vos romans en un mois », avant d'abandonner pour un générateur de poésie aléatoire. Elle s'essaya à la méditation Vishapana, « Apprenez à méditer en 2 minutes chrono ! », mais même ces deux minutes étaient trop longues. Son cerveau, drogué, s'était habitué à sautiller d'une image l'autre. Elle ne parvenait même plus à lire un roman, happée par les notifications de son téléphone. La force centripète du Web la décentrait. Jadis, la télévision la reposait. Elle se souvenait de ces heures paisibles de communion familiale devant le poste. Le père, la mère, la fille au milieu, et plus tard dans la nuit, seulement la mère et la fille – sa mère était insomniaque et appréciait les documentaires animaliers. Ils parlaient peu, mais grâce au bavardage de la télévision, auquel répondaient leurs commentaires laconiques, ils touchaient une espèce de félicité.

*

Ce soir-là, elle fut à deux doigts de s'installer dans le salon avec eux. Elle aimait bien « The Voice », c'était le programme préféré de sa mère qui restait plantée devant en repassant son linge. Alice Truong pouvait repasser jusqu'à des heures indues, ça la déstressait disait-elle, mais par une étrange magie, le tas de linge ne diminuait jamais, plus les piles repassées s'élevaient, plus les piles froissées s'amoncelaient, sa mère repassait tout, les torchons, les chaussettes, les culottes, les mouchoirs, en élans frénétiques, elle voulait tout aplatir. Effacer les plis au fer était une façon comme une autre de se venger des accrocs inattendus de l'existence. Le son de la télévision, poussé au maximum, s'entendait jusque dans la chambre d'Anne-Maï. Elle renonça pourtant à les rejoindre. Elle avait 40 ans, une vie sexuelle proche du néant, on était samedi soir, et elle était chez ses parents.

Elle se remémorait tous ces réveillons où elle s'était réfugiée chez eux, fuyant l'épreuve du 31, toutes ces fêtes où elle s'efforçait de faire bonne figure. C'était si dur de capter l'attention dans ces appartements/bars/lieux encombrés où les regards ricochent, vous survolent en permanence. Quand enfin quelqu'un lui adressait la parole, après quelques minutes, son œil s'échappait déjà en quête d'une autre rencontre, plus intéressante. Anne-Maï fendait la foule comme un fantôme, parlait dans le vide, ici ou là, sans personne pour prêter l'oreille. Chez ses parents, elle n'avait pas besoin de se battre pour exister. C'était reposant de se sentir attendue quelque part. Lors de ces réveillons dans la tour Melbourne, elle s'installait dans l'étroite cuisine, tartinait des toasts, avec des œufs de lompe pour son père – c'est comme le caviar, mais moins cher, disait sa mère –, accompagnés de saumon fumé et de « trucs de Français », ils composaient un plateau de fête, puis s'installaient devant la télévision pour contempler les programmes consternants du 31 décembre avant d'ouvrir un pétillant à minuit.

Elle était à nouveau là, un samedi soir, enfermée dans sa chambre d'enfant, avec encore sur les murs, une affiche représentant Buffy, la tueuse de vampires blonde la toisait, Buffy pour laquelle, jadis, elle avait éprouvé une attirance ambiguë. Mais inavouable. « Homo », c'était « pour les Français », disait sa mère.

De l'autre côté de la cloison, elle entendait sa mère chanter à tue-tête par-dessus la télé. Pendant la pub, elle s'était mise à entonner une vieille rengaine de Khanh Li, une Dalida aux yeux bridés, dont les Vietnamiens de la diaspora étaient fous. Anne-Maï entendit l'animateur présenter un ou une apprenti star. La musique reprit. Sa mère se remit à chanter aussi. C'était bien « Let me love you » de Justin Bieber ! On ne reconnaissait pas les paroles avec l'accent de sa mère mais pour les notes et les rythmes, c'était cela. Depuis quand sa mère chantait-elle du Justin Bieber ? Elle n'entendait pas son père, mais elle devinait qu'il marmonnait des exercices de grammaire et de conjugaison. Dans l'appartement, il semait ses livres partout. Dans les toilettes, elle retrouvait le Bescherelle tout corné. Et ses foutues *Contemplations* : bon dieu qu'elle détestait Victor Hugo.

Machinalement, elle se mit à scroller sur son téléphone. L'icône de Tinder clignotait, elle haïssait la petite flamme rouge, la farandole des photos, le catalogue de chair fraîche à disposition. C'était aussi angoissant que faire ses courses au Franprix : ça commençait par les tergiversations autour des yaourts, fallait-il opter pour du 0 % ou du 2 % de matière grasse, bifidus, velouté, grec, ou plutôt soja, les laitages étaient mauvais pour l'organisme, mieux valait le yaourt de soja, mais le soja n'était-il pas bourré d'OGM, et le jambon, sans sel ajouté, bleu blanc cœur ou sans nitrites de sodium ?

La vie se résumait au chapitre sur la théorie des jeux, qui figurait dans son manuel de sciences économiques et sociales, avec ces arbres de décision aux branches géométriques, permettant de calculer et d'optimiser les stratégies décisionnelles pour les managers.

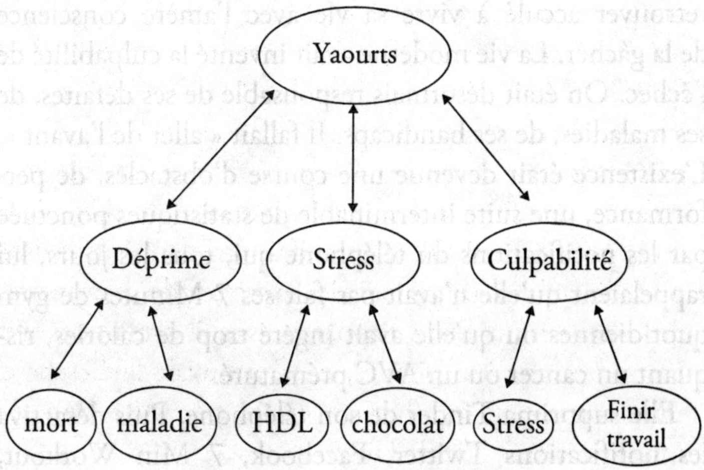

Peut-être eût-il été plus facile de vivre dans le Vietnam ancestral de ses parents. À 18 ans, après un mariage arrangé, elle aurait tout de suite eu des enfants, elle aurait subi, accepté, mais au moins, elle n'aurait rien eu à choisir. Avec la liberté venait le doute. On marchait, on hésitait à la croisée des chemins, plantée devant des carrefours, où la petite voix off susurrait : à droite, à gauche, fais ton choix, et ne te trompe surtout pas, tu n'auras pas de vie supplémentaire. La voix n'était pas aussi rassurante que celle, ferme et synthétique, du GPS qui assénait « Faites demi-tour immédiatement ». Elle était filandreuse, insaisissable, noyée de milliers d'échos, qui ouvraient d'autres portes, d'autres possibilités, d'autres chausse-trappes.

Au début, on se rassurait, on se disait qu'on pouvait retourner sur ses pas, remettre les compteurs à zéro, mais plus on vieillissait, plus le choix se restreignait. Restait cette angoisse d'avoir pris la mauvaise décision et de se retrouver acculé à vivre sa vie avec l'amère conscience de la gâcher. La vie moderne avait inventé la culpabilité de l'échec. On était désormais responsable de ses défaites, de ses maladies, de ses handicaps. Il fallait « aller de l'avant ». L'existence était devenue une course d'obstacles, de performance, une suite interminable de statistiques ponctuée par les notifications du téléphone qui, tous les jours, lui rappelaient qu'elle n'avait pas fait ses 7 Minutes de gym quotidiennes ou qu'elle avait ingéré trop de calories, risquant un cancer ou un AVC prématuré.

Elle supprima Tinder de son téléphone. Puis désactiva les notifications Twitter, Facebook, 7 Min Workout,

Citymapper, Snapchat, qui vibraient toutes les trente secondes et transformaient son téléphone en oiseau épileptique. « Aline Porcheville vous a invité à jouer à Candy Crush Saga ! » Elle recevait une vingtaine d'invitations de ce genre par jour. À quand remontait la dernière proposition, réelle, amicale, se voir, prendre un verre, discuter ?

Elle épargna Meetic qu'elle consultait sur son ordinateur. Le site était tellement démodé qu'il la rassurait. Elle avait reçu un message d'un Alain349.

> Bonjour, miss Butterfly. J'adore le Japon, les sushi, les manga aussi, les filles avec des longs cheveux noirs raides, ça me rend fou, on se voit très vite ?

Un fétichiste de l'Asie. Elle connaissait cette catégorie d'homme par cœur. Il y en avait deux sortes. Ceux qui, obsessionnels, n'étaient sortis qu'avec des Coréennes, Vietnamiennes, Japonaises, Chinoises, n'importe quelle fille pourvu qu'elle fût bridée. Et ceux qui voulaient tester. Ceux-là étaient persuadés que toutes les Asiatiques étaient des geishas prêtes à se soumettre aux moindres de leurs désirs, à l'ossature délicate, au vagin étroit, et puis très souples, acrobates, gymnastes contorsionnistes même, ce qui promettait des combinaisons inattendues au lit. Elle supprima le message d'Alain349. Il n'y avait de toute façon pas de place dans sa vie pour Alain349, Polzepot33, Rocky56, ou n'importe qui d'autre.

La pandémie lui avait offert une bonne excuse pour se mettre sur pause. Quel soulagement de n'avoir plus à rencontrer personne. Elle faisait hélas partie de ces filles vieux jeu qui peinaient à envisager l'amour physique sans sentiments. Ces dernières années, son cœur hibernait. Mais il n'était pas question d'opter pour l'abstinence, il fallait se plier à une certaine hygiène, à une pratique régulière de la chair, les magazines féminins offraient des réductions pour des *sex toys*, les gynécologues prescrivaient des lubrifiants et incitaient leurs patientes à stimuler régulièrement leurs organes génitaux, la société répétait sans relâche cette doxa, le sexe et l'amour n'avaient rien à voir, elle s'était donc résolue à enchaîner les *dates* et les accouplements d'un soir pour garder la forme et rester « marchandisable » afin de trouver un partenaire (elle n'osait plus dire « amoureux », ce mot ringard). Le sexe sans amour, pour elle, c'était comme le jogging. Au départ, on trouvait ça formidable, on se sentait héroïque d'avoir réussi à terminer un tour de parc, mais le plus pénible était le moment qui précédait, où il fallait enfiler des baskets et se dire « quand faut y aller, faut y aller ». Il y avait toujours les drogués, les fans de marathon et d'*ultra-trail*, qui vous assuraient qu'au bout d'un certain temps, c'était le pied de courir, un shoot total, les endorphines, l'orgasme à chaque sortie. Les veinards.

Pour Anne-Maï, la succession de ces corps étrangers dans son lit était à l'image de sa pratique sportive. Un exercice grotesque et absurde. Sites de rencontres, appelait-on ces applis. Pourtant, elle avait à peine le sentiment d'en avoir fait, des « rencontres ». D'avoir partagé quoi que ce fût, à part ces brèves étreintes où chacun ne pourchassait que son propre plaisir. La dernière fois, la chose avait été pénible, même effrayante. Ça l'avait vaccinée pour longtemps. Le type, un *match* sur Tinder, avait un regard porcin et des lèvres de jouisseur. Très vite, dans le salon, il s'était jeté sur elle en la léchant. Au départ, elle avait pensé qu'il s'agissait de préliminaires. Le type continuait à la lécher. Sa langue pareille à une grosse limace baveuse laissait des traces brillantes sur son corps. Il lui avait confessé son obsession pour les fluides corporels. Pour faire la conversation, elle avait évoqué le livre de Mishima, *Le Pavillon d'or*, où la femme masse son sein plein de lait, en extrait le liquide précieux, puis nourrit un homme ainsi, goutte à goutte. Cette image le rendit fou. Lui aussi rêvait de boire au sein d'une parturiente, il se masturbait en regardant les vidéos de tire-lait électrique ou de mères allaitant leurs bébés, il lui expliqua avec aplomb que les femmes pouvaient atteindre l'orgasme en allaitant. Il existait une foule de moyens mécaniques pour stimuler la lactation, des mères qui adoptaient, ou des lesbiennes qui n'avaient pas porté l'enfant, réussissaient ainsi à allaiter. Si elle le souhaitait, il serait son tire-lait personnel. En attendant, pour ce soir-là, il l'implora d'aller au sauna pour aller lécher sa sueur. Elle lui raconta alors – cette manie qu'elle avait de vouloir discuter ! – que les papillons buvaient les larmes des tortues au bord de leurs yeux, et les tortues, immobiles, se laissaient faire. Le type-limace devint tout rouge. Il était en transe. La tortue ! Mais oui, fais la tortue, ma beauté, s'il te plaît, fais la tortue pour faire plaisir à papa. Elle se rhabilla très vite et s'enfuit. Chez elle, elle se doucha à grande eau, se savonna énergiquement pour faire passer la sensation désagréable de la langue-limace. Tiens, mon gros, si t'aimes tant que ça les excrétions, bois mes règles, connard, et fous le camp.

De retour chez ses parents, elle n'avait plus à se prêter à cette absurde pantomime. Elle n'aurait jamais imaginé se retrouver dans cette situation à son âge. Mais elle était au chômage. Le 15 septembre 2020, elle avait été licenciée. Le soir même, il y avait eu l'attentat, en bas de chez eux. C'était étrange de voir sur BFM TV la dalle, ce lieu si familier décor de son enfance. À l'écran, un journaliste en parka, l'air grave, évoquait une agression terroriste, le journaliste rassurait, Michel Houellebecq allait bien, il n'avait fait aucune déclaration, en revanche, les associations de protection animale squattaient déjà les plateaux, le chien de l'écrivain avait péri sous l'assaut, les experts dissertaient sur la nécessité pour la communauté musulmane de se désolidariser de cet acte, et de condamner le meurtre du chien, les ligues de protection animale fustigeaient le manque de compassion pour le chien, un hashtag #jesuislechiendehouellebecq était devenu *trending topic* sur Twitter – un spécialiste de l'islam radical avait renchéri, ce lâche assassinat d'un chien était une atteinte insupportable à la laïcité et aux valeurs de la République, bref, le summum de la barbarie et de l'obscurantisme, ça commençait avec le voile, ça terminait par des massacres de chiens[1]. Effarée, Anne-Maï avait reconnu le visage de

1. Les spécialistes évoquèrent la mort de Diesel, un des chiens du RAID tué lors d'un assaut à Saint-Denis, en 2015. Diesel avait

sa mère, devant le micro d'un envoyé spécial. « Oui, on a eu très peur », disait-elle avec son accent tragicomique.

Ses parents restaient barricadés dans leur appartement, terrorisés. Le virus, plus l'attentat, c'était trop. Anne Maï était inquiète de les laisser seuls. Pas question d'être encore séparée d'eux, en cas de nouveau confinement alors qu'ils n'étaient qu'à quelques mètres de distance. Elle avait résilié son bail. Et elle était rentrée à la maison.

*

Depuis qu'elle était revenue tour Melbourne, elle avait l'impression d'être tombée dans une faille temporelle. Sa mère avait tout gardé dans les caisses de sa chambre, photos de classe, jouets, rédactions de collège. Elle s'y était plongée, spéléologue rampant à tâtons dans la grotte obscure où dansait le reflet désormais étranger de l'adolescente qu'elle avait été. Elle relisait ses journaux intimes. Ne reconnaissait pas son écriture ronde, avec des cœurs sur les *i*, aujourd'hui, anguleuse et indéchiffrable, à l'inverse de son corps d'enfant, virgule acérée devenue flaque brouillonne de chair. Et pourtant, de ce magma de mots, les noms, les visages, les lieux surgissaient soudain d'une phrase, et avec

obtenu la médaille d'honneur de la ville de Paris, même s'il n'était pas exclu qu'il eût succombé sous les salves des policiers, et non des terroristes. Pour en avoir le cœur net, il eût fallu déterrer Diesel, mais craignant un scandale d'État, le parquet abandonna les investigations.

eux, des sensations, des couleurs, telles des algues, pâles et délavées, affleurant à la surface du marais de l'oubli.

Le pull-over vert bouloché. C'était lors d'une de ses premières boums, quand était venu le moment crucial du slow, cette drôle de pratique qui avait encore cours au siècle dernier. On jouait « Sheila » des Smashing Pumpkins. Elle craignait de rester seule mais Pull-Over Vert, avançant vers elle, lui avait pris la main. Une vague de reconnaissance l'avait submergée. Elle se souvenait parfaitement de sa chaleur, de l'odeur de lessive et d'aftershave, des mains larges sur son dos, il n'y eut pas d'essai de rapprochement de lèvres, enfin peut-être, un peu, elle avait senti son souffle qui descendait, sur les cheveux, puis dans le cou, mais elle n'avait pas bougé la tête. Pull-Over Vert n'osa pas non plus. Ils se séparèrent à la fin de la chanson. Cela suffit, elle tomba amoureuse. Elle traqua des mois le garçon dans les couloirs du collège, en vain. Son journal intime contenait chaque tentative avortée, chaque moment de cette histoire d'amour unilatérale.

Elle avait aussi cherché Virgile dans ces pages. Mais à cette époque, elle avait abandonné les cahiers. Il n'y avait plus rien pour guider sa mémoire. Elle entendait encore sa voix qu'elle avait tout de suite aimée. Mais lui revenait alors la douleur de la trahison. Intacte.

Les années filaient. Sur des mois et des années entières, elle n'avait rien écrit. Elle se retrouvait face au néant, obligée de se raccrocher aux événements d'actualité, la Coupe du monde 98 ou les élections présidentielles. Les lieux de ses vacances se mélangeaient, les relations qu'elle avait entretenues aussi, collègues, amis, amants. Il était impossible de rapiécer le tout, les trous dans l'étoffe du temps étaient trop larges, à l'image de ces vieux chandails grignotés par les mites. Elle avait alors l'angoissante impression de n'avoir pas vécu.

Il lui fallait combler les blancs. Retrouver des noms. Des faits. Reprendre les cahiers, tirer le fil, enquêter. Elle passa ses soirées sur Facebook, LinkedIn, Copains d'avant, à essayer de dépister ses camarades de l'école primaire, du collège, du lycée, pourchassant photos et noms, envoyant des messages çà et là. Elle pensait à Armelle. Troublant de l'avoir revue dans ces circonstances. Elle l'avait reconnue pourtant, et avec elle, le souvenir de ses 18 ans. Et ce mal-être qu'elle éprouvait, à cet âge adolescent, se confondait à celui de l'adulte, mise au rebut. Elle avait tenté aussi de retrouver des traces de Virgile sur la Toile. En vain.

Ses parents regrettaient amèrement qu'elle ne se fût pas mariée avec un *Viêt-kieu* bien comme il faut. Dans la diaspora, le mariage était la grande affaire. Tous les aînés se faisaient entremetteurs, conspirateurs, stratèges, on consultait les augures, les numérologues, les devins pour trouver les candidats idéals – pour elle, un natif « cochon d'or » eût été parfait –, on suivait les trajectoires des rejetons avec attention, on élaborait de subtils plans de table lors des mariages, Têts et autres cérémonies pour rapprocher géographiquement les impétrants, on ourdissait des plans machiavéliques pour les ferrer, on traînait les grands enfants réticents à des *sui gia*, ces rendez-vous arrangés où les tourtereaux étaient censés faire connaissance, sous les yeux palpitant d'espoir et faussement décontractés de leurs parents, qui tourbillonnaient en cuisine (les mères), ou péroraient en sirotant des alcools forts (les pères), en feignant de ne rien entendre de la conversation embarrassée de leur progéniture.

Au grand dam de ses parents, Anne-Maï avait toujours sabordé ces rituels d'appariement. Lors d'un mariage, sa mère avait réussi après force compromissions à la placer auprès d'un jeune Vietnamien ingénieur, diplômé d'une grande école, une proie très convoitée parmi les mères de Chinatown. Anne-Maï avait été maquillée, apprêtée, sanglée dans une *ao dai*, la robe traditionnelle vietnamienne. L'indifférence avait été totale de part et d'autre. La mère d'Anne-Maï s'était lamentée de ce ratage des années durant. Le camouflet fut total quand elle reçut quelque temps plus tard une invitation aux noces dudit jeune homme, avec une autre jeune fille de bonne famille *Viêt-kieu*, diplômée de la faculté dentaire.

Anne-Maï n'avait jamais été attirée par un de ses congénères. Elle se sentait même vexée qu'on l'imaginât en ménage avec l'un des siens. À ses collègues qui l'interrogeaient, elle précisait qu'elle n'avait jamais été en couple avec un Vietnamien. Elle se demandait pourquoi on lui posait ce genre de question à elle et non à Marina, sa collègue qui souffrait d'une surdité et à laquelle jamais personne n'avait demandé si son compagnon était également malentendant. Elle aurait aimé répondre que son mari était un bon Français. C'était idiot. Craignait-elle qu'on la reléguât dans la catégorie des immigrés-non-intégrés, atteinte de cette lèpre qu'on nommait « communautarisme » ? Ou était-ce du racisme intériorisé ?

Elle n'avait jamais présenté personne à ses parents. Ils semblaient la préférer ainsi, éternelle vieille fille. Aucun partenaire ne s'était installé assez longtemps dans sa vie pour les détromper. Les hommes qui couchaient avec elle s'envolaient vite ailleurs. Sauf Virgile. Virgile était noir. Dans sa famille, une de ses cousines de San José avait provoqué un scandale en convolant avec un Afro-Américain. Les parents avaient refusé de se rendre à la noce. Le marié était pourtant avocat, sorti de Harvard. Rien n'y fit. La mère était tombée malade et Alice Truong avait compati : « Elle a connu tellement de malheurs. On n'est pas Bouddha, quand même, pour supporter tous ces malheurs. »

L'échelle de valeurs de sa mère était corrélée à la couleur de peau. Le teint clair se conjuguait à la puissance. En Asie, c'était évident : la minorité dominante des Han, chinoise, ou les Japonais, c'est-à-dire les plus clairs, avaient longtemps dominé. Quant aux Occidentaux, les *Tay*, Alice Truong les haïssait, mais elle les admirait aussi. Elle avait toujours respecté la force et la puissance, fussent-elles injustes. Les Blancs décidaient de l'avenir de la planète. La décolonisation ? Quelle blague. Les Blancs avaient gardé l'argent et le pouvoir. Leur supériorité, innée, était telle, que lorsqu'ils s'installaient dans un pays étranger, ils n'étaient pas des « immigrés », mais des « expatriés », fêtés et flattés. Un jour, dans un instant d'accablement, Alice avait fait cet étrange aveu :

— Peut-être que nous avons fait quelque chose de mal, dans une vie précédente, pour avoir tant de malheurs et n'être pas aussi blancs qu'eux.

Puis elle s'était reprise. Alice Truong n'était pas du genre à se lamenter. Elle avait le teint clair. Elle n'était pas une noiraude, comme ces Cambodgiens maudits qui avaient « volé », disait-elle, le lac Tonle Sap aux Vietnamiens qui l'auraient « tellement mieux utilisé ».

En dessous des Cambodgiens, il y avait les Indiens/Bengalis/Pakistanais/Tamouls, exploités et maltraités dans les restaurants de Chinatown. Tout en bas, les *den*, c'est-à-dire les Noirs. Alice Truong avait déjà vu des Noirs au Vietnam, des GI américains. Les GI avaient engrossé un nombre incalculable de filles. Les enfants nés de ces unions, avec leurs cheveux crêpus et leur teint sombre, avaient été livrés à la vindicte populaire. On les appelait les *buoi doi*, « poussières de vie ».

Anne-Maï pensait parfois à Virgile. Un flot de sentiments contradictoires l'envahissait. Elle se rappelait ce jour. Elle avait attendu si longtemps.

*

Sur les réseaux sociaux, les vies de ses anciens camarades clignotaient pareilles aux néons d'une salle de jeu à Las Vegas : images stroboscopiques de mariages, de baisers dans des paysages de rêve, de restaurants entre amis, de bébés souriants, de parents extatiques et toujours sveltes. Elle laissait ici ou là des messages faussement enjoués – « Slt ! Ce petit message d'une revenante ! Que deviens tu ? 😉 ». Et réalisait amèrement qu'elle n'avait pas « imprimé ». Elle n'avait fait qu'effleurer les autres sur son passage (sauf peut-être Virgile ?) et de façon si superficielle, que bien souvent, déjà, on ne se souvenait d'elle que du fait de son appartenance ethnique. En classe préparatoire, on la confondait ainsi toujours avec cette autre fille viet. Pourtant, elles ne se ressemblaient pas du tout.

Elle n'avait pas pensé à cette fille depuis longtemps. Elle avait voulu gommer ce souvenir honteux. Elle avait été lâche, complice des moqueries adressées à cette gamine au visage ingrat. C'était la fille de tonton Lam, l'ami d'enfance de son père. Elle était parfois venue dans la Tour avec ses parents et son frère. Anne-Maï leur avait également rendu visite, ils habitaient en banlieue, tout au bout du RER A. Elle ne s'était jamais entendue ni avec cette fille ni avec son frère. Elle, l'enfant unique habituée à jouer seule avec ses poupées, était jalouse de ces jumeaux qui n'avaient besoin de personne. À l'école, elle avait toujours cherché un double. Elle s'attachait à des filles qu'elle rêvait d'avoir comme « meilleure amie », fantasmant une intimité faite de confidences, de petits mots, de rires. Ça n'arrivait jamais. Avec la fille de tonton Lam non plus, ça n'arriva pas. Elles n'eurent jamais rien à se dire. À chaque fois qu'elles se voyaient, la fille restait arcboutée dans un silence hostile.

Anne-Maï ne l'avait pas tout de suite reconnue quand elle l'avait retrouvée en prépa. Le jour de la rentrée, elles s'étaient à peine dit bonjour. N'avaient évoqué, ni l'une ni l'autre, les dimanches devant la télé, jadis. Anne-Maï avait tout de suite vu le mépris qu'inspirait la fille parmi ses camarades de classe. Bien sûr, son visage disgracieux, son corps balourd la reléguaient dans la catégorie honnie des « non baisables », mais il y avait plus que cela. Parfois, les moches réussissaient à s'intégrer au groupe. Elle, elle n'essayait pas de suivre les codes. Son silence têtu, revêche, son air de leur dire qu'elle n'avait besoin de personne avaient suscité une réaction unanime dans le groupe : il fallait l'écraser.

Comme tous ses camarades, Anne-Maï était égoïste. Elle luttait pour sa propre survie. La fille, bouc émissaire, était devenue contagieuse. Anne-Maï n'osa avouer qu'elle la connaissait. Aujourd'hui, Anne-Maï peinait à se rappeler son visage, alors que celui d'Armelle lui était revenu, dans les moindres détails. Seuls les lieux réapparaissaient. Lognes, la station du RER A. Le pavillon des amis de ses parents, tonton Lam et tata quelque chose, dans un lotissement où toutes les ruelles avaient des noms d'écrivains : Alphonse Daudet, Georges Courteline, Honoré de Balzac, François Villon, Sacha Guitry. Un panthéon d'auteurs labellisés « Lagarde et Michard », un concentré d'identité nationale 100 % française qui contrastait de façon doucement ironique avec les habitants dudit lotissement dont une bonne moitié venait d'ailleurs. Cette banlieue tranquille et proprette, maison/gazon/balançoire, n'avait rien à voir avec la dalle des Olympiades mais quand on franchissait le seuil du pavillon de tonton Lam, on se serait cru tour Melbourne : on retrouvait le bouddha en carton-pâte doré, l'autel des ancêtres, les calendriers de restaurants kitsch avec des photos de femmes en *ao dai* très maquillées, le carrelage blanc et moche, la télé en bruit de fond, et cette odeur si reconnaissable : effluves de *nuoc mam* et de friture. Elle ne se souvenait plus du prénom de la fille, alors qu'elle avait été dans sa classe. Elle feuilleta son journal. Rien sur la fille. Et puis le prénom lui revint. Bich. Son bizutage avait été horrible. Lui revinrent des images de Bich, toujours seule, qui allait pleurer dans les toilettes. Un jour, prise de culpabilité, Anne-Maï était allée la retrouver, Bich avait levé la tête, l'air farouche, les yeux rouges et gonflés, le visage strié de morve et de larmes, mais le regard si dur qu'Anne-Maï n'avait osé s'approcher.

Bich s'en était pourtant sortie. Contrairement à Anne-Maï qui avait abandonné la prépa en cours de route et bifurqué vers la fac. Selon ses parents, elle avait intégré une grande école, puis poursuivi un parcours brillant. Sa mère citait toujours en exemple les enfants de Lam, ce qui exaspérait Anne-Maï. La fille, expliquait sa mère avec dans la voix une admiration jalouse, était partie aux États-Unis suivre un MBA de finance. Le garçon travaillait au Canada. L'un et l'autre avaient, couronnement suprême, fondé des familles avec de bons Vietnamiens de la diaspora américaine ou canadienne. « Eux, ce ne sont pas des enfants ingrats », concluait sa mère avec son air de martyre.

WhatsApp, groupe « Famille »

Maman vous a invité(e) à aimer la vidéo. « Boyfriend » Justin Bieber

Maman vous a invité(e) à aimer la vidéo « Love Yourself » Justin Bieber

Maman vous a invité(e) à rejoindre le groupe « Ceux qui adorent Justin Bieber »

Anne-Maï : Maman, c'est Johnny Hallyday qui est mort. Pourquoi tu m'envoies des trucs de Justin Bieber ?

Maman : 😆

Anne-Maï : M'enfin ?

Maman : ☹ Maman se trompe toujours dans les emojis.

Maman vous a invité(e) à rejoindre le groupe « Fan de Justin Bieber, jusqu'à la mort »

Maman : Johnny, c'est celui qui transpire beaucoup dans les concerts ?

Maman vous a invité(e) à rejoindre le groupe « Justin Bieber XO XO »

Anne-Maï : Oui, Johnny, c'est celui qui transpire beaucoup. Tu sais bien, c'est celui qui chante Allumer le feu.

Maman : Au Vietnam, on aimait bien les yéyés. Maman connaît bien Salvatore Adamo. Adieu jolie Candy. Et Tombe la neige

Maman vous a invité(e) à rejoindre le groupe « Le groupe des meufs qui feraient TOUT pour voir un jour Justin Bieber en concert »

Ascenseur (4)

Depuis l'épidémie, les ascenseurs, lieux clos et confinés, sont suspects. Les germes sont partout. Sur les boutons, les portes, tripotés par les résidents et les visiteurs. Anne-Maï pense aux haleines qui ont exhalé leurs souffles malades, emprisonnés dans la cabine, elle visualise toutes les particules de virus en suspension. Ça l'angoisse. Elle ne quitte plus son masque. Secrètement, elle aime bien ce nouvel accessoire : le visage à moitié caché, elle a l'impression d'être fondue dans la masse. Mais le masque l'empêche de respirer correctement. Elle peine à grimper à pied les cinq étages, la bouche et le nez couverts. Elle étouffe. Son asthme. Alors elle se résigne à emprunter la cabine, en se gardant de rien toucher. Elle se souvient de l'ascenseur de la tour à La Défense. Son bureau était au 25e étage. Le trajet était long. Surtout à plusieurs. Quel soulagement quand, entre quelques étages, elle se retrouvait seule. Elle vérifiait dans le miroir qu'elle était à peu près présentable, pas de persil entre les dents, pas de tache. Parfois, elle chantait « Pour que tu m'aimes encore », avec l'accent canadien de Céline Dion en brandissant un faux micro devant le miroir. Cela fait longtemps qu'elle n'a plus chanté Céline Dion. Les chorales sont un des lieux les plus contaminants, a-t-elle lu dans les journaux. En 2020, chanter est devenu mortel. Chanter dans un ascenseur, c'est pire. Pour chanter Céline, faut envoyer. Aucun masque ne résisterait à « je m'inventerais reine/pour que tu me retiennes ».

Virgile, box 47, 2e sous-sol
(Automne 2020)

Le maître des histoires parlait. Ce soir-là, la fille du box 52 s'était glissée au premier rang, elle était pourtant discrète, certains disaient qu'elle vendait son corps à des hommes[1]. Elle n'avait pas résisté à la voix du maître des histoires. Grave et veloutée, elle ensorcelait. Le maître des histoires racontait d'étranges légendes. Il décrivait le Paris de la surface, celui des riches, près de la Seine, avec ses

1. Mei Lin Guan vit en colocation au 26e étage avec d'autres filles du Dongbei. Certaines travaillent dans des salons de massage avec « finition », c'est-à-dire relations sexuelles tarifées avec les clients possibles, d'autres exercent dans les caves des tours voisines, Villa d'Este. Mei Lin Guan, pourtant, a cessé de coucher avec ses clients. Elle se contente de dormir avec eux. Malgré le cadre, que d'aucuns qualifieraient de sordide, les clients continuent à affluer dans le box 52. Il y a deux lits jumeaux côte à côte. L'obscurité est totale. Une veilleuse éclaire le visage de Mei Lin Guan qui s'allonge sur le lit et fait semblant de s'endormir (voire s'endort totalement). Les hommes s'asseyent à côté d'elle, la regardent dormir, et souvent s'endorment eux aussi à côté d'elle. Le tarif est de 30 euros l'heure.

cafés aux toilettes rutilantes, si propres qu'il était possible de se mirer dedans, ses librairies tranquilles, ses magasins si luxueux qu'ils étaient gardés par des vigiles venus de pays comme les leurs. Il racontait qu'il avait connu intimement ce Paris du Quartier latin, où l'on flânait au bord de l'eau en regardant les étals des bouquinistes, où l'on discutait des heures durant aux terrasses de café en regardant les passants, près de Notre-Dame. Les autres rigolaient. Il était fort, ce maître des histoires. Qui avait le temps de se promener en regardant de vieux livres ou de boire des cafés en discutant ?

Il évoquait la Sorbonne et ses coursives en bois sombre. Il repensait à Innocent et Scholastique. Tous les trois étaient inséparables, reconnaissables entre mille avec leurs costumes de velours démodés mais impeccables tandis que les Français se traînaient, négligés avec leurs jeans troués et leurs baskets fatiguées. Virgile, toujours tiré à quatre épingles, n'avait jamais compris pourquoi les enfants de bourgeois voulaient tant faire pauvre.

C'était dans les années 90. Eux trois, ils se désignaient pour rire « le club des non-alignés ». Ou les « décolonisés ». Innocent était guinéen, Scholastique, burkinabé. Ils étaient inscrits en sciences politiques. Virgile, le Sénégalais de la bande, étudiait les lettres modernes. Il rêvait de travailler sur la ponctuation chez Proust. Et plus exactement sur le point-virgule. Virgile aimait les phrases longues, à tiroirs, rivières grasses sinuant dans leurs lits, voluptueuses à l'oreille. Donc Proust. Donc les subordonnées qui s'enchevêtrent. Donc le point-virgule.

Innocent l'engueulait. Compter les points-virgules dans la *Recherche du temps perdu*, un roman où des Blancs discutaient dans des salons XIXe avec d'autres Blancs de problème de Blancs, ça lui semblait grotesque alors qu'il y avait tant de révolutions à mener. Scholastique se rêvait en nouveau Sankara. Son grand frère avait été envoyé à Cuba[1] pour faire ses études et devenir un révolutionnaire. Quand Sankara avait été assassiné, tout le monde avait pleuré. Scholastique était obsédé par Sankara et par Frantz Fanon. Travaille sur Frantz Fanon, mon frère, répétait-il. Mais Virgile cette tête de mule ne voulait rien entendre. Frantz Fanon, toujours Frantz Fanon. Toujours *Peau noire, masques blancs*. Toujours les damnés de la terre. Toujours la politique.

Virgile avait finalement renoncé à Proust. Le professeur proustien star de la fac affichait complet, il avait dû se rabattre sur son directeur de maîtrise actuel, un quinquagénaire las et amer, qui se plaignait sans cesse du manque de considération dont il souffrait à l'université : lui, spécialiste de littérature comparée, était écrasé par la mafia des proustiens et des céliniens qui faisaient la loi en lettres modernes à Paris IV. Il avait tenté de conquérir la

1. Il y avait à Cuba une centaine d'autres enfants burkinabés, mais aussi des enfants venus d'autres pays « rouges » d'Afrique, voire du Vietnam. C'est le cas de Nguyen Tay Hoc, qui habite dans la Tour au 17e étage. Il a connu l'« île de la jeunesse » à Cuba, puis il a été envoyé comme salarié détaché à Prague dans les années 80. Il a finalement émigré dans les années 2000 en France.

terra incognita des littératures comparées et créé une nouvelle UFR de « littérature francophone ». Le professeur avait donc besoin d'étudiants pour gonfler ses troupes. Il espérait qu'il y gagnerait quelques colloques sous des latitudes exotiques. Raté. Il n'y avait aucun budget pour la francophonie.

Littérature francophone comparée et littérature des îles. C'était l'intitulé de l'UFR. Virgile avait suggéré de consacrer son mémoire de maîtrise à une étude de la poésie de Senghor et de Baudelaire. Le professeur avait fait la moue, évoquant un concurrent de Paris III, ennemi juré, qui comptait profiter d'un cycle de commémoration pour rafler tous les budgets de recherche. Le professeur aurait préféré un Haïtien, n'importe lequel, Haïti était très à la mode. Virgile s'était rabattu sur Aimé Césaire. Innocent et Scholastique râlèrent. Fanon, prends Fanon ! Césaire, pour eux, c'était presque un collabo. Après tout, il avait été maire de Fort-de-France. Et la révolte ? Et l'esclavage ? Et les réparations ? Et ça repartait pour des heures. Parfois, Virgile en avait assez de parler de la traite : seuls Proust et les salons de la duchesse de Guermantes le faisaient vibrer.

*

La première fois que Virgile l'avait vue, elle était toute seule dans le couloir B, devant le bureau d'admission. Elle mâchouillait ses cheveux. Il ne l'avait pas trouvée jolie. Tel Swann rencontrant pour la première fois Odette de

Crécy, cette femme « d'un genre de beauté qui lui était indifférent, ne lui inspirait aucun désir ». La fille se tenait mal, quand lui mettait un point d'honneur à se tenir toujours droit. Elle avait un visage rond, joufflu, une bouche bien dessinée, mais trop petite, d'énormes lunettes qui lui mangeaient le visage, une chevelure épaisse et ébouriffée. Il se rappelait sa maladresse. Elle avait fait tomber tout son sac, un vieux sac en toile Eastpak taché d'encre. Le contenu s'était étalé à leurs pieds. Il y avait des biscuits écrasés, des tampons, des tickets de métro, des stylos Bic sans bouchon, une serviette hygiénique éventrée, une brosse. Il avait ri. Elle était devenue cramoisie. Il l'avait aidée à ramasser son fatras, ignorant avec tact les tampons et la serviette hygiénique éventrée. Il fallait s'entraider entre décolonisés, avait-il plaisanté. Elle avait haussé les sourcils. Vietnamienne, non ? avait-il tenté. Je vénère Hô Chi Minh, il fut le héros du Valmy des colonisés, avait-il répété. Elle était française. D'origine vietnamienne c'est vrai, concéda-t-elle du bout des lèvres, mais elle ne connaissait pas le Vietnam, était née en France, à Paris, une vraie Parisienne.

Rapidement, Virgile se rendit compte qu'il connaissait mieux qu'elle l'histoire glorieuse des indépendantistes viêt-minh. Il l'avait étonnée en lui sortant une phrase en vietnamien. Elle parlait si peu, si mal la langue de ses parents. Elle répétait toujours qu'elle était française-et-puis-c'est-tout, comme pour mieux s'en convaincre. À Dakar, il y avait un quartier vietnamien où Virgile avait passé toute son enfance : sa mère était morte quand il était petit, son père était toujours parti, c'est son oncle Blaise et sa tante Mylan qui l'avaient élevé. L'oncle Blaise avait combattu dans l'armée française. Virgile se souvenait bien de cette vieille photo en noir et blanc où il posait en uniforme de tirailleur, lorsqu'il avait été envoyé là-bas, dans la lointaine Indochine, pour défendre l'Empire français. Dans les rangs de l'armée française, on venait de toute la planète, goumis marocains ou algériens, tirailleurs sénégalais, régiments de Pondichéry, et même des grands blonds de la Légion étrangère, des Allemands. La Légion était dans ce temps-là un repaire à recycler les nazis. Dans cette guerre, personne ne semblait à sa place. Les Français, pourtant les plus concernés par l'affaire, étaient minoritaires dans les troupes. Les Allemands voulaient se faire oublier par les armes. Quant aux Marocains, aux Sénégalais, aux Algériens… Eux, ils n'avaient rien réclamé à personne, ils se demandaient donc parfois ce qu'ils foutaient là, à combattre ces Viêt-minh qui finalement désiraient la même chose qu'eux : l'indépendance.

L'oncle Blaise était tombé amoureux là-bas, dans ce pays moite aux moussons chaudes. Quand il fut démobilisé et revint au pays, il ramena dans ses bagages la redoutable Mylan. Elles étaient une centaine de Vietnamiennes à avoir suivi leurs maris soldats à Dakar. Elles s'installèrent dans le même quartier. Firent pousser du liseron d'eau, du basilic, toutes les herbes de là-bas. Elles avaient de longs cheveux très raides et très lisses, la peau pâle. Leurs enfants étaient singulièrement beaux, avec leur peau ambrée, leurs yeux effilés. Les femmes avaient appris le wolof qu'elles mêlaient de vietnamien. Pour gagner de l'argent, certaines montaient des stands au marché de Dakar où elles vendaient des nems. On y trouvait depuis toujours du riz vietnamien importé de là-bas. C'était un héritage de l'Empire français, qui avait spécialisé chacune de ses colonies : l'Indochine dans la production du riz, le Sénégal dans la production d'arachide. Chez l'oncle Blaise et la tante Mylan, Virgile apprit à aimer le *pho* et les autres spécialités vietnamiennes.

La tante Mylan ne ressemblait pas à la Fille du couloir B. C'est ce qu'il se disait en l'observant, avec ses cheveux ondulés, ses mèches en bataille et sa peau très blanche. La tante Mylan avait le teint mat, elle passait une heure tous les soirs à soigner sa chevelure noire et brillante. Soudain, la Fille se leva. Elle s'engouffra dans un bureau pour y obtenir un formulaire d'inscription en maîtrise de lettres modernes : une histoire compliquée d'équivalence, elle s'était réorientée après s'être égarée dans une filière commerce mais ne jurait plus que par la littérature, d'où ces tracas administratifs. Il décida de l'attendre, tandis qu'Innocent et Scholastique s'éloignaient en lui lançant des regards égrillards.

En sortant du bureau, la Fille avait eu l'air perplexe mais flattée de le revoir. Il lui avait proposé d'aller déjeuner au restaurant universitaire de Mabillon. Sa peau blanche était devenue rose, c'était charmant. Elle avait accepté. Devant un céleri rémoulade noyé de mayonnaise, ils avaient discuté ponctuation. Il aimait Proust. Elle aimait Céline. Il ne serait jamais français, elle l'était, affirmait-elle, puisqu'elle était née en France. Pourtant, à lui, on parlait en français dans la rue, quand elle se voyait sans cesse adresser des *ni hao* – on la pensait chinoise. Sa peau blanche rosit à nouveau. La colère cette fois-ci. Elle lui raconta que son directeur de mémoire, un célinologue émérite, lui avait proposé de s'orienter plutôt vers la littérature comparée. Elle aussi, on lui avait fait le coup. Tenace, elle n'en démordait pas. Elle allait le convaincre de l'intérêt de ses travaux. Elle brûlait de se plonger dans *Bagatelles pour un massacre*, le pamphlet antisémite encore jamais réédité. Elle l'avait consulté à la bibliothèque Sainte-Geneviève, il fallait remplir un formulaire spécial car le livre interdit se trouvait à la réserve, elle avait écrit « recherche, mémoire de maîtrise », alors qu'elle n'avait pas été encore acceptée, ce petit mensonge avait attisé son sentiment d'interdit. Elle nourrissait une étrange passion pour les invectives racistes/antisémites/homophobes de l'écrivain. À la fin de sa vie, l'écrivain était obsédé par le péril jaune. Les Chinois avaient remplacé les Juifs, dans ses obsessions racistes. Le Juif, pour Céline, était un métèque nègre et asiatique. Un *lai den*, dirait sa mère. « Comme nous deux si on avait un enfant, c'est drôle, non ? avait-il dit, sans qu'elle relève. Tu sais, mon cousin Léopold, le fils aîné de mon oncle Blaise et de sa femme Mylan, est extrêmement beau. »

Elle rabâchait sa rancœur. Le célinologue émérite n'avait pas envie de travailler sur les pamphlets. Pourquoi pas Inoué, Mishima ou Kawabata, mademoiselle, cela vous irait tellement mieux ! Elle n'avait pas osé dire qu'elle n'était pas japonaise. Ils parlèrent de « Legend of Zelda », dont l'univers mélancolique leur évoquait Proust ou Modiano. Le héros du jeu se prénommait Link : Lien. C'était beau comme nom. Link, amnésique, tentait de retrouver ses souvenirs, pour découvrir finalement que tous les êtres qu'il avait aimés étaient morts. C'était le bal des têtes, l'épilogue poignant du *Temps retrouvé* où plane le fantôme de ceux qui ne sont plus.

Virgile l'avait fait rire quand il lui avait conté ses déboires. La Fille ne connaissait ni Aimé Césaire ni Senghor. Ni aucun auteur non blanc, en fait. Elle ne jurait que par la Littérature Française avec un grand F. Comme tous ceux de la fac, elle avait l'impression que l'adjectif « francophone » souillait ce grand mot de Littérature.

Virgile et la Fille avaient continué de se croiser dans les couloirs de la Sorbonne. Au restau U de Mabillon, où ils avaient pris leurs habitudes, ils avalaient sans broncher les carottes râpées orange fluo, les nuggets ramollis : ils avaient tant de choses à se dire. Parfois, ils s'offraient des soupes de nouilles-raviolis-crevettes chez le traiteur chinois à côté de la librairie Gibert Jeune. C'est mauvais, grimaçait-elle. À Dakar, c'est bien meilleur, plus authentique, disait Virgile. Normal, tous les traiteurs asiatiques qui font de la cuisine vietnamienne ou japonaise sont chinois à Paris, répondait-elle. Il lui avait fait lire *Rapport pour une académie*, une nouvelle de Kafka, où un singe devenu homme rentre à l'Académie et congratule ses nouveaux collègues. Pointant sur elle sa fourchette, où pendait une endive noyée de béchamel, il lui avait lu ce passage : « On se surveille avec le fouet. On se lacère à la moindre résistance. Ma nature de singe se trouva expulsée hors de moi cul par-dessus tête et chassée. »

Il lui disait : nous sommes les singes de l'Académie, toi et moi ! Des colonisés jouant avec la langue du colonisateur, toi avec Céline, moi avec Proust, mais jamais ils ne nous accepteront parmi eux. Regarde-nous, les indigènes soumis ! Innocent et Scholastique ont bien raison de se moquer de toi, de moi, imposteurs tentant de nous frayer une place à la table des maîtres. Nous ne sommes rien de plus que des singes, moi encore plus que toi, avec ma peau noire. On me demande toujours si je sais danser le zouk, alors que je suis raide comme un balai.

C'est vrai, tout était rigide chez Virgile, son vieux costume en velours exhumé des années 60, sa façon de parler, son français châtié et désuet, dont elle se moquait. « Tu emploies même des imparfaits du subjonctif comme mon père, personne n'emploie le passé simple et l'imparfait du subjonctif, à part dans les livres. » Elle détestait la fin de la nouvelle de Kafka. Le jour, le singe de l'Académie multiplie les banquets, les colloques, les conférences. Mais le soir, quand il rentre tard chez lui, il est attendu par sa femme, ou plutôt sa femelle, une petite « chimpanzé à demi dressée ».

Ils aimaient se promener dans Paris. Ils formaient un drôle de couple, lui grand et compassé, elle petite et bossue, avec sur son dos l'éternel sac Eastpak. Ils marchaient pendant des heures. Ils aimaient particulièrement les églises sombres et fraîches. Virgile était chrétien. Il croyait aux fantômes, aux esprits qui colonisent le corps, aux chamanes qui exorcisent le mal. Elle n'en raffolait pas, sa mère l'avait traumatisée, enfant, avec ces histoires-là. Elle aimait la Sainte-Chapelle, là où Marie-Antoinette avait été emprisonnée avant d'être guillotinée. Elle était fascinée par les reines. Et Joséphine ? lui demandait Virgile. Elle se fichait de Joséphine. Elle ne savait pas qu'Alexandre Dumas était noir, c'est Virgile qui le lui apprit. Ils aimaient se promener au crépuscule, quand la lumière dorée léchait la pierre grise des immeubles parisiens, ou la nuit, quand les lueurs des néons transformaient la ville en une immense fête foraine. Quand il pleuvait, ils s'en réjouissaient. Les trottoirs ressemblaient à des miroirs, les immeubles se dédoublaient, la capitale entière se reflétait sous leurs pieds. Ils avaient l'impression de marcher sur les nuages.

Ils se promenaient près du pont de l'Alma. Sous la lumière déclinante, à ce moment précis où les réverbères deviennent roses avant de s'allumer pour la nuit, ils s'embrassèrent pour la première fois. Virgile se découvrit patient. Il se surprit même à aimer cette longue conquête. Au premier baiser, les étreintes avaient succédé. Il tentait de la deviner, quand ils s'enlaçaient sous les portes cochères. Veste, chemise, T-shirt. Tout ce tissu exacerbait son désir. Ses mains tentaient de se frayer un chemin. La peau de la Fille était douce, crémeuse. Plus il l'embrassait, plus il effleurait son corps recouvert d'étoffes, plus il avait envie de l'avaler tout entière.

Un jour, elle accepta de le rejoindre dans sa chambre à la cité universitaire. Il en fut tétanisé. Avec les autres filles, tout avait été si simple. Il connaissait les gestes, le chemin, la destination. Là, il ne savait plus rien. Elle s'assit sur son lit sans rien dire. Avec prudence et délicatesse, il entreprit de la déshabiller. La complexité des vêtements féminins l'effarait. Les boutons étaient minuscules, les agrafes résistaient, les élastiques freinaient la progression. Elle apparut enfin. Son dos incurvé était un grand vallon sinueux, il fit glisser son doigt le long de sa colonne vertébrale, sentit la peau frémir à son contact. Il respira son cou. Elle sentait bon, parfums frais comme des chairs d'enfant, verts comme des prairies.

Puis ce fut comme une phrase de violon ; fébrile et poignante, qui risque de déraper, tourne autour du motif initial, l'archet appuie et crisse sur les cordes, la dissonance irrite, la cadence se suspend, exaspère pour mieux amener la résolution. Sa peau crémeuse et rose, ses soupirs, son corps arqué. Il en fut bouleversé. Pour la première fois, il était tourné vers le désir de l'autre, et non plus seulement soucieux d'assouvir le sien.

Après l'amour, ils ne dirent mot. Ils étaient surpris, étonnés de cette intimité.

Les mois suivants, on ne les vit plus en cours. Le soir, elle devait rentrer chez ses parents, alors le jour, ils se réfugiaient dans la chambre. Ils restaient au lit des heures durant, ils ne se lassaient pas de se découvrir, de s'explorer, et quand la nuit tombait, ils partaient se promener mains mêlées dans la ville pendant des heures.

Virgile pensait souvent au couple que formaient son oncle et la terrible Mylan, qui criait aussi bien en wolof qu'en vietnamien. La Fille ne parlait que français. Il l'avait questionnée sur ses parents à elle, avait timidement dit qu'il aimerait un jour voir à quoi ils ressemblaient. Elle avait ri.

Il lui avait caché que son visa étudiant avait expiré et qu'il était en situation irrégulière depuis quelques mois. Elle risquait de s'imaginer qu'il lui avait mis le grappin dessus pour une histoire de papiers.

Un jour, elle arriva, livide, dans sa chambre. Il voulut la prendre dans ses bras. Elle le repoussa. Je suis enceinte, dit-elle. Elle ne le regardait pas, sa voix vibrant d'une incompréhensible colère. Il resta silencieux. Au fond de lui, quand il avait entendu ces mots « je suis enceinte », il s'était senti fier. Il voulait des enfants. Ils ressembleraient à ses cousins, avec leurs yeux en amande. Il pensait aussi à sa situation : s'il devenait père, il serait régularisé. Tout s'arrangerait.

« Je ne peux pas le garder, avait-elle continué. Qu'est-ce que tu veux que je fasse. Et toi, de toute façon… »

Elle n'avait pas terminé sa phrase. Toute son hostilité s'entendait dans ces trois points de suspension. Ils avaient tellement parlé de ponctuation ensemble, lui défendant le point-virgule de Proust, elle les points de suspension de Céline. Aujourd'hui, la ponctuation dressait un mur entre eux. « Et, toi, de toute façon… » Qu'entendait-elle par là ? Pourquoi ne finissait-elle pas sa phrase, pourquoi le rayait-elle de sa décision, pourquoi je, pas nous, et il se demanda s'il y avait réellement eu un « nous », après tout, il était noir, sans argent, elle ne l'avait jamais présenté ni à ses parents, ni à ses amis. Elle avait honte de lui.

Il était resté silencieux. Il n'était pas à la hauteur, il ne pouvait être père, sans argent, sans papiers, sans statut. Mais il aurait préféré mourir que lui avouer ça. Il y avait tellement de choses qu'il lui avait cachées. Elle était déjà loin de lui, le visage dur, c'était sa décision, répétait-elle, des larmes plein les yeux, l'air farouche, et lui, qui d'habitude trouvait les mots, resta muet, ses mains voulaient refaire le voyage, la toucher, la consoler, mais elle se tenait droite, les bras croisés qui se fermaient à lui.

Ensuite, tout se passa très vite.

Un rendez-vous fut pris à la clinique le lundi suivant.

Ce matin-là, il prit le métro sans ticket. D'habitude, il était toujours en règle pour éviter les problèmes, précepte numéro 1 des sans-papiers. Et puis c'était arrivé. Contrôle des billets s'il vous plaît. Dans le couloir du métro, ils étaient plusieurs à faire barrage. Bêtement, il tenta de courir pour les éviter. Il fut immobilisé par un des agents. Monsieur, votre carte d'identité, nom, prénom, adresse, si vous n'avez aucun document sur vous, nous allons devoir vous conduire au commissariat. Tout se précipita. Garde à vue. Centre de rétention. Audience devant le juge. Décision de reconduite à la frontière. Il avait le droit d'appeler quelqu'un. Il n'appela personne.

Il repensait aux sermons du pasteur. Il était puni pour ce qu'elle s'apprêtait à faire.

Honte de revenir au pays, les poches crevées, sans diplôme. D'affronter le regard de l'oncle Blaise, les lèvres pincées de la tante Mylan. De retrouver les désœuvrés de Dakar, pathétiques hâbleurs qui racontaient les fastes de l'Europe et s'inventaient des vies de nabab, alors qu'ils n'avaient jamais été là-bas autre chose que des mange-misère à la solde des Blancs.

Virgile n'avait plus aucune chance d'obtenir un visa étudiant. Il se battit pour repartir en Europe. Barça ou *barsakh*, disaient-ils tous, Barcelone ou la mort, espérant atteindre l'Espagne dans des pirogues bondées partant des plages de Thiaroye.

Triste coïncidence. C'était ici, dans le camp de Thiaroye, que le 1er décembre 1944, des milliers de tirailleurs sénégalais arrivés de la métropole avaient été rassemblés. Parmi eux, Antoine, le grand-père de Virgile. Le voyage de la France jusqu'au Sénégal avait duré plusieurs semaines. À l'époque, en cet hiver 44, ça s'agitait dans les rangs, les soldats tirailleurs réclamaient le paiement de leurs soldes, l'armée renâclait. On voulait les renvoyer chez eux. Le général de Gaulle avait décidé qu'il était urgent de « blanchir » les troupes. Des Noirs ne pouvaient décemment pas libérer Paris. On demanda aux tirailleurs de rendre leurs uniformes. Ils en furent ulcérés. On les rassembla à Morlaix. Rentrez chez vous ! À Morlaix, beaucoup refusèrent de monter à bord, la rumeur disait que les bateaux n'arriveraient jamais à destination.

Antoine, lui, fit confiance aux officiels. Après tout, il avait combattu pour la Libération avec les FFI.

Ils arrivèrent enfin au Sénégal. Direction le camp de Thiaroye. Ils n'avaient toujours pas été payés. Alors ils manifestèrent. Au petit matin du 1er décembre, l'armée française fit venir des automitrailleuses. Feu ! Antoine, le grand-père de Virgile, échappa au massacre. Les archives furent falsifiées pour jeter un voile pudique sur les événements de décembre 1944. On invoqua une « mutinerie ». Les corps furent jetés dans des fosses communes creusées à la va-vite dans le camp, qui, une fois détruit, deviendrait une décharge. Certains des hommes venaient du Bénin, de Côte d'ivoire… Peu importe : ils étaient les « tirailleurs sénégalais », les « Africains ». Des moins qu'humains. Les faire disparaître fut un jeu d'enfant.

Combien furent-ils à mourir ce jour-là ? 20 comme le dirent les officiels, 77, ou plus vraisemblablement près de 400 ? On ne le saurait jamais. Leur mort avait pesé aussi peu que leur vie. Sur leur dossier militaire s'étalerait en gros l'inscription : « n'a pas le droit à la mention mort pour la France ». Antoine, le grand-père de Virgile, fut blessé à la jambe. Il boita le restant de sa vie. Il fut arrêté après le massacre de Thiaroye. Lors de son procès, il fut condamné, comme « mutin », à un an de prison pour avoir été l'un des meneurs de la rébellion. Après avoir purgé sa peine, il revint au village. Il ne se plaignit jamais de cette France qui l'avait pourtant trahi. Quand l'oncle Blaise, son fils, partit combattre en Indochine, il ne protesta pas. Il admirait toujours le général de Gaulle. En

France, Virgile s'était plongé dans des travaux d'historiens sur Thiaroye et, découvrant ce qui s'était passé ce jour-là, l'attitude de son grand-père lui avait paru incompréhensible. À son retour au Sénégal, il se rendit au mémorial célébrant les martyrs de Thiaroye, un monument laid et soviétique. Le sol était jonché de coquillages. Les tombes des tirailleurs se succédaient sans noms. Qu'en penseraient-ils, ces tirailleurs, massacrés par la France, de voir leurs petits-enfants se précipiter en mer dans des pirogues défoncées pour rejoindre le pays des maîtres ? Pour eux, pas de tombes non plus.

Virgile n'avait pas pitié des morts. La pitié, c'était un truc de Blancs. La traversée de la Méditerranée, c'était un grand casino, ils le savaient tous, les candidats au passage, les noyés avaient misé, ils avaient perdu, et voilà. Virgile devait garder sa compassion pour lui-même, être assez fort pour s'arracher une nouvelle fois à ce pays et aller se cogner aux frontières fermées de l'Europe.

Pour se constituer un pécule, Virgile eut l'idée de se lancer dans le « scam 419 », ces arnaques populaires sur la Toile : faux héritages, loteries imaginaires, histoires à dormir debout de maladies et de malheurs divers et variés, qui, excitant la compassion de la victime de l'autre côté de l'écran, permettaient ensuite de l'escroquer de quelques centaines d'euros via Western Union.

Le scam 419 avait été inventé au Nigéria, d'où ce nom, 419, du nom de l'article du code pénal nigérian qui le sanctionnait. Anglophones, les Nigérians avaient accès à un marché énorme : les États-Unis, le Canada, l'Australie, l'Angleterre… Le marché de la francophonie, moins développé, restait prometteur. Il prit son essor en Côte d'Ivoire, pays qui bénéficiait d'infrastructures Internet efficaces. Pour chasser le *mugu*, le « pigeon » occidental, les « brouteurs » avaient besoin d'une bonne connexion. Les brouteurs avaient été si actifs que désormais, toutes les adresses IP ivoiriennes étaient sur liste noire. Le gouvernement s'alarmait de son image auprès de la communauté internationale. On mobilisa les policiers en leur promettant des primes et en créant, à grand renfort de publicité, une unité d'élite spécialisée, destinée à lutter contre la cybercriminalité. Les cybercafés ivoiriens fermèrent un à un. L'activité se déploya dans les pays voisins. À Dakar, Virgile fut le premier à se lancer.

Dans le cybercafé monté par son cousin Léopold – le fils métisse de l'oncle et de Mylan, un garçon dolent et charmant, au corps longiligne et aux très longs cils qui rêvait d'être top model et regardait Fashion TV toute la journée –, Virgile concoctait des histoires rocambolesques de maladies tragiques, de cancer inguérissable, d'enfant leucémique à soigner, d'héritages fabuleux, de loteries miraculeuses. Finalement, Proust et les points-virgules lui étaient bien utiles. Impossible pour les *mugus* d'imaginer qu'il écrivait de Dakar tant ses mots coulaient pour décrire Paris, le pont de l'Alma, le McDo de la rue Soufflot, Notre-Dame. Virgile savait les embobiner de belles phrases, de déclarations enflammées au lyrisme échevelé. Virgile deviendrait bientôt le roi incontesté du 419. Parfois P-DG, parfois médecin, parfois responsable d'une

ONG, il éprouvait une certaine satisfaction à vivre toutes ces vies par procuration.

Virgile avait compris le secret pour ferrer les *mugus* : il fallait les aimer. Il gorgeait d'amour tous ces SMS, messages sur Messenger/WhatsApp/Skype dont il les abreuvait. Ils étaient si désespérément seuls, ces *mugus*, qu'ils s'accrochaient à chaque mot, des mendiants en quête d'affection. D'eux, Virgile connaissait tout : les tracas avec le chef autoritaire, les brouilles avec la collègue envahissante, la mère écrasante et castratrice, le père colérique, le mari volage, les enfants terribles, les amis égoïstes. Virgile, lui, était toujours fidèle au poste. Tous les matins, à 6 heures (heureusement la France et le Sénégal étaient sur le même fuseau horaire), Virgile envoyait un petit bonjour à Corinne, divorcée de Besançon, avec une chanson sur Spotify, pour lui donner du courage pour la journée, puis il tchatait avec Valérie, nantaise, en couple depuis douze ans avec Marc qui la trompait[1], réconfortait Vanessa, de Livry-Gargan, harcelée moralement par

1. Marc a trompé Valérie le jour de son mariage avec sa meilleure amie, qui était leur témoin. Depuis, c'est un long défilé de femmes, mais elle ne veut rien voir, même si elle le sait. Marc répète à Valérie qu'elle est « une grosse vache ». Valérie n'a jamais perdu les 15 kilos qu'elle a pris pendant ses deux grossesses et parfois elle regarde la photo de leur mariage (elle ne sait pas que Marc l'a trompée dès ce premier jour), et elle se dit, c'est vrai, je suis une grosse vache. La première fois que Virgile, ou plutôt Martin, car c'est sous ce prénom qu'ils se sont rencontrés sur le Net, lui a écrit un poème, elle a pleuré : c'était la première fois que quelqu'un lui écrivait un poème.

sa cheffe de service[1], répétait à Stéphanie, 25 ans, Saint-Étienne, rongée de complexes, qu'elle était belle comme un soleil. Tous ces *mugus* solitaires, Virgile les aidait à vivre sans jamais les avoir vus. Alors quand Virgile leur demandait de le dépanner de quelques milliers d'euros, un virement Western Union pour des prétextes bidons (il devait payer l'opération de la dernière chance pour son bébé leucémique/sauver son père victime d'un accident de la route/sa mère emprisonnée à cause d'une terrible erreur judiciaire), il ne se sentait pas coupable. Ce n'était qu'un juste retour des choses.

*

Un jour, il décida de repartir. Le bateau. L'Espagne. La France.

Et puis Paris.

La ville avait changé. Il avait changé. Plutôt que dormir dehors, à la Chapelle, il descendit vers Chinatown.

Il s'installa dans le box 47, au plus profond des entrailles des Olympiades. C'était tranquille, plus sûr que les sous-sols du quartier d'affaires de La Défense.

1. Après un burn-out, Vanessa va s'en sortir, grâce aux encouragements d'Alain, alias Virgile. Elle va changer de vie, se reconvertir dans le yoga, et dispenser des cours de marche afghane et méditation en Bretagne à des cadres dans des formations « Prévention du burn-out ».

Ses voisins de gauche étaient tchétchènes. Ceux de droite venaient du Bengladesh. L'un revendait des châtaignes devant le métro, l'autre travaillait à la plonge dans les restaurants du quartier et pestait contre les Tamouls, qui leur avaient volé leur place en cuisine, à eux, les Bengalis. Le type du box 50 était un Comorien auquel un étudiant avait revendu son job « Deliveroo ». Le Comorien passait la journée à sillonner la capitale pour livrer des repas. Les jours de pluie, les commandes affluaient mais il fallait prendre garde car les chaussées étaient glissantes[1].

La notoriété de Virgile dépassa vite le cercle du parking des Olympiades. On venait de partout demander au « maître des histoires » des récits de vie capables d'attendrir l'OFPRA. Virgile se prit au jeu. Les fonctionnaires qui accordaient le droit d'asile étaient un autre type de *mugus* à convaincre. À eux, souvent, la vérité ne convenait pas, trop imprécise et contradictoire. Pour fournir une bonne trame, il valait mieux concocter une histoire parfaite, suffisamment dramatique mais crédible. Il fallait aussi tenir compte de celui qui débiterait l'histoire, l'aider

1. Le Comorien s'appelle Sekou, il a 20 ans, il a emprunté un kwassa kwassa pour atteindre Madagascar, ce qui lui a permis de parvenir en France. En veste verte Deliveroo, il pédale sous l'identité d'Étienne Klein, étudiant à la Sorbonne, qui habite aussi tour Melbourne, au 30e étage, même si ni l'un ni l'autre ne le savent. Étienne et Sekou se sont « rencontrés » sur une plateforme d'échange clandestine du Web. Étienne touche 30 % des gains de Sekou, une part essentielle de son budget. Le jeune Romorantin vit chichement, en coloc. Il a été pris en double licence à Jussieu.

face aux pièges que lui tendrait l'OFPRA, lui glisser les petites phrases qui en feraient un candidat à l'asile idéal. Virgile se racheta un téléphone portable. Un smartphone Samsung qui lui permit de continuer à envoyer des mails 419. Il se sentait vivant quand il faisait la chasse aux *mugus* et les épinglait dans sa collection de papillons d'âmes solitaires.

Dans son box au sous-sol des Olympiades, Virgile s'inventait mille vies. Il réussit à se faire embaucher sur une plateforme de *microjobbing* où l'on cherchait des écrivains pour pondre des rapports de synthèse, écrire des devoirs de maîtrise, et même draguer. Virgile fut recruté comme séducteur en ligne : il s'agissait de courtiser par messagerie des cibles potentielles sur Meetic et de décrocher un premier rendez-vous pour le compte de célibataires empotés. Absorbé par toutes ces tâches, Virgile travaillait nuit et jour dans son box. Parfois, il pensait à la chambre de la cité U, où il avait passé tant d'heures à explorer la Fille aux cheveux noirs, à l'enfant qu'ils n'avaient pas eu, et tout comme cet embryon d'enfant qui avait été effacé, son passé s'évanouissait. Il n'avait même pas de photo d'elle. Il se souvenait de sensations fugitives, la peau crémeuse, la lumière rose des réverbères, son regard hostile la dernière fois qu'il l'avait vue. C'était tout. Presque rien, en fait.

Virgile fut recruté, en ligne, par Victor, 45 ans, éleveur de porcs de Saint-Brieuc qui cherchait l'âme sœur, mais qui, débordé par son travail, les factures et par la crise porcine, ne savait comment dompter les sites de rencontres. Pour être crédible dans le rôle de Victor, Virgile devint incollable sur l'élevage porcin. La lecture assidue de *Porc Magazine* lui ferait découvrir le sevrage, l'engraissement, l'élevage sur caillebotis ou sur paille. Virgile se mit à discuter sur Internet avec passion de son métier, ou plutôt, du métier de Victor, avec une certaine Liliprune 459, cible potentielle sur Meetic. Liliprune 459 critiquait l'élevage intensif, l'insémination forcée des truies, l'abattage des porcelets surnuméraires, l'élevage sur caillebotis. C'était inhumain. Virgile se défendait comme un beau diable, connaissait-elle le nombre de faillites et de suicides chez les exploitants, l'impact de la fièvre porcine, la concurrence des porcs chinois ? Lui, il les aimait, ses porcs. Agacée, Liliprune traita Virgile/Victor de nazi, puis finalement, le bloqua. Virgile envoya alors un message à sa cible suivante : louloudu77. Comment Virgile aurait-il pu savoir que Liliprune459 n'était autre que la Fille aux cheveux noirs qui tapotait sur son iPad, quelques étages au-dessus ?

Bonjour,

Je m'appelle Innocent Elepi, j'ai 30 ans aujourd'hui.

Je sais que nous ne nous connaissons pas et que ce message vous apparaîtra certainement surprenant. Mais je vous conjure de lire ces lignes.
Est-ce le hasard ou la grande bienveillance du Seigneur Jésus ? Je crois que la Destinée avait prévu que nous nous rencontrassions ainsi, me faisant buter sur votre mail, comme le pied sur le caillou dans une promenade sur les sentiers rocailleux.

Fatigué, après de longues années de souffrance au lit et par peur de ne rien faire à l'humanité malgré ma fortune qui s'élève à 2 025 000 $ (deux millions vingt-cinq mille dollars), je voudrais faire de cette somme un don avant ma mort. Mes jours sont comptés, la faute à cette leucémie en phase terminale déclarée par les médecins.

Toute ma fortune est actuellement mise sous coffre dans un lieu que je tiens secret et dans des malles fermées à double tour.

J'ai mis le code de ces malles dans une clé USB, où se trouve la localisation du coffre.
J'ai dû opérer dans le plus grand secret : à cause de mes activités politiques, j'ai été pris pour cible par les autorités actuelles.
J'ai besoin de vous. Peut-être pourriez-vous récupérer ces malles ainsi que le code de la clé USB ? Je crains que cet argent ne tombe dans de mauvaises mains. Je sens que vous êtes une personne de bien.
Contactez-moi pour en parler, je ne vous demande rien en retour, sauf un peu d'écoute et de partage.
Innocentelepi@yahoo.fr

Recevez mes sincères et enthousiastes amitiés,

Innocent

Poupée, Appartement 511 (automne 2020)

Anne-Maï avait caché son licenciement à ses parents. Tous les matins, elle mettait le réveil à 7 heures, se levait, se préparait et faisait semblant d'aller au bureau. Ensuite, Anne-Maï prenait le métro. Elle flânait dans Paris. Elle ne s'était pas promenée dans la capitale ainsi depuis ses grandes balades avec Virgile.

Parfois, elle allait acheter un sac de chouquettes dans une boulangerie. Elle s'installait dans un square, dépiautait une chouquette de ses grains de sucre blanc, jusqu'à la transformer en une petite tête glabre et chauve, puis la gobait tout rond, rongée par un sentiment de culpabilité. Elle visualisait ses artères, canalisations de plomberie rouillée, encombrée de plaques de sucre, de graisse et de pâte à chou, qui provoquait l'infarctus ou l'accident vasculo-cérébral à l'issue fatale. Elle avait lu que le Covid favorisait aussi les AVC et n'en dormait plus.

Elle s'assit dans un square. Anne-Maï aimait observer les enfants. Même si cela réveillait en elle une désagréable sensation de vide, et la renvoyait à ce jour horrible où il avait fallu se rendre à la clinique. Elle avait demandé à l'infirmière d'attendre encore un peu, Virgile n'allait pas tarder, mais les minutes puis les heures avaient coulé et personne n'était venu. Des filles toutes seules, l'infirmière en avait vu passer tant, elle lui avait dit « Allez mon chat, on va y aller, il ne viendra plus, votre ami », alors Anne-Maï l'avait suivie. Elle avait enfilé la blouse qui laissait les fesses à l'air, s'était allongée, avait ouvert les jambes, elle avait eu peur, senti le froid, entendu les bruits métalliques des instruments, et puis on l'avait endormie. À son réveil, l'esprit encore vaporeux, elle avait entendu l'infirmière dire « Allez, c'est fini mon chat », elle ne se rappelait plus la tête du médecin, seulement le visage de l'infirmière, visage de lune, large et blanc. Sa tête tournait, l'infirmière lui avait demandé si quelqu'un pouvait venir la chercher, non, personne, avait-elle répondu, je vais prendre le bus, l'infirmière l'en avait empêchée. Anne-Maï qui tenait à peine sur ses jambes avait pris un taxi. En rentrant chez elle, elle avait saigné longtemps, eu mal au ventre à se tordre, mais il fallait faire bonne figure. Et si sa mère soupçonnait quelque chose ? Pendant des années, elle n'avait plus voulu penser à tout ça. Virgile avait disparu. À la Sorbonne, elle ne l'avait plus jamais croisé, Innocent et Scholastique la fuyaient. Qu'importe. Elle ne voulait plus rien avoir à faire ni avec eux, ni avec lui. Elle s'était efforcée de le rayer de sa vie, de sa mémoire, de son corps ; tout comme *ça* avait été expulsé, elle y était parvenue, ou avait cru y parvenir, mais depuis le licenciement, *ça* revenait, elle se demandait ce qui se serait passé si *ça* n'était pas parti dans le tube, elle ne savait pas comment l'appeler, la chose, le truc, elle refusait le mot, précis (embryon) (fœtus), alors elle disait « ça », elle n'en avait jamais parlé et aujourd'hui, dans le square, elle s'interrogeait, qu'en avaient-ils fait, l'avaient-ils jeté à la poubelle, peut-être que c'était une fille, elle était persuadée qu'elle aurait eu une fille, se demandait à quoi elle aurait ressemblé. Ça faisait mal. Pourtant, elle s'obstinait à aller au square regarder les enfants. Deux gamines sautillaient, à cloche-pied, s'encourageant de leurs voix pointues. Elles jouaient à un étrange jeu. Un loup, sans se toucher (les enfants aussi craignaient d'être contaminés par le virus), où il fallait attraper l'ombre de l'autre.

Elle se souvint alors de la première fois qu'elle avait été conviée à l'anniversaire d'une de ses camarades. Elle s'appelait Marie-Dominique. C'était la meilleure à l'élastique, dans la cour de récré. La mère avait organisé un jeu de chaises musicales, expliqué les règles à Anne-Maï, la seule à n'y avoir jamais joué. À chaque fois que la musique s'arrêtait, il fallait se précipiter sur des chaises libres, il y en avait une de moins que le nombre de participants. La mère mit sur le poste une ritournelle.

Ainsi font, font, font les petites marionnettes, ainsi, font, font, font, un petit tour et puis s'en vont.

Quand la musique s'interrompit, fébrilement, elle se précipita sur une chaise libre. Au premier tour, elle ne fut pas éliminée. Au deuxième tour, elle jeta son dévolu sur la même chaise que Marie-Dominique. « J'y étais, j'y étais », avait glapi la petite blonde, tandis qu'Anne-Maï, butée, refusait de rendre son butin. La mère avait dû les séparer de force. Anne-Maï s'était alors réfugiée dans la chambre de Marie-Dominique. Elle avait envie de faire pipi, mais n'osait demander où étaient les toilettes. Elle se tortillait, espérant que ses parents viendraient bientôt la chercher. Mais le liquide chaud se répandit sur ses jambes, et à sa grande horreur, une petite flaque d'urine s'étala sur le parquet. Elle tenta de se rassurer. Son collant était trempé, mais on ne voyait rien. La jupe était intacte. Quand elle fut obligée de revenir dans le salon, cette peste de Marie-Dominique la scruta :

— C'est quoi, cette tache sur ta jupe, Anne-Maï ? Hé, elle a fait pipi dans sa culotte ! Elle a fait pipi, la sale !

Anne-Maï protesta, n'importe quoi, c'était de l'eau, de la grenadine, même, tombée juste là, pile au mauvais endroit.

— Elle a fait pipi dans sa culotte, elle a fait pipi dans sa culotte !!!

Anne-Maï s'était mise à pleurer, les autres filles rigolaient, la mère, excédée, avait demandé ce qui se passait encore, c'est pas possible, tout le monde s'amuse, et toi, tu pleures ! Anne-Maï avait baissé la tête. Quand sa mère était arrivée, lui demandant si elle s'était amusée, elle avait dit oui, on y va, allez. Anne-Maï n'avait plus jamais été invitée chez la fille.

Le jeu des chaises musicales était l'allégorie parfaite du monde capitaliste. Il n'y avait jamais assez de chaises pour tout le monde. La vie se résumait à cette ronde absurde où il fallait se battre pour arracher des ressources trop rares. Il n'y avait pas assez d'argent, de jobs, d'amis, de temps, d'amour, de sexe. La ronde continuait, mais à un moment, il fallait s'y résoudre : vous vous retrouviez sans chaise, sans argent, sans famille, sans amour. Les plus forts avaient le droit aux prolongations. Même irréfragable logique au manège, où il s'agissait d'attraper la queue du Mickey pour gagner un tour gratuit. Pour rester dans la course, il fallait faire preuve de férocité. Et peu à peu le cercle des compétiteurs se réduisait jusqu'à ce que le vainqueur se retrouvât seul devant les chaises vides.

Pourtant, Anne-Maï avait toujours aimé jouer.

« On dirait qu'on était un cosmonaute. » On dirait qu'on était un chat. On dirait que tu étais un chou-fleur qui marche. En vieillissant, la formule magique « on dirait que » ne marchait plus. On était. Un cadre, un ouvrier, un contrôleur de gestion, un professeur.

On dirait que tu n'as pas été licenciée et que tu as gagné au Loto.

Jouer permettait de gagner d'autres vies.

*

Après avoir traversé les étendues granitiques de la ZAC Tolbiac et de la gare d'Austerlitz, Anne-Maï était arrivée vers le 11e arrondissement. Vestiges de temps révolus, il y avait plusieurs magasins de réparateurs de jouets, incongrus dans une époque où les magasins ne vendaient plus que des jouets en plastique jetables made in China. Les poupées étaient démodées, dès le CP, les Barbie étaient ringardes, les petites filles préadolescentes leur préférant les Youtubeuses beauté.

Avenue Parmentier, on trouvait encore des boutiques spécialisées dans les poupées. L'une, sinistre, nommée « Au petit Baigneur ancien », proposait d'expertiser, d'évaluer des poupées anciennes, et de les « réparer » dans la « clinique de la poupée ». Le propriétaire[1] avait orchestré une mise en scène morbide en vitrine : les poupées, chauves, mutilées, unijambistes ou sans bras, souriaient. L'une d'entre elles, sans tête, était allongée sur un lit d'hôpital. La tête, yeux bleus et chevelure blonde bouclée, était posée à côté.

« D'autres modèles non exposés », annonçait l'affiche.

Anne-Maï rentra dans la boutique. Le propriétaire du magasin, plongé dans un catalogue ancien, leva la tête.

— Madame, en quoi puis-je vous aider ? Des modèles à me proposer, peut-être ? Je regarde tout !

— Non, non, c'est pour un baptême.

Anne-Maï ne savait pas pourquoi elle avait parlé de baptême, elle n'avait jamais été invitée à un baptême.

— Un baptême ? Il vous faut un poupon ! En général, c'est cela qu'on utilise pour les Jésus des crèches.

---

1. Marc Vigron détient également une collection privée d'uniformes de l'Empire. Marc est une star dans le milieu des reconstituteurs de batailles napoléoniennes. Il a fait le tour d'Europe pour assouvir sa passion, parcourant les champs de bataille d'Austerlitz, Borodino, Waterloo, au sein du 9e bataillon de chevau-légers. Il n'a jamais en revanche joué l'Empereur (« je n'ai pas le physique »).

L'homme ouvrit un coffre. À l'intérieur, des corps nus de bébés en plastique chauves étaient entassés, entrelacés dans d'atroces postures, bras mêlés, pieds rongés, sourires figés.

— Pour les baptêmes, on prend souvent un baigneur nu. Mais j'ai aussi des poupons de collection habillés. Bébés de caractère du début du siècle ! Des boudeurs et des téteurs, en papier mâché, une merveille !

Anne-Maï secoua la tête.

— Non, non, une poupée, c'est juste pour un cadeau.

La décapitée sur le lit n'était pas à vendre. Le propriétaire du magasin caressa les touffes blondes sur la tête : « C'est Marinette ! C'est ma fille ! Une pièce unique ! Regardez, c'est une "bouche fermée", les plus rares ! Les "bouches fermées" sont arrivées au XIXe, pendant la période Empire, peut-être la période la plus florissante de notre pays. Avant, on ne trouvait que des "bouches ouvertes". Marinette est une Jumeau ! Inestimable ! Elle était dans un état quand je l'ai récupérée, la pauvre chérie ! La tête fendue en deux ! Le front écrasé ! C'est délicat ! Je suis en train de réparer sa tête ! De la dentelle ! »

Marinette serait bientôt présentée à Drouot, on adorait les Jumeau comme elle, quant aux blondes aux « bouches fermées », les collectionneurs se les disputaient, ils étaient fous des blondes aux « bouches fermées », deux de ses clients avaient déjà tenté de mettre une option sur Marinette, mais il n'avait rien voulu savoir. Le mois dernier, Germaine, la sœur de Marinette, une Jumeau aussi, était partie à 16 000 euros, alors il n'allait pas brader

Marinette, jamais de la vie ! Les blondes aux bouches fermées n'étaient pas à la portée de toutes les bourses, il en convenait, mais il avait aussi des poupées plus abordables, cela valait le coup de jeter un œil, d'autant que certaines de ces poupées avaient des histoires incroyables, elles valaient aujourd'hui une fortune.

— Madame, c'est un investissement financier !

Anne-Maï regardait la voisine de Marinette, qui laissait pendre ses bras dépourvus de mains.

— Oh, des mains, j'en ai plein ! dit l'homme en faisant apparaître comme par magie un autre coffre.

Le coffre s'ouvrit, rempli de mains coupées.

— Je les achète sur Leboncoin ou dans les brocantes. Il ne faut jamais jeter les mains quand elles se détachent. Ça se répare très bien. J'ai des pieds aussi.

Sans attendre sa réponse, l'homme ouvrait déjà sa caisse pleine de pieds.

Anne-Maï avait lu dans le journal un article sur « le mystère des pieds flottants » : sur les côtes de la Colombie-Britannique, on avait retrouvé quatorze pieds différents, dans des baskets. On avait cru qu'un tueur fétichiste sévissait. La réalité était plus simple. Les pieds retrouvés étaient des pieds de suicidés, noyés. La force du courant les séparait naturellement des corps, et ces pieds solitaires, toujours enfermés dans leurs baskets en plastique bien lacées, remontaient à la surface des eaux : la chaussure faisait bouée, ils flottaient.

Détournant le regard du coffre, Anne-Maï aperçut une armée de Barbie sur des étagères. Des fausses Barbie.

— Ce sont des Caprice, commercialisées dans les années 70, un an après Barbie… La chanteuse Sheila en a fait la réclame : il faut dire que c'est Courrèges qui dessinait leurs tenues. Ne sont-elles pas sublimes ?

Une Caprice blonde fixait le vide, les cheveux un peu passés, un sourire brave sur son visage peint, sa jupe vichy rappelant celle de Brigitte Bardot. Elle valait 150 euros. Anne-Maï l'empoigna, sortit sa carte bleue et partit très vite, en se maudissant. 150 euros ! Alors qu'elle était au chômage !

Il pleuvait. Elle décida d'emprunter le métro. Assise dans un coin, elle consulta sur son smartphone les offres sur Leboncoin, il y avait, à sa grande surprise, un marché de seconde main d'habits Caprice. Elle avait peut-être fait un bon investissement, après tout. Elle serrait son sac contre elle, la tête blonde de la Caprice sortait, ballottant à chaque arrêt en station. Un type un peu bedonnant s'assit devant elle. Il ressemblait au propriétaire du magasin de poupées. Son pantalon était taché au niveau de la braguette. Il la regardait fixement.

— Oh la jolie poupée, dit-il, avec un rire gras.

Le type commença à se branler devant elle. Elle détourna le regard. Dans la rame, personne ne dit rien.

Ascenseur (5)

Anne-Maï Truong est devant l'ascenseur. Elle se sent sale en repensant à l'homme du métro. Elle aurait dû protester. L'insulter. L'humilier. Elle pense à toutes les fois où sa mère lui a dit de « faire attention ». Il faut toujours « faire attention » quand on est une femme. Partout. Dans le métro, sur la dalle, dans la rue. Elle se souvient d'un type sur Tinder qui fantasmait sur les ascenseurs. Quand il avait su qu'elle vivait aux Olympiades, il avait été surexcité : les Tours, ça le rendait fou.

Dans le hall, la voisine du 512 attend elle aussi. Anne-Maï hésite à rebrousser chemin. Aller chercher le courrier ? Mais elle n'a pas les clés. La femme a les yeux rouges. On dirait qu'elle a pleuré.

« Ouverture des portes », dit la voix synthétique de l'ascenseur.

La femme reste pétrifiée.

— Vous montez, madame ?

La femme la regarde, hagarde. Et puis la poupée. Elle tend les bras.

— Oh, Teodora a la même. C'est sa poupée ?

La femme saisit la poupée dans ses bras. Elle s'effondre à genoux, prostrée, son corps barrant les portes de l'ascenseur, puis elle se met à la bercer en caressant ses cheveux. Elle pleure. Les portes de l'ascenseur, bloquées par le corps prostré, s'ouvrent, puis se referment, rythmées par les sanglots et les hoquets de la femme. La voix synthétique répète : « Ouverture des portes », « fermeture des portes ».

Abdallah le Chinois

Il avait toujours détesté son prénom vietnamien. Liêm. Et encore plus le surnom dont il avait été affublé bébé, et qui lui avait collé aux basques : *Cu em* (petit zizi). Pour déjouer le mauvais sort, les familles viet avaient la fâcheuse habitude de donner à leurs enfants ces surnoms. Heureusement, quand il s'était converti à l'islam, il avait pu se choisir une *kounya,* une nouvelle identité : Abdallah. À Lognes, il était considéré comme le savant en islam. Il parlait bien, et grâce à ses cours d'arabe pris à la *madrasa*, Porte de la Chapelle, il maîtrisait mieux l'arabe littéraire que bien des Algériens ou Marocains du quartier. Le fondateur de la *madrasa* était un converti comme lui, mais il était devenu une éminence spirituelle qu'on venait consulter de toute la France. C'était ça la beauté de l'islam. On n'était jamais un vrai Français si on n'avait pas le bon ADN. La *umma*, elle, était ouverte à tous. Musulman, tu pouvais le devenir à 100 % quelles que soient tes origines.

De l'époque d'avant, celle où il s'appelait Liêm, il ne se souvenait que de la peur. Il était ce gringalet effrayé par son ombre, terrorisé par les cadors de l'école. Il ne savait pas qui il était. Abdallah lui n'avait peur de rien. Abdallah savait où il allait. Par la seule force de sa volonté, Abdallah avait sculpté son corps. Pompes, boxe thaïe, musculation. La barbe, même peu fournie, lui allait bien. Changeant tellement son visage que sous certains angles, on ne voyait même plus qu'il était asiatique.

Il entama sa série matinale de pompes. 100 tous les jours.

L'espace était étroit pour s'entraîner, mais il s'était fixé cet objectif journalier qui lui permettait, tout comme les prières, de se sentir proche du prophète et de ses pieux prédécesseurs.

100

99

98

La première fois qu'il avait fait des pompes, il avait cru mourir. Ses bras pliaient sous lui. Aujourd'hui, il enchaînait les mouvements et transpirait à peine. Il était satisfait de voir les biceps se dessiner sous sa peau.

97

96

95

94

93

93, c'était un nombre premier. Il y a bien longtemps, son père leur avait expliqué les nombres premiers. Il s'agissait de nombres indivisibles. Des nombres parfaits, des nombres d'une beauté absolue qui ne se mélangeaient pas, ne se divisaient pas, ne se séparaient pas. « Comme nous, les jumeaux. On est un seul nombre premier, on est indivisibles », disait Bich. Marwan lui disait que les Arabes avaient inventé le zéro. Le zéro n'était pas un nombre premier.

Enfant, Liêm avait admiré et craint son père. Son père : l'homme qui maîtrisait les nombres premiers mais qui, lorsqu'il avait trop bu, ne maîtrisait plus rien, explosait dans des rages affreuses et les terrorisait à la maison. Et pleurait. Peu à peu, Liêm/Abdallah l'avait détesté, son père. Monsieur Nul, disait sa mère. Elle avait raison. Son père était incapable de se faire respecter. Chez lui, il hurlait, dehors, il s'écrasait. Un serviteur dans l'âme. Et menteur. Sur leur histoire, par exemple. Liêm avait longtemps cru que les Viêt-minh étaient les méchants, ceux qui avaient volé leurs terres et leur pays. Son père savait tout, non ? Et puis étaient venus les premiers doutes. Au collège, Marwan lui avait tapé le dos, admiratif, quand il avait su que Liêm était vietnamien. « Vietnam ! Mon pote ! Vous les avez niqués les Américains, mon frère ! » Il avait posé des questions. Eux, ils étaient du côté des Américains ? Du gouvernement fantoche ? Le père s'était mis en colère. Il l'avait giflé. Plus tard, dans sa chambre, il avait regardé sur Internet. Il avait rassemblé des bribes, sur Wikipédia, il avait écumé les sites évoquant l'histoire de la colonisation. Il avait compris tout seul. Dans sa famille, ils n'avaient rien niqué du tout.

La famille de Marwan[1] n'avait rien niqué non plus. Ses parents étaient partis en catastrophe en 1962 après

1. À Alger, il y a de très belles peintures exposées chez l'arrière-grand-père de Marwan. Elles sont signées par Ham Nghi,

l'indépendance de l'Algérie, avec les pieds-noirs, la queue basse, en perdants, en collabos, des harkis en fait. (Liêm répétait ce mot, avec une espèce de hargne, comme le prononçait Marwan). Qu'importe. Marwann continuait à raconter des histoires abracadabrantes de raids avec explosifs, de batailles héroïques, où le grand-père, soi-disant combattant du FLN, tenait toujours le beau rôle. Et Liêm renchérissait évoquant un grand-père combattant auprès de l'oncle Hô. Le glorieux oncle Hô, qui trônait sur les T-shirts, aussi populaire que Che Guevara. Oui, sa famille avait rejoint le maquis, bien sûr ! Oui, ils avaient dégommé les Français et ensuite les Amerloques ! Pourquoi n'étaient-ils pas restés avec l'oncle Hô et le glorieux Vietnam indépendant, il aurait eu du mal à l'expliquer, mais heureusement, avec Marwan, il n'avait pas besoin de rentrer dans les détails. Marwan aussi se mélangeait les pinceaux dans les dates, personne ne relevait les incohérences, ils étaient trop occupés à cracher sur la France coloniale. Tout avait été plus simple quand Liêm s'était converti. Ils s'étaient unis dans la *umma*. L'internationale des opprimés. Des décolonisés. Des indigènes de la

empereur déchu du Vietnam, exilé à Alger. C'est à Alger que les Français exilaient les ennemis de la colonisation, comme Ham Nghi, la dernière reine malgache, Ravalona III, exilée à Alger, ou le roi Behanzin, du Dahomey, tous trois morts à Alger. L'arrière-grand-père de Marwan, fin lettré qui travaillait avec le gouvernement français, mais enseignait aussi l'arabe à Ham Nghi, avait sympathisé avec l'empereur déchu, qui lui avait fait don de plusieurs peintures.

République. Les guerres d'indépendance avaient été une formidable arnaque. Le fric et le grand capital avaient tout foutu en l'air. Les US faisaient la loi. Les banques. L'Argent. L'islam était la seule force de rébellion.

89

88

87

Faire du sport, c'était prier. Transformer son corps en armure. L'islam était un bouclier. Même ici, la protection marchait. Il avait eu peur, au début, de se faire tabasser ou violer. Mais non. On le respectait. Il était dans le bon camp. Celui des barbus. Sa réputation de savant l'avait précédé. Certains tentaient de lui parler ou de prendre conseil auprès de lui. En promenade, personne ne le bousculait. Il était sans cesse entouré d'une cour de gros bras, farouches, qui assuraient sa protection.

86

85

Il repensa à ses années de collège. À l'époque, on lui tapait dessus. « Chinois, pédé, tapette. » À la cantine, le jeu, c'était de le bousculer. Bich aussi était harcelée. Pour elle c'était encore pire : elle était la meilleure de la classe. Tout en elle, son visage, ses yeux, son attitude clamait : « Je suis une victime. » Elle ne disait jamais rien. Comme leur père. Tous les midis, des petites brutes lui renversaient son plateau à terre. Elle ramassait. Et remettait la nourriture dans son assiette. Et lui, Liêm, ne mouftait pas. Ne la défendait pas. Pour survivre, il avait dû la trahir. Son double, sa sœur. Il s'était éloigné peu à peu, lui ressemblant d'ailleurs de moins en moins, jusqu'à sa conversion à l'islam et l'abandon de son prénom. Parfois, son cœur tendait vers sa jumelle, ils avaient dormi ensemble si longtemps, l'un rejoignant l'autre le soir quand ils faisaient des cauchemars. Leur enfance avait été fusionnelle. À l'époque, il se fichait du regard de ses camarades. Sa sœur lui suffisait. Puis la honte était venue. La honte d'être son frère, comme il avait eu honte de ses parents. Ou d'être vietnamien. Un « Chinois », comme disaient les autres. Il avait d'abord voulu être noir. Puis arabe. Comme Marwan, Ilyes ou Nabil[1]. « *Salam aleykoum* mon frère. » Il voulait faire partie d'un groupe.

1. Nabil est d'origine marocaine. Il ignore que son vieil oncle Samir de Kenitra, le vieux gâteux que personne n'écoutait quand on rentrait au bled, était un goumi qui avait servi en Indochine. À l'époque, Samir était grand, fort, l'un des soldats les plus respectés du régiment. L'un des plus instruits aussi. Là-bas, en Indochine, il avait réalisé l'absurdité de la chose : ils combattaient tous contre des indigènes comme eux, qui voulaient se libérer de la France. Quand le roi Mohamed V avait été arrêté, ç'avait été l'indignation dans les troupes. Samir avait incité ses camarades à déserter. Un soir, ils avaient traversé la ligne, à Diên Biên Phu, et rejoint le Viêt-minh. Après la victoire de Diên Biên Phu, Samir avait été décoré par les forces viêt-minh. Il avait rencontré Lan, une jeune Vietnamienne. Puis s'était installé à Bavi dans un village près de Hanoi, avec des cinquantaines de goumis. Lan était morte en donnant naissance à leur premier enfant. Samir était devenu fou de douleur. Il fut rapatrié au Maroc en 1964. L'enfant avait été pris en charge par la famille de Lan. Parfois, Samir pensait à ce fils qui vivait quelque part au

Exister. Il se sentait si seul pendant les matchs de foot. Personne ne voulait de lui. Par pitié, Marwan le prenait dans l'équipe. Les autres soupiraient. Pendant les matchs, ils l'insultaient : on n'avait jamais vu un empoté pareil. S'il avait su qu'il suffisait de se convertir… Quand il était devenu Abdallah, tout avait changé. Il avait été accueilli. Fêté. Il adorait l'ambiance chaleureuse de la mosquée. La fraternité. La solidarité. Et puis aussi l'admiration qu'il suscitait : il avait suffi de quelques sourates apprises par cœur pour forcer le respect de ses pairs. Grâce à des vidéos sur YouTube où il déconstruisait Darwin et la théorie de l'évolution, il était devenu une petite vedette.

Les parents, bien sûr, ne comprenaient rien. Ils soupiraient face à ses notes qui dégringolaient. Râlaient parce qu'il ne mangeait plus de porc. Lui s'enfermait dans sa chambre. Il enregistrait des vidéos YouTube dénonçant le calvaire des gamins palestiniens, des réfugiés rohingyas ou des Ouïghours, enfermés dans des camps de concentration. Il appelait à la vengeance. Il récoltait des tonnes de likes.

84

83

82

Il n'avait qu'une hâte, fuir la maison. Avec Nabil, ils zonaient tous les trois dans le garage de Marwan. Ils fumaient de la marijuana. C'était *haram*, mais ils se

---

Vietnam. Personne ne le croyait à Kenitra, quand il racontait qu'il avait un fils, là-bas.

disaient que le Prophète, PSL (paix et salut sur lui), leur pardonnerait cet excès.

81

80

Ils se passionnaient pour la politique. Ils regardaient des vidéos sur la Palestine et sur les enfants de Gaza. Ces salauds de sionistes massacraient des gosses. Les États-Unis et la France étaient aux mains des sionistes. Les présidents de la République et tous les P-DG mangeaient dans la main du CRIF. Le sort du monde était décidé à Bilderberg par les francs-maçons.

Il commença à hanter les manifs « pro-palos ». Il y en avait quasiment une chaque samedi. Il s'enroulait dans son keffieh. « Palestine vaincra ! » Les flics chargeaient. C'était dangereux, c'était romanesque, c'était viril. Il y avait les cris, les lacrymos qui piquaient les yeux, l'adrénaline de la course, la gorge qui grattait à force d'avoir hurlé des slogans. Les parents ne savaient rien. Bich non plus. « Palestine vaincra ! »

79

78

Il organisait des séances de boxe thaïe, pour les gars du service d'ordre des manifs pro-pal. Dans le parc, ils se rassemblaient tous derrière lui. C'était lui le chef. Les filles lui tombaient dans les bras. Elles étaient nombreuses aux manifs. Elles étaient les plus déchaînées. Il y avait d'abord eu Sabrina. Puis Mona. Puis Myriam, ses yeux bleus et ses cheveux fous.

La première fois qu'il avait été en garde à vue, son père était venu, visage fermé, le chercher au commissariat.

— Tu n'es plus mon fils, avait-il lâché.

Il avait eu envie de lui dire que cela faisait bien longtemps qu'il ne l'était plus, son fils. Quel père était-ce là que ce type avec son boulot de merde, sa vie de merde, ses copains de merde (le pire, Victor, celui qui déclamait toujours du Victor Hugo, avec son accent de merde). Revenaient tous les souvenirs d'alcool, le père rouge brique dès qu'il avait trop bu, sa voix qui gueulait en vietnamien, ses tirades avinées et pitoyables. Liêm détestait avoir eu peur de lui. Alors qu'il n'était qu'un soûlard. C'était si facile de taper sa femme et ses mômes quand on n'était même pas capable de se faire respecter ailleurs. Et lui, même s'il fumait des joints, ne touchait plus une goutte d'alcool. Fier de suivre en cela les préceptes du Coran. Méprisant cordialement la tolérance coupable de tout le pays pour son sacro-saint vin. Muscadet, mon œil ! Il avait vu son père biberonnant sa bouteille de blanc, hagard, ah ça, se murger en société, c'était accepté, et pourtant, son père n'était qu'une épave titubante. Lui il avait un idéal. Des convictions. Une éthique de vie. Et le vieux voulait lui faire la leçon !

« Tu n'es plus mon fils. »

Quelle blague. Il avait eu envie de lui cracher à la figure.

C'était l'année de la Coupe du monde, en 1998, il avait regardé tous les matchs avec Marwan, Ilyes et Nabil. En fumant des joints. Le jour de la demi-finale, ils étaient complètement défoncés. Ses parents l'avaient appelé en pleurs.

Bich.

Il avait fui. Il était parti en Égypte avec Myriam, au Caire. Le soleil, la poussière, les cours d'arabe, les cours de religion. Le 11 septembre 2001, Le Caire s'était transformé en une immense clameur. Ben Laden avait vaincu l'Amérique. Les tours orgueilleuses de New York étaient tombées. Un mort en cravate qui bossait dans une banque dans le World Trade Center valait-il plus qu'un Palestinien ? Combien de morts au Vietnam, combien de morts causées par l'impérialisme américain ? Le soir, son père lui avait laissé un message. « Reviens d'urgence, ta mère est morte. » Morte le 11 septembre : il avait vu cela comme un signe. La cérémonie des obsèques était un film brouillé dans sa mémoire. Victor Hugo, le copain vietnamien de son père, et sa femme étaient là, avec un bandeau blanc sur la tête, signe de deuil. Il avait refusé de mettre le bandeau blanc. Ce connard de Victor avait voulu réciter du Hugo sur la tombe, ça l'avait ulcéré. Victor Hugo, ce colonialiste ! Et puis pendant longtemps son père s'était cloîtré dans sa chambre. Liêm avait caché à ses amis que sa mère était morte. Il ne voulait pas voir de pitié dans leurs yeux. Il voulait rester Abdallah, celui qu'on respectait, l'érudit du Caire. Quelque temps après, alors que Liêm, défoncé, fumait dans le garage avec Ilyes et Marwan, il avait vu son père revenir avec une autre femme, une Vietnamienne, habillée comme une pute. Son père riait et parlait fort. Il avait senti la haine, brûlante, battre dans ses veines. Cela ne faisait même pas six mois que sa mère était morte.

Il voulait rendre justice. À sa mère. Aux frères qui mouraient à cause de l'Occident. À plein d'autres choses, quoi, qui au juste, il ne savait pas vraiment.

Alors il avait agi.

77

Hier, le type de l'atelier théâtre était venu. Un vieux Viet[1]. Il lui avait fait penser à son père avec son accent. Le vieux Viet connaissait plein de choses, pourtant. Il parlait de Michel Foucault, de l'enfermement, de Brecht, un Allemand. Liêm avait envie de l'écouter, mais c'était plus fort que lui, il n'y arrivait pas. L'accent peut-être,

1. Il s'agit de Marcel Vuong (voir note 2 p. 75-76 et note 1 p. 187), le propriétaire de l'appartement 516, tour Melbourne. Depuis qu'il s'est désengagé d'Act-Up, Marcel Vuong est bénévole à Fleury-Mérogis où il anime des ateliers de théâtre. Il a été séduit par Liêm, qui lui fait penser à un jeune cousin mort autrefois au Vietnam, soldat à l'ARVN, mort explosé sur une grenade. Il ne se doute pas qu'il a déjà croisé le garçon il y a bien longtemps, quand ce dernier était un gosse et allait voir les Truong sur le palier d'en face. Marcel Vuong n'a finalement gardé que peu de liens avec la communauté vietnamienne, bien qu'il habite Chinatown. Il dit souvent : « Moi, je suis pédé, pédé made in France, je parle français, je mange français, je baise français. »

qui lui rappelait son père. Ce ton péremptoire de ces hommes vietnamiens, persuadés encore de tout savoir sur le monde, alors qu'ils avaient subi, collaboré. La vieille colère revenait. Il n'a pas pu s'empêcher de railler le vieux Viet : lui aussi, malgré son Foucault et son Brecht, c'était un loser. Liêm avait toujours répété qu'il fallait respecter les anciens. Mais tous ces hommes de la génération de son père l'exaspéraient, c'était ainsi. Il aurait voulu les admirer. Il n'y parvenait pas.

76

Dans le lit d'en dessous, il entendit un râle. C'était le type bizarre tout roux. On disait qu'il était aussi incarcéré pour du terro, mais Liêm trouvait ça louche. Le type avait agressé un écrivain connu en criant Allahou akbar. Soi-disant.

Le type grogna encore.

75

74

73

Le type ne grognait pas. Il aboyait.

72

71

Le type s'appelait Clément Pasquier.

Jour de procès

DOAN @doanbui
Je suis à la 16e chambre. On continue le LT. Association de malfaiteurs entreprise terroriste. Projet de braquage de KFC. Les prévenus entrent dans le box. #procesterro.

DOAN @doanbui
Aujourd'hui, on entend Liêm N., converti. Sa kounya (son nouveau nom) Abdallah le Chinois. Longue barbe fine, petites lunettes, keffieh. #procesterro
@francepatriote : la peine de mort pour ces salopards !

DOAN @doanbui
Myriam, son épouse, est à l'extrémité du banc, dans le public. Elle est jolie, brune, long voile, baskets Nike. Elle lui a fait un signe quand il est entré dans le box. #procesterro
@nationofislam : Fais pas ta charognarde. Laisse là tranquille. Espèce de vendue sioniste islamophobe.
@françoisthefaf : on peut être voilée dans un tribunal ! C'est ça la France ????

DOAN @doanbui

« Je ne me sens pas français. La France, elle nous a colonisés. Mes parents ne m'ont jamais parlé de l'histoire du Vietnam. De toute façon, ils ont collaboré avec des Français. » #procesterro

@universaliste : l'idéologie décoloniale tue la France.

DOAN @doanbui

« Et le butin que vous souhaitiez récolter au KFC, c'était pour financer des départs en Syrie ? On trouve sur votre ordinateur des textes sur la ghanima. » Pour info, la ghanima est ce qui permet de rendre un truc illicite licite, si c pour la bonne cause. Enfin à peu près. #procesterro

@Umsalayam : consternant ! Cette pseudojournaliste @doanbui est à vomir. Elle est sioniste de toute façon. Les chinois travaillent main dans la main avec les juifs.

DOAN @doanbui

« Non. On voulait donner de l'argent aux humanitaires qui aidaient les civils attaqués par Bachar Al Assad. » Le montant du butin a été maigre : 248 euros. #procesterro

DOAN @doanbui

« Vous avez dit à vos complices qu'on avait le droit d'attaquer le KFC parce qu'ils n'étaient pas hallal, vous pouvez expliquer ? »

« Quand le Quick de Lognes est devenu hallal, le KFC a perdu des parts de marché : ils ont prétendu qu'eux aussi faisaient du hallal, mais c'était bullshit. J'aurais jamais attaqué le Quick, mais le KFC... » #procesterro

DOAN @doanbui

Le président lit le PV. « Liêm N., Marwan X. et Ilyes se sont procuré des pistolets en plastique chez Jouéclub et des cagoules à Décathlon. » On a retrouvé les tickets de caisse de Jouéclub et Décathlon pendant la perquisition. Et des sourates du Coran inscrites derrière des emballages de Twix. #procesterro

@francepatriote : votre intérêt pour ce jihadiste asiatique est malsain. Je ne pensais pas que l'Obs employait des journalistes communautaristes comme vous !

DOAN @doanbui

Il n'y a eu aucun blessé. Un témoin : « Ils étaient très gentils et polis. Leurs voix étaient très jeunes. L'un a montré un épisode de Tchoupy sur son smartphone aux enfants pour les rassurer. » #veridique #procesterro

DOAN @doanbui

Demain réquisition du proc. Bonne soirée. #procesterro

@francepatriote : ouais, c'est ça ta gueule connasse

@maitrevalere : @doanbui. Vous multipliez les erreurs depuis le début de ces audiences. Et c'est Tchoupi avec un i ! L'orthographe !

CÔTE D 4906

PROCÈS VERBAL

Nous, Didier Doumergue
Brigadier-Chef de Police
En fonction à la Direction Centrale du Renseignement Intérieur
Officier de Police Judiciaire

– Étant au service,
– Poursuivant l'enquête en la forme préliminaire conformément au soit transmis n° P409809FN en date du 20 septembre 2019 émanant de Monsieur Stéphane Arteta, Substitut du Procureur de la République près le Tribunal de Grande Instance de Paris,

L'Officier de Police Judiciaire
– Agent de Police Judiciaire en résidence
– Étant au service,
– Poursuivant l'enquête sous sa forme préliminaire.
– Vu les articles 75 et suivants du Code de Procédure Pénale,
– Extrayons des locaux de garde à vue et faisons comparaître devant nous le nommé Liêm N.,

2e audition du dénommé Liêm N.

Consentez-vous à répondre à nos questions ou souhaitez-vous exercer votre droit au silence ?
Je vais répondre à vos questions, je vous l'ai déjà dit la dernière fois.

Souhaitez-vous maintenir vos déclarations précédentes ?
Oui. Je suis pas une girouette.

Lors de votre première audition, vous avez déclaré être actuellement marié avec la dénommée Myriam Hanouche. Vous aviez été précédemment marié pendant trois mois à la dénommée Sabrina L. dont vous avez divorcé. C'était rapide, non ?
Sabrina, on s'est mariés au téléphone. Je l'avais rencontré sur le forum Ramadanette.

Sous l'alias Oumi du 77, c'est cela ?
Oui, exactement. À la base, Sabrina, c'est une Youtubeuse beauté qui s'est convertie à l'islam.

Vous vous êtes mariés au téléphone ?
Oui, c'est Marwan qui a servi de témoin. Ensuite on s'est vus en vrai. Mais ça n'a pas marché. Je l'ai répudiée par SMS.

Vous êtes aujourd'hui marié avec Myriam Hanouche. Dont les parents sont juifs.
Myriam s'est convertie aussi car elle était très active dans la cause pro-pal. On s'est rencontrés dans les manifs.

Donc là, votre rencontre s'est faite sans les forums ?

Oui, Myriam, je l'ai vue d'abord IRL. Ensuite on a commencé à discuter sur WhatsApp.

Myriam était-elle voilée ?

Au départ, non. Mais après s'être convertie, elle voulait absolument mettre le hijab. C'était pour faire chier ses parents.

« Mimi cœur, si si on part là-bas, c cho kan meme. Ché pas si je suis prête. » Qu'est-ce que Myriam voulait dire dans ce message ? Là-bas, c'est la Syrie ?

Non, on parlait juste de partir dans un autre pays. Une hijra.

Vous lui répondez « Choupinette, tu sais bien que notre vie et notre mort appartiennent à notre créateur. PSL ! », ça veut dire quoi ?

PSL ça veut dire Paix et salut sur lui.

Vous vouliez mourir en martyr ?

Pas du tout.

Vous pensiez au jihad ?

Le jihad personnel, oui. Pour être meilleur, s'améliorer. Mais pas le jihad, au sens terroriste. Je ne suis pas un terroriste.

Après lecture faite par lui-même, Liêm N. persiste et signe avec nous et notre assistant, ce jour à douze heures cinq.

La mort de Lady Di
31 août 1997

La nouvelle était tombée dans la nuit. Un flash avait interrompu les programmes. En général, le flash annonçait les drames, tremblement de terre, mort d'une célébrité, attentat. Le flash était ce spasme qui agitait le ventre mou du téléviseur, avec son jingle inquiétant, la faucheuse qui rappelait que la mort était au bout du chemin. Devant tous ces morts, le spectateur frissonnait, se réjouissait d'être encore en vie et, devant son téléviseur, il tentait d'oublier qu'un jour ce serait son tour.

Lady Di était morte. Chez les Truong, on se préparait pour la rentrée scolaire. C'était un grand jour, Anne-Maï avait été admise en classe préparatoire dans un établissement parisien prestigieux. Anne-Maï s'était précipitée devant la télévision, elle était en train de couvrir ses livres de classe. Elle avait pleuré. La princesse Diana avait 36 ans. Comme Marilyn Monroe quand elle avait été retrouvée morte. Depuis toute petite, elle collectionnait des photos de la princesse, tout comme d'autres célébrités blondes, Grace Kelly, Lana Turner.

Elle aimait passionnément les rois et les reines dont elle lisait les aventures dans le magazine *Points de vue*, elle connaissait par cœur les arbres généalogiques des grandes familles d'Europe. Les aristocrates étaient des immigrés, version glamour. Ils naviguaient entre la Vienne des Habsbourg, Westminster, Paris, de château en château. Une diaspora, comme eux, sauf que la leur, la diaspora *low cost* des immigrés, se dispersait entre les immeubles des Olympiades, les pavillons de Little Saigon à San José ou de Vancouver au Canada, avec dans le salon des télés énormes qui gueulaient toute la journée et l'autel des ancêtres orné du même bouddha en carton-pâte.

Lady Di était morte. À Ballon, Clément scrutait les boutons d'acné qui ravageaient son visage. « Tu as entendu, poussin, Lady Di est morte », lui avait crié sa mère. Enfermé dans la salle de bain, tandis que sa mère l'appelait, Clément l'envoya balader. Il pleurait sur son échec aux concours. Rien à branler de cette pétasse. Le prince William avec son visage de chérubin ressemblait à son cothurne Mathieu qui avait intégré HEC. Il en était malade.

Lady Di était morte. À Lognes, Liêm trouvait ça dégueulasse qu'on ne parlât pas de l'autre victime, Dodi El Fayed. Parce qu'il était arabe, bien sûr. Les médias n'aimaient pas les Arabes. Une victime blonde aux yeux bleus valait plus que des milliers d'enfants arabes. Cet accident était louche. La CIA et le Mossad devaient être impliqués, une princesse occidentale avec un Arabe, ça la fichait mal, ils avaient voulu se débarrasser du couple.

Bich sortit timidement sa tête dans le chambranle de sa porte. « Tu vas où ? Tu restes pas déjeuner avec nous ? » Bich l'horripilait. « Bon dieu, tu vas me laisser respirer. Dégage ! » Son père lui hurla dessus en vietnamien : « On ne parle pas comme ça à sa sœur. » Liêm sortit de la maison en claquant la porte.

Lady Di était morte. Virgile se fichait un peu de Lady Di. Seule le fascinait la duchesse de Guermantes. Il avait marché toute la journée dans la capitale. Tentant de retrouver le faubourg Saint-Germain, de la *Recherche*, qu'il avait d'abord confondu avec le boulevard Saint-Germain avant de réaliser qu'il lui fallait musarder rive droite, vers le faubourg Saint-Honoré, pour retrouver l'hôtel particulier où avait vécu celle qui avait inspiré le personnage d'Oriane de Guermantes. Du quartier Saint-Honoré, il se retrouva sans le vouloir pont de l'Alma, déjà submergé de fleurs. Il remonta les quais, émerveillé par les étals des bouquinistes (vendre des livres près d'un fleuve, quelle poétique idée), jusqu'à la rue Saint-Jacques qu'il grimpa. Devant l'entrée solennelle de la Sorbonne, il eut l'impression d'être Rastignac, même s'il n'aimait pas Balzac. Et il dit tout haut : « À nous deux Paris. »

Lady Di était morte. À Bucarest, Ileana contemplait toutes les fleurs, déposées devant l'ambassade britannique. La princesse était populaire dans la capitale roumaine. Il y avait des pubs et des salons de coiffure à son nom : la mère d'Ileana avait adopté le fameux dégradé de la princesse des cœurs. Le prince Paul de Roumanie, lointain héritier de Victoria, avait laissé un mot parmi les fleurs. En marchant, Ileana chantonnait dans sa tête le début de la ballade de Chopin.

Lady Di était morte. Armelle venait de se faire vomir pour la deuxième fois de la journée. Le goût âcre de la bile persistait. Elle nettoya soigneusement les traces de son forfait dans les toilettes puis elle avala un cachou, elle en avait toujours sur elle pour dissimuler l'acidité de son haleine, les cachous n'étaient pas sucrés, contrairement aux Tic-Tac. Elle se lava les mains en frottant avec vigueur les deux doigts, l'index et le majeur droit, qu'elle avait enfoncés dans sa gorge. Elle se sentait maintenant légère. Elle joua quelques notes de « Candle in the Wind », la chanson d'Elton John. Une bougie dans le vent : comme elle. Demain, c'était la rentrée.

Bizuth, 2 septembre 1997

La clameur enfla, une déferlante houleuse et menaçante. Les voix se mêlaient, grêles, profondes, aiguës, graves, grasseyantes, acidulées, féminines, masculines, puis n'en faisaient plus qu'une.

« Bi-zuth ! » « Bi-zuth ! »

Clément, enveloppé dans une cape noire, faisait siffler la cravache, son masque *Scream* cachait son éruption d'acné. Il avait été à cette place l'an dernier, à la place des bizuths terrorisés il se rappelait la clameur, l'angoisse qui lui avait tordu le ventre quand le Carré-en-chef l'avait convoqué. Il avait dû monter sur le bureau en bois, descendre son pantalon, enlever sa chemise. Le Carré-en-chef lui avait mis une laisse autour du cou. Clément, à quatre pattes, avait été obligé d'aboyer.

Mais il n'était plus bizuth. Certes, il n'avait pas « intégré » et il redoublait sa prépa. Il était un « carré », selon le jargon. Mais il avait encore toutes ses chances d'intégrer, fort de cette année supplémentaire. Le carré était déjà familier de tous les pièges de la prépa et ce savoir, cette sagesse, ça lui donnait une aura auprès des bizuths. Et puis Clément avait changé. Pendant cette première année à Paris, il avait appris à décocher les blagues qui font mal et à mettre les rieurs de son côté. Il était désormais respecté. À tel point qu'aujourd'hui, il avait été nommé Carré-en-chef. Une revanche.

Il se souvenait de toutes ces humiliations de la cour de récré. Pendant le primaire, on l'appelait le roux qui pue, seul Benoît consentait à jouer avec lui, jusqu'au jour où l'appelant chez lui et tombant sur sa mère il l'avait entendu lancer « oh non, encore ce connard de Clément Pasquier, dis-lui que je suis pas là ». À Benoît, il avait acheté toute une collection de cartes EX Pokémon, à un prix exorbitant, 1 000 francs. Benoît avait étalé les paiements sur un échéancier qui le menait jusqu'à l'entrée au collège. Clément n'avait jamais évoqué le coup de fil et il avait continué à payer.

« Bi-zuth ! »

Il était 18 heures. Pour se mettre en condition, ils avaient bu. Ils étaient arrivés en bande, une trentaine de carrés, quelques filles, surtout des garçons, enivrés par l'alcool, mais surtout par la peur qu'ils inspiraient. Cette odeur de la peur si particulière. Sueur emprisonnée dans les textiles, bouches amères d'une soixantaine d'adolescents. Clément avait repéré une bizuthe, la ravissante Armelle Trudaine, qui arborait une minijupe écossaise affriolante, hautaine comme le sont toutes les jolies filles. Mais aujourd'hui, même elle, elle avait peur.

Le principe du bizutage était simple. Il fallait humilier l'autre, comme vous aviez été humilié. On appelait cela : créer du collectif. Personne ne parlait jamais de son bizutage. La règle était de se taire, ou de dire que ce n'était « pas grand-chose », et même « plutôt sympa », que ça mettait « une bonne ambiance » et, l'année d'après, il fallait s'empresser d'écraser les nouveaux, ça s'appelait la transmission.

— Tremble, bizuth, tremble !

Clément désigna la première victime, un blond, avec des yeux verts bordés de longs cils, terrorisé.

— Alors, elle s'appelle comment ?

— Armand.

— Armande, tu t'appelles Armande. Répète. Je m'appelle Armande et je suis une merde.

Le garçon blond baissa les yeux, au bord des larmes. Personne dans la salle ne vint à son secours. Cela n'arrivait jamais qu'un bizuth prît la défense d'un autre. Se désolidariser du groupe, c'était flinguer son année. Tout le monde sortait donc de cette journée initiatique avec un goût d'amertume, mal à l'aise d'avoir été lâche et d'avoir fermé sa gueule. L'apprentissage de la compromission et de la soumission était pourtant utile. C'était ça, devenir adulte.

Les carrés désignèrent ensuite un bizuth rondouillard. Ils lui demandèrent de se déshabiller et marcher sur la table. Sans sa chemise, on voyait les plis de sa chair sur son torse et, grotesques appendices, deux excroissances mafflues comme des seins.

— Mais tu fais du 95B, toi ?

Tout le monde avait ri. Il était vraiment gros, le con. Le Gros incarnait le raté, le perdant, le faible. La graisse traduisait une déliquescence honteuse de la volonté. Et après tout, ici, ils étaient dans une classe d'élite. La crème de la crème, le futur de la nation.

Le Gros fut contraint à 40 pompes.

Les carrés étaient en transe : c'était le moment de l'élection de la PO, la pute officielle. Armelle, la jolie blonde, était en lice, de même qu'une magnifique brune aux très longs cils, et une autre, au visage sensuel qu'un des carrés avait surnommée « bouche à pipe ». Les filles devaient défiler en soutien-gorge et culotte sur les tables. Armelle fut nommée PO. « Applaudissez bien nos salopes », mugissait Clément au mégaphone, applaudi par toute la classe. Il était persuadé que ces filles n'étaient pas mécontentes, au fond, d'avoir été nominées « putes officielles » et d'avoir eu ce prétexte d'exhiber leurs courbes. Elles seraient mortes d'humiliation si elles avaient dû se retrouver avec les thons.

C'était en effet le moment de l'élection de la PE, la pucelle effarouchée. Là, les filles se cachèrent toutes. Drôle à voir mais un peu pathétique. C'était pourtant assez facile de repérer les plus moches même si elles se pensaient invisibles, dissimulant leurs visages ingrats derrière leurs cheveux en bataille et leurs corps dans des pulls trop larges aux couleurs sombres. Clément pointa du doigt la Chinoise, avec les lunettes et les boutons.

— Tu t'appelles comment, pucelle ?

— Bich.

C'était la meilleure ! La pucelle s'appelait Bich !

Bich et deux autres camarades d'infortune durent grimper sur la table elles aussi puis se déshabiller. Elles croisaient les bras autour de leur poitrine et retenaient leurs larmes.

— Pucelles, votre jour de bonheur est arrivé !

Clément sortit une bouteille de bière. Les filles devaient mettre l'embout de la bouteille dans la bouche, et mimer une fellation. Elles s'y plièrent toutes, ne mimant pas grand-chose, mais gobant tout de même la bouteille. Les carrés, éméchés, étaient tous morts de rire.

C'était au tour de la Chinoise. Sur son front, Clément distingua un bouton d'acné à point. Berk.

— Allez un peu de nerf, pucelle !

Il enfonça la bouteille dans la bouche de Bich. Ses yeux se révulsèrent. Bich s'étouffait. Elle saisit la bouteille, l'extirpa violemment, rouge et échevelée. Puis elle vomit, agenouillée sur l'estrade.

Personne ne bougea.

Les carrés se mirent à applaudir. Et à crier.

— Yo, bitch, yo bitch !

Ils avaient trouvé la PE de l'année.

Et un, et deux, et trois-zéro
Juillet 1998

Tu es morte le 12 juillet 1998. Tu n'avais pas 20 ans. Dans les rues parisiennes, une immense vague humaine avait déferlé, l'image de Zidane illuminait le ciel sombre, tel un dieu dominant l'Arc de triomphe. Au même moment, dans la chambre 142 à l'hôpital R., ton corps reposait. On t'avait miraculeusement trouvé une chambre, tu aurais dû rester dans le service traumato où seul un mince rideau séparait les lits des patients mais l'équipe, te sachant condamnée, avait obtenu un transfert pour que ta famille hébétée pût poser sa détresse dans un coin à l'abri des regards. La lumière rougeâtre des machines éclairait fugitivement les visages défaits de tes parents. Dans le silence cotonneux de la chambre, aucun bruit de liesse ne filtrait, en salle de garde, on avait pourtant regardé la finale entre deux interventions, et sous les masques, beaucoup rigolaient, trois-zéro, quand même, c'était dingue, putain les gars, ils avaient tout déchiré, tout sauf le silence de la chambre 142 qui ressemblait déjà à une chambre mortuaire, où l'on n'entendait que les reniflements de ta mère et le grésillement d'un néon défectueux qui s'allumait puis s'éteignait en syncopes, comme la vie en toi.

Tes parents t'avaient veillée. Ton frère n'avait pas voulu – ou pu – venir. Avait-il senti ce moment de ton départ, tu avais toujours voulu croire à ce lien secret entre vous, les jumeaux. Le médecin avait expliqué que ton cerveau n'était plus réellement en état de marche, seul le tronc cérébral fonctionnait encore. La tache sur l'IRM, la grosse tache, c'est-à-dire l'hématome, la chose qui te tuait, avait tout envahi, une araignée de mort grignotait ta conscience. Une autre IRM permettait de mesurer l'avancée de la tache sur ton cerveau, mais à part les médecins, personne ne distinguait ces nuances ; restait-il une conscience, dans ce corps qui vivait encore ? Quelles traces restaient de ce que tu fus ? Le neurologue avait scruté la radio et ses ombres mystérieuses, il s'était tourné vers tes parents et il avait prononcé la sentence. Tu étais morte.

Tes parents n'ont pas compris. Ils crurent d'abord que la langue du médecin leur échappait, le français à nouveau leur jouait des tours. Mais le mot revenait. Morte. Pourtant, ton corps respirait encore, ta poitrine se soulevait doucement au rythme de l'air qui rentrait par les tuyaux, ton pouls battait, là, sous la tendre peau du poignet, signal fragile mais tenace, tes yeux semblaient s'agiter, tels de petits papillons emprisonnés sous tes paupières, on avait l'impression que tu rêvais alors que ton cerveau avait pris la fuite. Ta mère caressait ta main, lentement, ta main était si douce, encore chaude.

Tu avais failli te rater. Se jeter du 4e étage, c'est risqué. Tu aurais pu te retrouver polytraumatisée, handicapée, muette, mais vivante. Tu n'y avais pas pensé. Te pendre ? Non, ça te terrorisait. Tu n'avais pas de somnifères, ni de drogue. Tu aurais pu boire de l'eau de Javel, mais redoutais la douleur. Tu n'avais pas de revolver. Tu craignais de te tailler les veines, tu ne supportais pas la vue du sang. En revanche, te perdre dans le vide, voilà ce qui t'attirait. S'étourdir dans la chute.

Cela s'était joué en quelques secondes à peine. Le vide t'avait appelée, comme lorsque sur le quai du RER, le souffle du train à l'approche te donnait le vertige. Le vide promettait la paix, la fin de la souffrance, et ce jour-là, au 4e étage, tu t'étais dit, allez, j'y vais, tu avais d'abord, comme on provoque le destin, enjambé la balustrade, tu t'étais assise les pieds ballants, tu n'avais pensé à rien, ni à tes parents ni à ton frère, juste au vide, tes jambes fourmillaient. Puis tu t'étais envolée.

Ton corps fit un bruit sourd quand il s'écrasa au sol. Un dixième de seconde après, ta tête percuta le pavé : voilà ce qui t'avait tuée, la tête contre la pierre, le cerveau comprimé dans la boîte crânienne.

Tes parents ont voulu croire que tu allais survivre. Ils s'étaient raccrochés à ces mots au téléphone : « Votre fille a eu un accident. » Un « accident », ça ne voulait pas dire « Votre fille est morte ». Ils t'imaginèrent sortir du coma, tu aurais serré leur main, ouvert les yeux, prononcé « papa, maman », au bout de quelques mois, tu aurais pu t'asseoir dans un fauteuil, te promener dans le jardin de l'hôpital, ta mère t'aurait nourrie à la becquée, une soupe de riz avec de la viande séchée, la rééducation aurait ensuite commencé, les orthophonistes, les kinésithérapeutes… Réapprendre à vivre était un travail comme un autre.

Tu t'étais jetée dans le vide le jour de la demi-finale France-Croatie, Lilian Thuram avait marqué deux buts, ton frère était devant la télé, il avait hurlé de joie. Tes parents qui pourtant n'étaient pas très foot avaient allumé le poste, ça ne se ratait pas une demi-finale du Mondial avec les Bleus, les gens étaient rentrés plus tôt du travail pour voir le match, un drôle de silence planait dans le quartier, des fenêtres ouvertes, on entendait les pubs sur TF1 et la voix des commentateurs se chauffant avant le coup d'envoi. Le pays était suspendu à ce match. Toi aussi, tu étais suspendue. Dans le vide.

Les héros du moment, c'étaient eux : l'équipe black blanc beur, le nouveau symbole de la France qui se voulait multicolore. On vous avait gommés toi et tes parents, vous, les jaunes, vous ne faisiez pas partie du tableau. Vous aviez l'habitude. Voilà pourquoi vous aviez été si émus la première fois que vous aviez vu le tennisman Michael Chang à la télé, gagner la finale de Roland-Garros. Même ton père avait hurlé, le frêle Chang ressemblait à son copain Cau le maigre, c'était rare que ton père évoque ses souvenirs du Vietnam, la parole lui avait été volée dans ce pays qui l'ignorait et dont aucune idole ne lui ressemblait.

Ta mère était repartie assez vite du salon, « les Français, de toute façon, ils sont trop nuls, *qua troi qua dât*, plus que le ciel, plus que la terre », plongée dans ses marmites, malaxant la farce de porc assaisonnée de *nuoc mam*, l'odeur de ton enfance, ton père était resté avachi devant la télé, il n'y avait rien d'autre à regarder, le match l'ennuyait. Il avait raté les buts de Lilian Thuram : la voix au téléphone les avait appelés à la 70e minute pour annoncer la nouvelle. Les parents avaient alors parlé très vite en vietnamien, s'étaient disputés, puis rués dans la voiture.

Quand ta mère était arrivée à l'hôpital, son chemisier était taché de *nuoc mam*, elle, toujours si soignée, n'avait pas pris le temps de se changer.

À part cette demi-finale regardée en pointillé, tes parents n'avaient pas suivi le Mondial 98. Ils se rongeaient les sangs à cause de tes concours. Pourtant, tu avais été admissible à l'oral. Cette admissibilité obtenue ras les fesses, au jour du match contre la Croatie. La France entière avait pensé qu'ils allaient se planter, les Bleus… Sauvés par le but en or de Laurent Blanc, un orgasme ! Tu n'en connus pas, d'orgasme : à la date de ta mort, tu étais encore vierge.

Tu avais vu un signe dans ce but. Tu le trouvais beau, Laurent Blanc, si bien nommé, viking aux boucles blondes, solide et robuste, il te rappelait Mathieu, ce garçon dont tu avais été secrètement amoureuse en seconde. Mathieu ne t'avait adressé la parole qu'une seule fois, en histoire géographie, pour connaître la date du contrôle, il t'avait fait un grand sourire, tu en avais guetté d'autres, en vain, jusqu'au jour où tu l'avais vu avec Amélie, il la tenait par la main en la mangeant des yeux.

Tout le monde donnait l'équipe de France perdante, tout le monde se foutait de la gueule d'Aimé Jacquet, on le trouvait ringard et naze, alors tu te sentais une affinité avec lui, toi qu'on avait toujours trouvée ringarde et naze. Tu étais celle qu'on mettait à l'écart dans la classe, en CP personne ne voulait te donner la main quand il fallait se mettre en rang sauf ton jumeau mais on l'avait changé de classe, plus tard tu fus celle qu'on n'invitait jamais aux soirées, celle qu'on n'embrassait pas. Quel goût pouvait bien avoir un baiser ?

À force, tu étais devenue cette ombre invisible dont personne n'arrivait à dire le prénom : Bich Minh Nguyen-Thi.

Quand la France s'était qualifiée pour les quarts de finale, tu t'étais convaincue. Toi aussi, tu pourrais réussir. Et intégrer cette prestigieuse grande école de commerce dont rêvaient tes parents. Ensuite tu aurais gagné de l'argent, dans le conseil, la gestion ou la finance, tu te serais relookée comme dans les émissions de télé ou les magazines féminins qui métamorphosaient les femmes dans les rubriques Avant/Après. Tu aurais pris ta revanche sur ceux qui t'avaient moquée. Le souvenir te hantait encore. Le bizutage au début de l'année. Le goût du vomi dans la bouche. Dans les cheveux. Tu t'étais lavée frénétiquement dans les toilettes des filles. L'odeur persistait.

Tu t'étais investie dans tes études, il n'y avait plus que cela qui importait : les chiffres et les mots dansaient dans ta tête, quand, épuisée, tu te couchais sur ton lit, à l'internat, souvent habillée. Tu n'osais plus aller à la cantine, la présence d'autrui t'oppressait. Tu savais te glisser dans le couloir pour ne croiser personne. Tu fuyais ton reflet dans les miroirs, les vitrines des magasins trop réfléchissantes. Pour éviter de sortir de ta chambre, ta grotte, ton refuge, tu te nourrissais de conserves de maïs et de thon avalées à même la boîte, assise à ton bureau. À la veille des concours, les chambres se vidèrent. Seule à l'internat, tu fus soulagée.

Lors du quart de finale contre l'Italie, dans ta chambre de 7 mètres carrés, tu écoutais la radio tout en révisant tes fiches sur la PAC. Tu t'endormais, la voix d'Eugène Saccomano te sortait de ta torpeur, ta tête pesait des tonnes. Dormir. Eugène Saccomano hurlait, pestait, grondait. Tirs au but. Oubliés, la PAC et les traités européens. Quand l'Italien a touché la barre, tu as improvisé une danse de la joie.

Pour les oraux, tu t'étais engoncée dans un tailleur acheté chez C&A, il faisait trop chaud pour mettre des collants, mais tu avais honte de tes jambes nues. Tes collants étaient trop noirs, trop épais, tu ne te sentais pas à ta place parmi les autres candidats qui bougeaient avec grâce, dotés de l'assurance de ceux qui ont toujours su où était leur place. Le travail ne donnait pas l'aisance des gens bien nés. Les experts en management avaient avec sadisme inventé une épreuve qui s'appelait « Duel ». L'objectif était d'affronter un autre étudiant dans un concours d'argumentation. Un affrontement façon cirque romain dont le but était de tuer l'autre avec des mots. C'était une façon d'éduquer les futurs cadres à la loi brutale du management, d'annihiler tout ce qui pouvait exister d'empathie chez eux pour les faire tendre vers un seul objectif : la victoire. Tu avais dû affronter une blonde à queue-de-cheval en tailleur rose Chanel (un vrai, certainement, la fille n'était pas le genre à mettre des contrefaçons). Le sujet : « Doit-on vendre des espaces de publicité sur la Lune ? »

On piochait ensuite la réponse pour savoir quelle position tenir. Qu'importe les convictions : un bon candidat devait être capable d'argumenter dans les deux sens.

Tu avais pioché « non ».

Avant même le début de l'épreuve, il n'était pas très compliqué de deviner qui l'emporterait. La sentence était écrite sur vos visages et silhouettes (pataude/gracieuse), vos dents (rangées/pas rangées), vos habits (bien coupés/mal fichus). Ta plaidoirie fut lamentable, tandis que ton adversaire déroula des business plans séduisants, arguant du retour sur investissement, des emplois créés... Les examinateurs t'avaient demandé si tu avais quelque chose à ajouter. Tu avais secoué la tête.

Les résultats étaient tombés. Ton nom n'apparaissait nulle part sur les listes. Tu avais appelé tes parents. À l'autre bout du fil, un grand silence consterné. Tu t'apprêtais à revenir à la maison.

C'est ce jour-là que tu as sauté de la balustrade.

Tu es morte le jour de la demi-finale. Même si ton décès officiel a été prononcé le 12 juillet 1998, le jour de la finale.

Liêm n'est venu que deux fois à l'hôpital.

Le dimanche 12 juillet, la France entière était à l'arrêt. Des drapeaux bleu blanc rouge étaient accrochés aux fenêtres. Dans les rues, les passants se souriaient. Le Brésil, ça c'était un adversaire de roi ! Les voitures klaxonnaient gaiement. Tout le monde chantait, On est les champions.

On proposa à tes parents de donner tes organes, le corps serait recousu, avec soin, on ne verrait rien des prélèvements, tu serais très belle, un cadavre qui paraîtrait intact. Tes parents acquiescèrent.

Ils pourraient revoir ton corps le lendemain, à la chambre mortuaire, au sous-sol de l'hôpital. L'infirmière qui les reçut avait une voix très douce[1]. « J'ai

1. Violaine Morin est infirmière à la Pitié-Salpêtrière depuis vingt ans. Elle habite tour Mexico, aux Olympiades. C'est pratique pour les trajets. Elle a d'abord été infirmière au SMUR. Elle allait en ambulance dans des appartements qui appelaient. Il y avait souvent des morts. « Parfois, le soir, je me disais, regarde tes mains qui ont touché la mort. » Elle a ensuite travaillé au service de réanimation néonatale. Mais elle trouvait cela trop dur, tous ces bébés qui mouraient, tous ces parents brisés : elle détestait mettre le drap sur le couffin pour descendre les petits corps morts, qu'il fallait cacher aux autres parents, ceux dont les bébés se battaient encore pour la survie. Aujourd'hui, elle est à la chambre mortuaire. Cela lui plaît. Elle a plus de temps pour réconforter les proches.

préparé votre fille, elle vous attend », leur dit-elle, en chuchotant. Ils pénétrèrent dans la salle d'exposition des corps. Derrière la vitre, tu étais là, allongée, Blanche Neige sous naphtaline. « Venez, approchez. Je lui ai mis la belle robe que vous m'aviez apportée. » Ta mère avait laissé une *ao dai* en soie blanche pour t'habiller.

Tes parents ne parvinrent pas à te regarder, ils fixaient leurs pieds. Mais l'infirmière leur répétait : « Elle est si belle votre fille, elle vous a fait un beau cadeau, regardez comme elle est belle. Avec tout ce blanc, on dirait qu'elle se marie. » L'infirmière insista pour te mettre une rose rouge dans les cheveux, elle t'avait nattée, comme une poupée. Elle était triste que tes parents refusent de te regarder. « Regardez ses cheveux magnifiques, j'ai rarement vu une chevelure aussi splendide, je l'ai coiffée, ses cheveux étaient si doux. Elle est si belle, regardez-la. » Personne n'avait jamais dit que tu étais belle mais tu n'étais plus là pour l'entendre. Personne n'avait jamais autant insisté pour qu'on posât ses yeux sur toi, même toi, tu détestais te regarder. L'infirmière t'avait regardée. Elle t'avait vue nue. Personne ne t'avait jamais vue nue.

Cette nuit du 12 juillet hanterait tes parents pour toujours. Ils étaient restés enfermés trois jours dans l'hôpital, et quand ils sortirent dehors, ils ne purent s'empêcher de respirer l'air, si doux. C'était l'été. Les rues étaient noires de monde. Les voitures klaxonnaient. Des grands drapeaux bleu blanc rouge flottaient aux fenêtres des immeubles. Tout le monde convergeait encore vers les Champs-Élysées. Un million de personnes dans les rues, encore plus qu'à la Libération. Les gens riaient, pleuraient, chantaient. Tes parents pleuraient aussi. Des inconnus avinés les empoignèrent dans leurs bras : « C'est beau, hein ! Nous aussi, on en chiale. Trois-zéro, quand même. »

Le Parisien, 10 décembre 2020

« C'est un drame de la solitude comme notre époque en compte tant. Lam N., un habitant de Lognes, a été retrouvé mort jeudi dernier. Dans son pavillon, l'homme était allongé dans son canapé, dans un fatras de feuilles de papier. Il serait mort… il y a plus d'un an. Cela faisait longtemps que ses voisins ne le voyaient plus. "La boîte aux lettres débordait. On s'est dit qu'il était reparti dans son pays. Sa femme était morte je crois. Il nous a dit que ses deux enfants étaient partis travailler à l'étranger. Mais ces dernières années, il ne parlait plus à personne", raconte une voisine. "On n'a jamais eu à se plaindre de lui. Comme il était asiatique, ça semblait logique qu'il décide de finir sa vie au pays", dit-on à la boulangerie, où on le croisait régulièrement avant sa disparition. L'homme, ingénieur, était diplômé de mathématiques à l'université de Jussieu. Près du canapé, des milliers de feuilles de papier, et des cartons remplis de pages noircies, pour seule compagnie. Lam N. avait, semble-t-il, coupé les liens avec sa famille. Après sa disparition, l'homme a laissé nombre de factures impayées. C'est la banque qui, s'alertant de son découvert et des appels sans réponse, a mandaté un huissier, lequel a fait ouvrir le pavillon ce jeudi et a découvert le corps. Une autopsie doit être pratiquée dans les prochains jours pour confirmer la date et les circonstances du décès. »

Enterrement, décembre 2020

« Ah enfin quelqu'un ! » C'est ainsi que les Truong apprirent au téléphone que leur vieil ami Lam était décédé. Le policier au bout du fil avait épluché tout le répertoire téléphonique de Lam, un vieux carnet tout griffonné et à peine lisible saisi lors de la perquisition du domicile. Il s'était écorché les yeux à déchiffrer son écriture en pattes de mouche, tous les numéros étaient caducs sauf celui des Truong. Bref, il était soulagé de parler à quelqu'un et d'enfin avancer dans cette enquête pourrie. Bien sûr, Victor Truong avait un accent très prononcé, il était quasi incompréhensible, mais au moins, il parlait français.

Des années que Victor Truong n'avait plus entendu parler de son vieil ami. La police ? Mauvais signe.

Une mésaventure de ce genre lui était déjà arrivée. Un homme se présentant comme inspecteur à la police judiciaire l'avait appelé.

— Monsieur Paul ?

— Moi c'est Victor, comme Victor Hugo, avait répondu Victor.

Le policier avait enchaîné. Connaissait-il un certain Marc Radetski retrouvé assassiné à son domicile, rue des Envierges, dans le 20e arrondissement. Le numéro de Victor Truong figurait dans le carnet de ce Marc Radetski, sous le prénom « Paul ».

— C'était un dealer, monsieur. Il vous fournissait ? avait demandé l'enquêteur.

Paniqué, Victor Truong avait expliqué à l'enquêteur qu'il ne comprenait rien. Il était un homme honorable.

— On essaie de comprendre, monsieur. Non pas que ça soit une grande perte, ce Radetski, c'était un dealer bien connu des Stups. Ça m'a tout l'air d'être un règlement de compte. Mais on enquête, on tire les fils.

Bégayant de plus belle, Victor avait appelé son épouse à la rescousse. Alice Truong s'était enflammée au téléphone. Non, non, non ! Ils ne connaissaient aucun Radetski ! Ils ne connaissaient aucun dealer ! En revanche, des dealers, il y en avait sur la dalle des Olympiades qu'ils croisaient tous les soirs, oui, monsieur le policier, si c'était pas honteux, ils faisaient vrombir leur scooter en mettant la musique à fond sur leurs transistors, ces délinquants étaient sans gêne, le syndicat de copropriété les avait signalés depuis des mois, mais personne ne se déplaçait, on les laissait tomber comme de vieilles chaussettes ! À croire que la Mairie de Paris et les policiers les protégeaient, au Vietnam, c'était la peine de mort pour les dealers !

L'inspecteur avait coupé court. « Écoutez, madame, je suis désolé du dérangement, ce devait être un faux numéro sur le carnet, ça arrive souvent, allez, je vous rappellerai si nous avons d'autres informations et si nous avons besoin de votre témoignage. On vous convoquera. »

L'inspecteur n'avait jamais rappelé.

Alors, quand le policier du commissariat de Lognes l'avait contacté, Victor Truong s'était dit qu'il était rattrapé par l'affaire du dealer assassiné. Marc Radetski. Il n'avait pas immédiatement saisi que le policier lui parlait de Lam… Lam connaissait-il ce Marc Radetski ? Tous deux avaient son numéro dans leurs carnets. Mais autant ce Marc Radetski ne lui disait toujours rien, autant il ne pouvait pas mentir au sujet de Lam… Victor avait pourtant l'impression que le policier lui parlait d'un étranger. Toute cette histoire – le corps trouvé après un an dans le pavillon de Lognes – était aussi invraisemblable que celle du dealer abattu dans son studio.

Les années avaient filé. Entre Cau, évanoui en mer, dont on n'avait plus jamais évoqué le souvenir, et Lam qui n'avait plus jamais donné de nouvelles, quelle différence ? Les gens disparaissaient tous si facilement.

Cela faisait longtemps que Lam ne répondait plus au téléphone. La date de sa mort remontait à l'année précédente, conclurent les enquêteurs après avoir inspecté son frigo : quelques denrées étaient non ouvertes, affichant une date de péremption de 2019. Le cadavre de Lam n'avait pas pourri, il s'était asséché, momifié. 40 kilos à peine… Depuis que le monde était monde, les exilés qui s'enfuyaient adoptaient la tactique de l'oignon : superposer plusieurs couches de vêtements pour le grand voyage. Les Truong avaient ainsi procédé, juxtaposant chemises et T-shirts avant de prendre le bateau. Leurs comparses soudanais ou syriens ou afghans faisaient de même, ils avaient l'impression d'être ainsi protégés, portaient leur maison sur eux, comme les tortues, sans se douter que certains pouvaient en mourir. Les trop nombreux vêtements, alourdis, gonflés d'eau, provoquaient par temps froid une mort par hypothermie. Lam, lui, s'était au contraire allégé pour le dernier voyage.

La dernière fois que Victor Truong avait vu son vieil ami, c'était à l'enterrement de Lan, la femme de Lam en 2001, morte le 11 septembre. Ce jour-là, quand Lam avait appelé les Truong, ils n'avaient pas décroché. Ils étaient devant leur téléviseur, subjugués par ce film d'horreur qui se déroulait en direct sous leurs yeux, ils scrutaient les petits points noirs dans le ciel – des personnes qui se jetaient dans le vide, précisaient les commentateurs. Lam avait laissé un message sur le répondeur. « Ma bien-aimée épouse est partie. » Ils n'avaient pas tout de suite vu la petite lumière du répondeur. Ils étaient allés se coucher, la tête pleine des images de la télévision. Ils n'avaient écouté le message que le lendemain.

Le jour de l'enterrement, les Truong s'étaient étonnés : des deux enfants, il n'y avait que Liêm, le garçon. Où était Bich, n'était-elle pas rentrée pour les funérailles de sa mère ? Lam s'était alors énervé, les études de sa fille au Canada étaient très prenantes, les billets onéreux. Sa mère était morte, on ne pouvait rien y changer, leur fils traverserait lui aussi bientôt l'Atlantique pour s'installer au États-Unis… Les Truong avaient toujours été jaloux de la réussite de ses enfants, répétait Lam. Tout ça parce qu'Anne-Maï n'arrivait à rien, était-ce sa faute à lui, si leur fille était une ratée, comme Victor, qui soûlait tout le monde avec Victor Hugo, ça t'a servi à quoi tes poésies et toute ta littérature française, à lécher le cul des Français ?

Victor était devenu rouge de colère, il répétait : « C'est moi que tu appelles un raté, mais tu t'es vu, et toi, le collabo, tu ferais mieux de la fermer, toi qui t'es précipité sur une bourse pour aller étudier en France alors qu'on venait à peine de fêter l'indépendance du pays, hein Lam, dis-moi, qui s'est barré chez les Français le premier ? On sait bien qu'à Paris, tu as couché avec une Française, on disait même que tu lui avais fait un gosse, un bâtard eurasien, et ton père, il en est mort de honte. Moi, je suis resté au Vietnam, comme Cau, on est restés avec notre famille ; notre pays, on le défendait figure-toi, tu ne connais pas, toi, l'ARVN, tu ne sais pas ce que c'était, se battre, alors qu'on savait que tout était foutu, on l'a tous vue venir, la chute de Saigon, et puis bam, elle est arrivée le 30 avril 1975, ça non plus, tu ne peux pas savoir, tu l'as vue à la télé, le cul posé sur ton canapé. Quand les nordistes ont débarqué, ils ont enfoncé les grilles du palais de la Réunification, nous on a tenté de fuir, mon frère avait bossé avec les Américains, il savait qu'il serait fusillé, direct, mais ces salopards nous avaient laissée tomber, on n'était sur aucune liste, on a appelé partout, rien, on a couru vers l'ambassade américaine, on a vu les hélicos s'envoler, les corps qui tentaient de s'accrocher et tombaient, et devant les grilles, dans la panique, une femme a perdu son bébé, il s'est fait écraser, piétiné par la foule, les hommes étaient comme des bêtes. Mon frère est parti en camp de rééducation, il est mort là-bas, de quoi, on ne sait pas, on l'a enterré au cimetière de Biên Hoa, mais on ne pouvait pas se rendre sur sa tombe, car c'était le cimetière des "traîtres à la nation", des "fantoches", c'était mal vu alors que tu aurais dû voir les tombes de *liet si*, les martyrs, cette débauche d'encens, de fleurs, ils étaient honorés comme des dieux ! On vivait avec l'angoisse, les arrestations sommaires, les dénonciations, alors avec Cau, on s'est dit qu'on trouverait de l'argent pour fuir, il fallait laisser les parents, on pensait souvent à toi, en France, toi qui te la coulais douce, un beau planqué mon salaud et dire que Cau est mort, c'est lui qui méritait la bourse, pas toi, mais on sait bien que ton père t'avait pistonné, comment tu te sens, hein, d'avoir volé la place de Cau, de savoir qu'il est mort en mer, bouffé par les poissons ? »

Lam était devenu blanc, Alice tirait Victor par le bras, « Pense à grande sœur qui est morte, elle nous entend, dans son cercueil, je t'en supplie, tais-toi », mais c'était trop tard et dans le silence qui soudain s'était fait, Lam avait dit : Partez.

Plus tard, Victor tenta de l'appeler pour s'excuser. Lam n'avait jamais répondu. Victor Truong abandonna.

Les années avaient fait le reste.

Le policier décrivit le décès. Le corps momifié, si maigre, l'autopsie à l'institut médico-légal, les papiers couverts d'équations, ultime message qu'il avait adressé aux vivants.

Un enterrement avait été organisé. La police avait tenté de joindre les enfants de Lam. Les Truong leur avaient expliqué qu'ils étaient partis aux États-Unis. Ils n'avaient pas les mails, mais ça ne devait pas être compliqué de les retrouver. Il n'y avait pourtant rien dans l'ordinateur de Lam, sauf des spams. Une cinquantaine de sites lui avaient souhaité son anniversaire, alors qu'il était déjà mort. Aucune trace de ses enfants. Et chez lui, aucune photo d'eux ou de son épouse.

En fait, il n'y avait rien dans la maison. À part les cahiers remplis d'équations. Avec le titre : « Modélisation des nuages ».

L'enquêteur comprit plus tard l'absence de contacts avec les enfants. Il avait été induit en erreur par leurs prénoms et noms si compliqués, mal enregistrés à l'état civil.

Bich n'était jamais partie suivre un MBA au Canada. Elle était morte en 1998, comme l'attestait un acte de décès enregistré à la mairie, avec deux fautes d'orthographe, à son prénom, et à son nom de famille. Le prénom et le nom étaient différents sur le livret de famille et sur son acte de naissance. Et le nom de famille n'était pas le même que celui des parents. Comme c'était une fille, selon l'usage vietnamien, on y avait ajouté le suffixe Thi. Alors que ses parents avaient le suffixe Van. Selon l'administration, Bich Minh Nguyen-Thi n'était donc pas la fille de ses parents, les Nguyen-Van.

Bich s'était suicidée. Peut-être était-ce la raison pour laquelle il n'y avait même pas de tombe à son nom. Rien. Même pas une urne. Ses parents avaient-ils décidé de disperser ses cendres quelque part ? Victor pensa alors à Cau le maigre, le mort en mer dont le corps n'avait jamais été retrouvé.

Le fils de Lam était en prison. Détenu à Fleury-Mérogis pour des faits de terrorisme. Lam avait été convoqué devant le juge d'instruction. Mais il ne s'était pas présenté. Le père et le fils avaient coupé les ponts. Le père n'avait jamais rendu visite à son fils à Fleury-Mérogis.

Quand on annonça à Liêm que son père était mort, il demanda une autorisation de sortie pour assister à l'enterrement. Elle lui fut refusée.

Le jour de l'enterrement, ils n'étaient que trois. Victor et Alice Truong. Leur fille Anne-Maï. Il faisait très beau.

Anne-Maï se tenait aux côtés de sa mère. Devant la tombe de son ami, Victor sortit *Les Contemplations*. Et il déclama, avec son accent vietnamien :

Demain dès l'aube, à l'heure où blanchit la campagne
Je partirai. Vois-tu, je sais que tu m'attends.

Ascenseur (6)

Anne-Maï Truong et ses parents attendent l'ascenseur. À leurs côtés, la voisine du 18e discute avec volubilité en vietnamien[1]. Anne-Maï aime entendre la voix de ses parents dans leur langue natale, une musique allègre et parfois un peu nostalgique. Elle regrette de ne pas pouvoir leur offrir ça : la gaieté toute simple d'échanger avec leur fille dans leur langue. La voisine regarde dehors, quelques gouttes de pluie s'écrasent sur la vitre du hall, résonnent sur la dalle, elle dit « *mua lop toc* » en riant. Anne-Maï

1. Anh Thuan est poète. Née au Vietnam, elle a fait ses études de littérature en Russie, à Piatigorsk, la ville de Lermontov et de Pouchkine, dont elle est spécialiste. Sa sœur, quant à elle, est partie à Budapest, tandis que son frère s'exilait à Berlin. Après la chute du mur, Thuan est partie s'installer en France. Sa sœur est restée à Budapest où elle a monté une chaîne de salons de massage thaï, alors que toutes ses salariées sont vietnamiennes. Le frère d'Anh Thuan a lui fait fortune grâce au lancement d'une chaîne de restaurants de sushi, qu'il vient de diversifier dans des fast-food de *nan*, qui concurrencent les kebabs.

comprend le vietnamien mais le parle mal. Elle sait que *mua* veut dire pluie, mais *lop toc*, elle ignore ce que ça signifie. Leur pose la question. Victor réfléchit : ça voudrait dire pleuvoir comme on coupe des cheveux. Couper des cheveux ?? L'ascenseur arrive. Les voilà dans l'habitacle, la voisine du 18ᵉ est partie. Anne-Maï se remémore les longs trajets en voiture avec ses parents, un ascenseur, c'est un peu comme une voiture : parfois, l'étroitesse de l'habitacle provoque les confidences. À la maison, Alice et Victor ne disent jamais rien, mais en voiture, ils se racontaient, parfois. Entre le premier et le deuxième étage, ils expliquent à Anne-Maï toutes les façons de dire « il pleut » en vietnamien. À partir du mot *mua*, pluie, il y a mille et une expressions pour exprimer les nuances de pluie. Alice dit : « *Mua roi.* Il pleut comme si les gouttes formaient une barrière d'eau. » Victor : « *Mua tam ta.* Il pleut comme si les gouttes étaient des vers à soie imbibés d'eau comme les couches d'un bébé. » Alice : « *Mua thu.* Il pleut comme l'automne. » Victor : « *Mua bay.* La pluie est tellement fine qu'on dirait qu'elle s'envole. » Alice : « *Mua dam de.* La pluie est si forte que tu patauges sous la pluie. » Victor dit : « *Mua may.* » Alice lui fait les gros yeux. *Mua may*, ça veut dire pluie de nuage, c'est une métaphore pour dire « faire l'amour ». Alice chuchote en vietnamien, avec sa voix douce qu'elle n'a que dans sa langue, et Anne-Maï a l'impression d'entendre quelque chose de très intime, c'en est presque gênant, comme si la langue maternelle obligeait à dire le vrai, tandis que l'autre langue autorisait les faux-semblants. Alice n'a plus le temps pour les faux-semblants, elle est perdue dans ses souvenirs et le vietnamien coule, elle dit : « Tu te rappelles quand nous nous promenions près de la rivière à Saigon, et que la pluie soudain s'écrasait sur l'eau ? Cau le maigre aimait tellement le bruit de la pluie. »

Appartement 512
(Printemps 2021)

Toutes les fenêtres de la Tour étaient ouvertes. Combien étaient-ils sur la dalle à suivre le match ? La rumeur était légèrement désynchronisée. Jadis, tout le monde regardait le football sur TF1 ou Antenne 2, on fêtait les buts à l'unisson. Désormais, avec la diffusion en *streaming* sur Internet, on vivait les matchs avec vingt à trente secondes de décalage. Qu'importe. Internet avait permis de partager les grands événements sportifs à distance. Les habitants des Tours commentaient en direct le match sur leur téléphone en pianotant sur WhatsApp, communiquant avec leurs proches aux États-Unis, en Asie, en Afrique ou au Maghreb. Internet abolissait les distances et donnait l'illusion aux familles séparées de vivre ensemble ces petites choses du quotidien, un match, une émission, une série, un repas ou un anniversaire. Les vies se déroulaient désormais là aussi, désincarnées, à travers les écrans des téléphones.

Elles n'avaient pas de télévision. Le foot les intéressait peu. Mais elles aimaient cette atmosphère d'excitation collective. Les cours d'immeuble étaient devenues des théâtres à ciel ouvert. On y avait applaudi, chanté, crié, suspendu des banderoles pendant le premier confinement. Aujourd'hui, il faisait chaud. Les fenêtres du studio étaient grandes ouvertes. Elles entendaient les voisins gronder, les bruits résonnaient sur la dalle des Olympiades. Cette fois, c'était pour un match. Dans le lit, elles flottaient. Concentrées sur leurs corps. Et leurs peaux collantes. Et leurs bouches humides. Et leurs langues râpeuses. Et leurs souffles courts. La vague venait, montait, grondait, puis soudain, crevait comme un nuage de pluie, un orgasme, une fleur qui n'en finit pas d'éclore. Dehors, d'une des fenêtres, parvenait la voix éraillée d'un commentateur, qui conjuguée au ronronnement du ventilateur les berçait.

Elles prirent une douche. Restèrent nues devant le ventilateur pour se rafraîchir. La chaleur immobile et pesante ne se dissipait pas malgré le soir. Sur leurs peaux lisses, les gouttes d'eau dessinaient des motifs sinueux qui s'attardaient dans le creux des reins. Elles réalisèrent qu'on pouvait les voir, alors elles s'enroulèrent d'un grand foulard, l'une l'autre, deux silhouettes jumelles, l'une brune et l'autre blonde. Sur la dalle des Olympiades, on entendait des pétards, des cris, des chants, des rires. Qui avait gagné, elles n'en avaient aucune idée. C'était beau, Paris dans la joie.

Tout avait commencé dans l'immeuble. Avec les larmes d'Ileana. Ileana avait les yeux rouges, la pupille vide, l'air hagard. Ses sanglots résonnaient dans le hall. Elle était prostrée au sol. Les bruits qu'elle émettait ressemblaient à ceux d'une bête. Rauques et désespérés. Anne-Maï n'avait jamais entendu ça, le son d'une douleur brute. Ça l'avait lacérée. Ileana avait agrippé la poupée qu'Anne-Maï venait d'acheter. Anne-Maï l'avait rattrapée dans ses bras et raccompagnée jusqu'à chez elle. Elle était rentrée dans l'appartement d'Ileana. Un deux-pièces, très propre, très vide, très différent du F3 encombré de ses parents. Dans le salon, une table avec une chaise. Dans la chambre, un lit. Et plusieurs cadres avec la photo d'une petite fille blonde. Elle avait allongé Ileana sur le lit. Pendant une heure, elle l'avait regardée pleurer puis elle l'avait prise dans ses bras, lui avait caressé les cheveux, ils étaient blonds, fins et doux, le corps d'Ileana pris de soubresauts, entre hoquets et sanglots. Les larmes d'Ileana formèrent une tache sombre sur la jupe d'Anne-Maï, incroyable ce que ce corps si frêle pouvait contenir de larmes.

Après un certain temps, le corps s'était détendu. Les larmes continuaient de couler, mais les sanglots avaient cessé. Ileana s'était endormie.

Le lendemain, Anne-Maï était revenue. Puis le surlendemain. Tous les soirs, dès qu'elle arrivait, elle prenait Ileana dans ses bras. Ileana se mettait à pleurer. Elles ne se parlaient pas. Anne-Maï avait appris l'histoire par bouts, deviné le reste. La mort de la petite fille, renversée par une voiture. Et le déni. Le seul moyen de tenir debout. Ileana cessa de répondre au téléphone à ses parents, refusa de se rendre à l'enterrement et avec l'obstination têtue des mères, s'employa à reconstruire sa vérité à elle, s'appliquant tous les jours à refaire les mêmes gestes pour effacer ce qui s'était passé. Elle se levait tous les matins, traversait Paris pour aller s'occuper d'une autre petite fille, Adèle, qu'elle embrassait, nourrissait, soignait, sur laquelle elle veillait, et dont elle saisissait fermement la main en traversant la rue.

Quand le fragile édifice d'illusions d'Ileana s'était-il effondré ? Enfermée chez elle lors du printemps où la France s'était confinée, Ileana avait-elle réalisé que Skype restait muet ? Elle avait en tout cas résilié son abonnement téléphonique. Abandonné son travail. Plus jamais elle ne reverrait la petite Adèle.

Anne-Maï se contentait de lui caresser les cheveux et de laisser les larmes couler tandis que parfois Ileana se mettait à chanter des berceuses en roumain en brossant les cheveux de la poupée Caprice. La poupée était toujours couchée dans le lit, avec son sourire peint et ses cheveux peignés. Parfois, Anne-Maï s'assoupissait. Quand elle se réveillait, Ileana pleurait encore. Vers 21 heures, Anne-Maï repartait de l'autre côté du mur. Cela lui rappelait cette lointaine époque lorsqu'elle se réveillait en sursaut dans la minuscule chambre de Virgile, il fallait s'arracher du lit, rentrer à la maison.

Presque vingt ans s'étaient écoulés depuis Virgile. Vingt ans durant lesquels elle avait été anesthésiée. Quel choc d'à nouveau rencontrer quelqu'un, découvrir une âme nue, la sonder, puis se livrer, accepter la fragilité, se sentir émue, de toucher et d'être touchée. Elle avait l'impression de sortir d'une cave obscure après un long sommeil, la lumière crue du jour faisait mal, retrouver ces sensations et ces émotions, le ventre qui se creuse et palpite, le cœur qui vous transperce, le sang qui gagne les membres engourdis, les picotements, les fourmillements : c'était ça, être vivant.

Il était si rare de vraiment rencontrer quelqu'un. L'existence s'écoulait, les êtres défilaient, hommes, femmes, « connaissances » qu'on ne connaissait pas, on s'entêtait à jouer la comédie sociale des sourires plaqués et des mots creux, on continuait à tendre les bras, toujours, pour saisir les ombres et ne rencontrer que le vide, on espérait qu'il y aurait un jour une véritable rencontre, mais on était toujours déçu, même l'intimité des corps ne permettait pas forcément cette délicate magie qu'est l'apprivoisement de deux êtres, Anne-Maï le savait bien, qui s'était pliée à cette pantomime mécanique de la chair, accouplements maladroits aux corps interchangeables avec ces hommes qui disparaissaient le matin, laissant derrière eux une odeur de tabac froid, d'haleine acide et qu'elle ne connaîtrait jamais vraiment alors même qu'elle les avait vus jouir.

Pourtant, parfois la rencontre était possible. Quand deux solitudes se cognaient et que soudain surgissait cette poignante douceur du partage.

Un soir, Anne Maï avait pleuré elle aussi. Elle avait pensé à son ventre vide. Elle ne s'était jamais autorisée à pleurer le bébé qui n'avait jamais existé. Elle était honteuse de pleurer, persuadée que ses larmes à elle insultaient celles de la mère en deuil. Anne-Maï ne pouvait s'arroger ce mot de « mère », alors qu'Ileana, elle, l'était, mère, même si plus personne ne l'appelait maman, aucun mot ne pouvait nommer ce qu'elle était devenue, mère-d'un-enfant-mort, pourtant, on restait mère à vie, tatouage indélébile et lien indéfectible qui résistait à la disparition, à l'absence, à la haine qui attache autant que l'amour.

Ileana n'avait pas été choquée par les larmes d'Anne-Maï. Elle lui avait dit que lorsqu'elle était enceinte de Teodora, elle se sentait merveilleusement apaisée car elle réalisait qu'elle ne serait plus jamais seule. Cet amour plein lui gonflait le cœur et le souvenir de ce bonheur-là, si puissant, restait intact dans son désespoir, et pour rien au monde elle ne voulait l'oublier.

Elles s'étaient agrippées l'une à l'autre. Ileana avait commencé à embrasser ses larmes. Et puis ses joues. Et puis ses lèvres. Ses cils la chatouillaient, à la manière furtive des battements d'ailes d'un papillon. Elle l'avait embrassée aussi. Anne-Maï n'avait jamais embrassé une fille. Elle n'avait pas eu le temps d'être surprise. C'est suave et doux d'embrasser quelqu'un qu'on aime, elle n'avait plus l'habitude. Les larmes coulaient et leurs salives se mêlaient. Elle sentait les mains d'Ileana la toucher, l'explorer avec avidité, comme si Ileana tentait de combler le grand vide en elle, en l'avalant, elle, Anne-Maï, tout entière.

Elle découvrit qu'Ileana était pianiste. C'était un dimanche, elles se promenaient toutes les deux. Dans le parc se trouvait un piano, devant les arbres et les buissons fleuris. Ileana s'était assise, avait posé ses mains sur le clavier et joué un impromptu de Schubert. À ce moment précis, Anne-Maï avait compris qu'elle aimait cette personne qui pleurait et faisait surgir la musique de Schubert de ses larmes. Plus tard, elle apprendrait que le premier amour d'Ileana avait été une violoniste. Anne-Maï serait un peu jalouse de ce que les amantes avaient partagé. Au piano, Ileana devenait inaccessible, Anne-Maï aurait voulu connaître cette communion intime de deux musiciens échangeant ensemble sans avoir besoin de la béquille maladroite des mots. Faire de la musique, c'était comme faire l'amour, disait parfois Ileana. Se plonger et s'oublier dans un rythme, une cadence, dilater le temps et le suspendre. L'amour était semblable à la musique. Parfois écœurant ou tapageur, parfois terrassant et splendide.

Faire l'amour, étrange miracle. Anne-Maï s'était sentie si usée d'être un bout de chair trimballé dans le marché des corps. L'amour obligeait à réaccueillir le temps, elle gardait l'empreinte de ces longues heures passées à regarder Ileana pleurer. Anne-Maï caressait la peau douce et blanche parsemée de taches de rousseur, les cheveux frisotant sur sa nuque, ses seins ronds, si différents des siens, elle aimait aussi la voir manger, c'est elle qui la nourrissait, lui préparant souvent en pleine nuit du porridge onctueux avec de la cannelle et du miel.

Ileana en voulait à Anne-Maï de la tirer vers les vivants, son désir était une trahison envers sa petite fille morte, rien ne pourrait jamais combler l'absence, rien, elle serait toujours amputée, la souffrance était le seul lien qui les maintenait encore l'une à l'autre, mère et fille, elle ne voulait pas apprivoiser l'âpre déchirement de la mort, elle s'en voulait d'être encore vivante, redécouvrir les sens qui s'embrasaient, il fallait rester fidèle à la douleur et à la souffrance, expier la mort de son enfant, il n'y avait pas pire défaite que celle-là, abandonner son enfant dans la mort tandis qu'elle choisissait la vie. Elle haïssait son corps qui reprenait ses droits, faim, soif, désir, alors qu'il eût dû se consumer dans la perte. Pourtant, le voisinage de la mort rendait son désir plus fort, chaque étreinte lui semblait la dernière, elle enfonçait sauvagement ses doigts dans la chair, fouillait, sondait, jusqu'à sentir le corps d'Anne-Maï frémir et se tendre comme la corde d'un arc puis s'abandonner. C'était plus facile d'accueillir la douleur en s'y abandonnant, la douleur cognait et tapait quand vous lui résistiez, quand vous vous faisiez rigide comme du bois, dure comme le verre, mais le bois se fendille et le verre se casse, on était forcément perdant dans cette bataille.

Pour vivre, pour survivre, il fallait être souple, malléable. Longtemps elle était restée caillou. Une terre brûlée et stérile. Et puis la terre avait bu les larmes. Accepté l'offrande du temps, qui apporte non pas l'oubli mais l'amère consolation du souvenir et de la mémoire. Et soudain, nourrie du ferment de la souffrance, une minuscule tige avait poussé dans son désert. Et devant ses yeux, Ileana vit cette chose étrange se dessiner : un futur.

Ascenseur (7)
11 septembre 2045

Quatre bulles de verre donnent sur la colonne centrale, un immense aquarium court du rez-de-chaussée jusqu'au 20e étage. Les habitants de la tour Melbourne peuvent y admirer des méduses. Roses, blanches, violettes, fluos... Les délicates formes flottant dans l'eau bleue ressemblent à d'étranges et gracieuses floraisons. Chaque tour possède désormais un aquarium-ascenseur, consacré à une espèce différente. À la tour Mexico, on admire des tortues de mer. À la tour Londres, des raies manta. À la tour Cortina, des murènes. Plusieurs études scientifiques ont démontré que la contemplation des aquariums, des poissons et autres espèces sous-marines diminue le taux de cortisol dans le sang, et donc, le niveau de stress. Les habitants de la dalle qui ont participé à l'étude de l'équipe « sciences cognitives » d'Oxford[1] ont été catégoriques. Ce

1. « Observing aquariums and diverse submarine species and diminution of stress and blood pressure », *Journal of Medicine and Neurosciences*, R. Kelly, A. Cerdan et N. Wakim, septembre 2037.

sont désormais dans les ascenseurs, jadis lieux de conflits de voisinage divers et variés, voire de déclarations de guerre par affiches interposées, qu'on organise les médiations pour régler les menus litiges.

(Une analyse plus fine des résultats montre que la contemplation des méduses se révèle plus efficiente que celle des murènes, le taux de cortisol ayant baissé 1,5 % de fois plus sur la population-test, ratio corrigé de l'âge et des pathologies des habitants.)

Les oiseaux de la Tour
Septembre 2045

Des touristes du monde entier se pressaient pour venir admirer la nouvelle dalle des Olympiades. L'endroit était devenu l'un des quartiers les plus recherchés de Paris, l'un des seuls vivables aussi : les températures avaient grimpé dans la capitale, l'été, on était à 50 °C en moyenne[1]. Le 13e arrondissement avait été classé forêt urbaine[2] :

1. Un impôt climatiseur a été décrété, pour limiter la température moyenne de Paris intra-muros. Seuls les plus riches peuvent se rafraîchir pendant l'été, ainsi que les salariés des entreprises du CAC 40 (les PME et TPE sont aussi soumises à l'impôt climatisation). Les plus pauvres ont colonisé les souterrains de la capitale, plus frais. Des logements ont été construits en dessous de la dalle de La Défense, mais aussi tout autour des lignes de métro et de RER. Les plus recherchés sont les souterrains en dessous de l'opéra de Paris, à cause de la rivière et des étendues d'eau qui rafraîchissent l'atmosphère.

2. Plusieurs îlots à Paris ont été convertis en forêt urbaine, l'ensemble du 19e arrondissement, devenu une extension des Buttes-Chaumont, ou le secteur Gambetta autour du Père-Lachaise

on avait planté 145 000 arbres dans ce qui était jadis Chinatown, pins, chênes, banyans, saules, séquoias, frênes, hêtres, noisetiers, châtaigniers, platanes... Et même des bambous[1].

Les anciens habitants de la dalle, qui avaient été pour la plupart expropriés et remplacés par de riches immigrés chinois et quelques millionnaires nigérians, n'auraient pu reconnaître les lieux. Les architectes avaient surélevé les Tours, qui atteignaient désormais 200 mètres de haut, puis les avaient drapées d'un corset de verre et d'acier, où s'entrelaçaient de complexes constructions végétalisées, balcons, vérandas et ponts suspendus en trompe l'œil. Un labyrinthe aérien diffractait la lumière en mille petites taches, se mêlant aux plantes grimpantes, glycines, roses pourpres, blanches, dorées. Parfois, en fonction de la position du soleil, on avait l'impression de voir d'immenses vaisseaux de verre, d'acier et d'herbe, prêts à s'envoler dans l'espace. Le soir, la vision était plus féerique encore, quand, à travers les fleurs et les plantes grimpantes, on

(pendant les périodes de grandes chaleurs, les Parisiens qui vivent à la surface se réfugient dans le cimetière pour profiter de l'humidité de la terre et des arbres, s'étendant pour dormir sur les dalles de pierre).

1. On trouve désormais des cèpes dans la forêt urbaine de Chinatown, sous les chênes et les châtaigniers. Seuls les habitants du 13e arrondissement sont autorisés à cueillir champignons et fruits. On a déploré des raids d'habitants du 5e arrondissement, punis de façon expéditive par les milices de voisins vigilants du 13e.

voyait s'allumer les fenêtres des habitants, pareilles à de minuscules lucioles clignotantes.

Le plus étonnant était le réseau de passerelles transparentes qui connectaient les Tours en hauteur et formaient un lacis complexe de tunnels et d'escalators en biais. Par temps clair, on pouvait distinguer les minuscules silhouettes des passants qu'on voyait marcher tête en bas, pieds aux plafonds.

Les rêves des concepteurs d'Italie 13 s'étaient enfin réalisés : la dalle était désormais dotée de plusieurs piscines. La plus spectaculaire de toutes, une piscine au sol transparent située juste au milieu des Tours, à laquelle était connecté chaque tunnel de verre. Pour y nager, les Parisiens non-résidents de la dalle devaient s'acquitter du prix exorbitant de 150 euros. Mais aligner les longueurs de crawl, en surplombant le vide, à 100 mètres de hauteur, était une expérience inoubliable.

Les nageurs avaient vue sur la dalle, devenue un verger florissant. Banyans, pommiers, cerisiers, rosiers, pamplemoussiers, citronniers, pêchers, se couvraient au printemps d'une mousse nuageuse de fleurs. L'été, une brume d'humidité tropicale se levait de cette jungle urbaine. L'odeur de ces essences de bois, des fruits lourds pendant aux branches et des fleurs était si pénétrante que le promeneur s'en trouvait étourdi. Et quand il pleuvait soudain (les pluies à Paris étaient désormais aussi sauvages que les pluies de mousson d'Asie) on entendait crépiter les gouttes d'eau sur les feuilles des arbres – *mua tam ta*, une pluie comme des vers à soie gonflés comme des outres, aurait dit Alice Truong.

Des puits de lumière avaient été creusés avec vue plongeante jusqu'au 7e sous-sol. Tout l'espace souterrain avait été réaménagé, avec plafonds et sols semi-transparents. Ce qui permettait à cet immense espace de bénéficier de lumière naturelle, un véritable luxe comparé aux autres sous-sols de Paris, où se concentraient les logements sociaux de la capitale. Il n'y avait plus de SDF. L'endroit était devenu le haut lieu de la consommation et des plaisirs. Le soir, de longues files de voitures attendaient devant la rue du Javelot et la rue du Disque. Millionnaires, mannequins, vedettes du cinéma et du showbiz : ils voulaient tous rentrer au « 8 », la boîte de nuit la plus branchée de Paris au 8e sous-sol des Olympiades. Cette boîte de nuit était silencieuse : les « clubbers » dansaient avec un implant dans la tête diffusant la playlist du lieu.

Seul vestige du passé : le temple bouddhiste du parking[1]. Le poisson peint sur le mur avait été coté 1,3 million d'euros. Le 13e arrondissement était devenu le terrain de jeux des artistes contemporains. Les façades des immeubles qui n'avaient pas été végétalisées avaient

1. Sur les autels des ancêtres, aux côtés des bâtons d'encens et des photos, des intelligences artificielles reconstituaient la personnalité des défunts et communiquaient avec les vivants en temps réel. Dans l'appartement 654 de la tour Melbourne, Minh Hoa, mère endeuillée, passe ses journées à dialoguer avec l'AI qui reconstitue son petit garçon mort.

été peintes ou graffées. De la végétation, des fresques multicolores, des arbres, des tableaux ou des sculptures : les Olympiades incarnaient le mariage parfait entre l'art et la nature.

L'endroit était aussi devenu un laboratoire écologique et sociétal. L'énergie du quartier était produite par des panneaux photovoltaïques discrets installés sur tous les toits des immeubles, les déchets organiques étaient compostés pour alimenter les potagers urbains. La préfecture de police avait érigé le 13e arrondissement en exemple, les agressions, vols ou incivilités ayant complètement disparu grâce aux centaines de milliers de caméras à reconnaissance faciale et aux drones minuscules suivant les faits et gestes de tous les visiteurs de la zone. L'entrée dans le quartier était filtrée. Des tests salivaires systématiques permettaient non seulement de vérifier que les visiteurs n'étaient pas porteurs de virus, mais également de tracer leur historique via leur ADN. Un péage devait ensuite être acquitté, taxe calculée en fonction de la note citoyenne. Le système de notation de citoyenneté, expérimenté avec succès en Chine, avait été généralisé depuis quelques années en France, avec l'assentiment de la population. Les citoyens s'étaient déjà habitués à évaluer chauffeurs de taxi, livreurs, commerces et services, il leur parut naturel de se noter les uns les autres. Ceux qui refusaient de noter ou d'être notés étaient suspects. Que ce fût pour l'obtention d'un crédit ou l'admission à l'université, l'historique de notation consigné dans le passeport biométrique était scruté. Tous les individus fichés pour une raison ou pour une autre – fiche S, casier judiciaire, outrage à agent – et dont la note était bloquée à 1 ou 2, étaient interdits d'entrée aux Olympiades. Toutes ces mesures innovantes avaient transformé le quartier en havre de sécurité. Contrastant avec le 16e arrondissement gangrené par la guerre de gangs entre les suprémacistes blancs et les mafias qataries.

*

Alan Wu était l'artisan du chantier pharaonique « Olympiades du futur ». Le créateur de Balio, le réseau social qui avait supplanté Facebook, 8e fortune mondiale, était l'un des premiers P-DG chinois à avoir atteint une notoriété internationale grâce aux vidéos devenues virales d'une assemblée annuelle devant ses employés[1]. Quand l'imprévisible Alan Wu avait quitté la Chine pour s'établir à Paris, tous les journaux télévisés

1. Souvent, Wu convoquait l'un de ses salariés sur scène pour l'affronter en karaoké sur du Kendrick Lamar, le vieux rappeur qui avait obtenu récemment le prix Nobel de littérature (succédant à Michel Houellebecq). Au terme d'un contrat de plusieurs millions, Alan Wu avait racheté le nom « Kendrick Lamar » et avait lancé en Chine des milliers de « Rap Academy Schools ». Aujourd'hui, par dizaine de milliers, les jeunes Chinois, qui jadis colonisaient les concours internationaux de piano, s'étaient lancés à l'assaut du marché du rap et des musiques urbaines. Tout le répertoire des artistes d'antan – Kendrick Lamar, Kanye West ou Jay Z – avait été traduit en chinois, langue qui désormais détrônait l'anglais dans la variété

lui avaient consacré leur une. Cela faisait longtemps que, de la Silicon Valley à Bangalore, en passant par Shanghai, plus personne n'investissait dans le Vieux Monde, et particulièrement en France. On se contentait de visiter l'Hexagone en touriste et d'inonder les réseaux sociaux de selfies devant Notre-Dame reconstruite après l'incendie[1], ou le Mont-Saint-Michel[2]. On avait l'impression de visiter une réserve d'indigènes et ça faisait de splendides stories Instagram. Mais de là à s'installer en France !

En France, où l'on avait gardé la conviction ridicule que le pays continuait à compter à l'échelle mondiale, on se félicita du choix du milliardaire qui validait ce concept hasardeux d'« exception française ». On s'étonna pourtant que Wu s'installât aux Olympiades. Les agents immobiliers tentèrent de le dissuader. En vain.

---

internationale. Les rappeurs asiatiques représentaient 75 % du marché des musiques urbaines.

1. La nouvelle flèche de verre de Notre-Dame de Paris a été financée par des capitaux privés, elle fait office de panneau publicitaire, s'allumant aux couleurs de Goldman Sachs, Mutuelles du Mans, Balio et Qatari Airways.

2. Le Mont-Saint-Michel a été racheté par Danone et transformé en hôtel de luxe. Les visites se font désormais avec un audioguide entrecoupé de publicités Danone. Incapable d'assurer financièrement la sauvegarde du patrimoine, l'État l'a cédé, bout à bout, à des capitaux privés. La tapisserie de Bayeux a été rachetée par H&M, le Sacré-Cœur par McDonald's, le Panthéon par Starbucks, les Invalides par Google qui teste un hologramme parlant incarnant Jean Moulin.

Pour le comprendre, il fallait remonter la généalogie[1] du milliardaire. Au siècle dernier, l'arrière-grand-oncle d'Alan Wu avait fui Cholon, à Saigon. Il s'était réfugié en France et avait élu domicile dans la tour Melbourne. Il écrivait régulièrement sur des missives au papier très fin et transparent – les courriers « by air mail » – à l'arrière-grand-père d'Alan, lui enjoignant de le rejoindre. La France, disait-il, était le pays où les Wu referaient fortune. Mao Zedong venait de mourir. L'arrière-grand-père d'Alan préféra rester à Guangzhou. La famille connut le début du « socialisme de marché », se tint prudemment à l'écart des mouvements dissidents comme celui de Tian'anmen. Dans les années 80 et 90, les *Wenzhou* et les Cantonais continuèrent d'immigrer vers l'Eldorado européen. Les parents d'Alan s'y refusèrent. Alan bénéficia du formidable boom économique du pays, créa son entreprise, devint milliardaire, tandis que ses cousins peinaient en France, ce minuscule pays au taux de croissance misérable, s'entêtant à racheter des bars-tabac ou des entreprises textiles moribondes. Certains étaient rentrés des années plus tard au pays natal. Amers de réaliser que la Chine avait avancé sans eux. Ils avaient immigré au mauvais endroit, au mauvais moment.

Alan Wu s'était pris de passion pour les Olympiades, ce quartier si particulier dans Paris qui avait abrité les rêves et les désillusions de ses compatriotes. Il était

1. Sur les Wu, voir la note 1 p. 33 et la note 1 p. 48.

sensible à la poésie indéterminée des grands ensembles. Le Paris bourgeois des beaux quartiers, fossilisé dans l'adoration du passé, le laissait froid. Ce qui le faisait vibrer dans une ville, c'était sa capacité à se métamorphoser. Alan Wu avait été fasciné par la transformation de Pékin. La ville s'était agrandie, de cercle concentrique en cercle concentrique, on en était désormais au périphérique 20, le métro parcourait 150 kilomètres à partir de la place Tian'anmen, la ville avait grignoté ses environs, immense mégalopole traversée de routes telles les artères et les veines d'un corps, constellée de Tours toujours plus hautes.

Wu s'était installé au 35e étage de la tour Melbourne. De là-haut, la vue était fabuleuse, avec devant lui tout Paris, la tour Eiffel, le Sacré-Cœur. Il y avait aussi sa célèbre volière. C'est là que les oiseaux des Olympiades nichaient. Ils chantaient dès le matin et le soir, autour des Tours, on les voyait voler et tournoyer dans le ciel. Les Olympiades étaient devenues l'une des premières réserves ornithologiques de France. Les oiseaux étaient enfin revenus en ville.

C'était l'objectif premier du milliardaire. Réintroduire les oiseaux en ville et dans les campagnes. Wu s'inquiétait depuis longtemps de l'extinction programmée des oiseaux. Après les abeilles décimées par certains pesticides, on avait constaté une chute drastique de la population des insectes, ce qui peu à peu avait entraîné la mort des oiseaux, affamés. Les seuls à être épargnés par cet holocauste aérien furent les corneilles, pigeons et autres mouettes se nourrissant de déchets humains. En revanche, les fauvettes, tourterelles, mésanges, hirondelles, bergeronnettes avaient pratiquement déserté les campagnes. Mais c'est la disparition des moineaux qui avait le plus frappé les esprits. En 2040, le dernier moineau de Paris était mort[1].

Dans toutes les grandes villes, le *Passer domesticus* s'était effacé de la mémoire collective. Les moineaux avaient été remplacés par les corneilles qui éventraient les poubelles dans les squares, puis s'envolaient, leur butin dans le bec, ou par les pigeons, de moins en moins farouches, qui colonisaient fenêtres, balcons et places. Les pigeons étaient devenus si nombreux, place de la République ou de la Nation qu'il devenait de plus en plus compliqué d'y déambuler, on déplora même plusieurs attaques de piétons par ces agresseurs ailés. La Ville de Paris tenta alors de les empoisonner pour freiner leur prolifération. Il était fréquent de voir un pigeon pétrifié gisant sur le trottoir.

---

1. Le moineau était pourtant jadis très répandu dans les rues parisiennes. On l'appelait alors « piaf », et ce mot d'argot était même devenu synonyme d'« oiseau ». Au siècle dernier, une chanteuse avait voulu adopter comme nom de scène le nom de « moineau », mais comme il était déjà pris par une concurrente, la « môme Moineau », elle s'était décidée à se faire appeler « Piaf », Édith de son prénom. Elle deviendrait célèbre par le monde, et ses chansons un symbole de la France éternelle. L'éclectique Alan Wu était fan d'Édith Piaf. Il avait repris l'un de ses succès, « L'hymne à l'amour », en rap, et en chinois. Il était d'ailleurs désormais interdit aux musiciens du métro Olympiades de défigurer cette chanson sous peine d'amende.

Alan Wu avait été très marqué par les récits de ses grands-parents sur la mort des oiseaux : lors du Grand Bond en avant, Mao avait décidé de lancer la campagne des Quatre Nuisibles, destinée à éradiquer moustiques, rats, mouches et moineaux, afin d'améliorer les rendements de riz. Dans les écoles, on incitait les petits écoliers à revenir avec des queues de rat, chaque rat exterminé permettant de gagner un bon point. On distribuait du DDT et d'autres insecticides à tous les enfants. Les moineaux, accusés de manger les graines de céréale, représentaient le plus grand « fléau ». Tous les hommes et femmes, valides et invalides, furent appelés à se mobiliser pour la campagne « Tuez les moineaux ». Au nom du patriotisme, toute la population fut incitée à traquer les nids et en détruire les œufs. Un expert soviétique ayant expliqué qu'un moineau ne pouvait voler plus de deux heures et demie sans s'épuiser, consigne fut donnée au peuple de faire le maximum de bruit pour les empêcher de se poser et les faire mourir d'épuisement. Pendant quelques jours, hommes, femmes, enfants, vieillards, tapèrent sur des casseroles, des chaudrons, des marmites, des gongs, des tambours, tirèrent des pétards, pour apeurer les volatiles. Pendant des jours, un vacarme s'éleva comme on n'en avait jamais entendu. Les moineaux tombaient du ciel les uns après les autres. On entassait les cadavres dans des bennes à ordures. Le Grand Timonier n'avait pas prévu que la mort des moineaux entraînerait une prolifération d'insectes et de criquets, qui détruisirent les récoltes. La famine tua 30 millions de Chinois.

Un siècle plus tard, le rêve de Mao d'une terre sans oiseaux semblait réalisé. La disparition progressive des insectes, le bruit de la ville, mais aussi les ondes des téléphones et d'Internet, le wifi, la 8G, avaient contribué à une éradication progressive du moineau. L'oiseau ne parvenait plus à se reproduire. Les œufs n'arrivaient jamais à maturité.

La France entière s'était en revanche prise de passion pour ses chiens, à tel point qu'une association de lobbying pro-canin avait suggéré que Marianne, symbole de la République, prît les traits d'une chienne. Les recommandations sanitaires invitaient à courir avec son chien pour diminuer les risques cardiovasculaires. Les avenues avaient été aménagées avec des cani-couloirs, jouxtant les pistes cyclables : on y pratiquait avec passion le canicross ou la canitrottinette. Les rares Parisiens rebelles qui refusaient de vivre avec un chien étaient regardés avec suspicion et payaient des malus à leur mutuelle santé. Pourquoi une telle passion pour les chiens et une telle indifférence pour l'oiseau ? Mystère.

Alan Wu avait décidé de réintroduire le moineau dans la capitale. Voilà pourquoi il avait embauché une équipe d'une trentaine d'experts parmi les plus pointus. Plusieurs étages des Tours furent transformés en volière. Les nuisances sonores réduites au minimum. Toute la zone des Olympiades était interdite aux voitures ou scooters non électriques, et les habitants qui dépassaient le seuil de 1db devaient payer une amende[1]. Les casques étaient

1. Les fêtes du Nouvel An avec le dragon de papier furent maintenues, mais il était désormais interdit de faire éclater des pétards, et

obligatoires pour les habitants souhaitant écouter de la musique ou regarder la télé. Une dérogation fut accordée aux flûtistes : les ornithologues avaient remarqué que le son de la flûte traversière plaisait aux oiseaux, qui chantaient de concert avec l'instrument (les oiseaux aimaient particulièrement Debussy et Ravel). En quelques années, le quartier devint le plus calme de toute la capitale. Toute la journée, on n'entendait plus que le chant des oiseaux. La nuit, tous les éclairages étaient éteints pour reproduire l'obscurité des campagnes et favoriser la reproduction des volatiles.

Un site d'observation avait été installé pour venir admirer les linottes mélodieuses, les chardonnerets élégants, les grives musiciennes, les bruants jaunes, les tourterelles des bois et tant d'autres espèces oubliées. À côté de la dalle, un immense étang artificiel avait été installé avec des flamants roses, qui, le soir, à la lumière du crépuscule, se dressaient, gracieux et immobiles. Les moineaux offraient le spectacle le plus réjouissant. Voletant autour des Tours, dans les rues, sur les dalles, petites taches grises sautillantes et canailles, ils sifflotaient, rivalisant de trilles audacieux.

*

Dans le nichoir tout en haut de la tour Melbourne, Adèle soignait un moineau blessé. D'une main de

---

toute autre activité bruyante – tricycle, jeux de balle, cris, scènes de ménage, pratique musicale – était proscrite.

dentellière, elle ajusta l'attelle sur l'aile brisée de l'oiseau. Le volatile était blotti dans sa paume, petite boule de plume frémissante et effrayée. Elle sentit l'animal se rassurer au contact de ses doigts.

Le monde des oiseaux était captivant. Les chercheurs n'avaient pas encore percé les mystères de leur intelligence collective, notamment lors des grands mouvements de migration : il n'y avait aucun leader dans ces immenses essaims d'oiseaux, qui, comme des nuées fantomatiques, s'éployaient dans le ciel, connues sous le beau nom de « murmurations ». La destination finale, les dangers, la direction : l'information allait des uns aux autres selon un vocabulaire encore inconnu. Chaque espèce élaborait une musique et des vocalises différentes en fonction des périodes de sa vie et, par un miracle étonnant, parvenait à dialoguer l'une avec l'autre, comme le violoniste sait s'apparier avec la flûte ou la clarinette dans l'orchestre, sans avoir besoin de mots[1].

Les oiseaux étaient pareils à ces migrants tentant d'atteindre un pays étranger, foule bigarrée venue d'ailleurs, concerts de langues et sonorités exotiques. Adèle se souvenait parfaitement des berceuses roumaines d'Ileana dont elle ne comprenait pas le sens, mais dont elle

1. Même le grand Messiaen, qui avait transcrit quelque 400 chants d'oiseaux, tentant de reproduire les notes, le rythme de leurs trilles, n'était pas parvenu à capturer la complexité de ce langage dans ses magnifiques « Oiseaux » : les notes que chantaient les oiseaux ne figurent pas sur le piano.

connaissait toutes les paroles par cœur. Elle aimait le français chantant de cette femme qui lui avait tenu lieu de mère. Pendant toute son enfance, Ileana lui avait raconté des histoires, l'avait baignée, soignée, nourrie, figure constante et stable du foyer.

Pendant des siècles les mères n'avaient pas élevé leurs enfants, les confiant à des nourrices. C'est exactement ce que faisait le coucou gris, se disait Adèle. Cet oiseau parasite ne construit jamais son propre nid, éjecte ses œufs dans celui d'un parent adoptif qui lui semble le plus à même d'élever sa progéniture, gobe-mouches, bergeronnettes, rousseroles, qu'importe[1]. Sa mère avait elle aussi déniché le parent-hôte idéal, Ileana.

Jusqu'au jour où Ileana avait disparu. La petite fille l'avait attendue si longtemps, guettant sa silhouette familière dans la cuisine, traquant l'odeur du chocolat chaud qu'elle lui préparait pour le goûter. D'autres nounous s'étaient succédé. Adèle se garda de s'attacher à elles de peur d'être trahie à nouveau. À 12 ans, elle fut envoyée en pensionnat en Angleterre, pour parfaire son anglais et obtenir un double diplôme. Ses parents se séparèrent.

---

1. Le coucou femelle prend son temps avant de choisir le meilleur hôte, observant son comportement, sa capacité à nourrir ses petits et leur permettre de quitter le nid. Et pousse la cruauté jusqu'à subtiliser un œuf de son hôte et le pousser hors du nid, bref, à le tuer, pour le remplacer par le sien pour être sûre que sa progéniture sera choyée.

Les oiseaux étaient plus conservateurs que les humains en ce qui concernait la gestion de leurs relations amoureuses. Leur monogamie – ils étaient à 95 % monogames, contre environ 5 % des mammifères – fascinait Adèle. Les raisons étaient biologiques. Une couvée avait plus de chance de survivre si elle était protégée par un couple stable, la fidélité permettant à chaque partenaire de se concentrer sur son objectif : défendre sa progéniture. Pendant que l'un chassait, l'autre gardait la couvée. Et vice versa[1]. Une étrangeté merveilleuse pour Adèle qui avait grandi dans un monde où les humains, de plus en plus solitaires, papillonnaient d'un corps l'autre, d'une appli à l'autre, lassés avant même d'avoir consommé leur union. Plus personne n'essayait de se lancer dans cette aventure folle, construire un couple puis une famille. C'était fichu d'avance, l'être humain n'était pas fait pour copuler avec un seul partenaire. On avait bien tenté de séparer la famille et le sexe, mais supporter à vie le co-parent était contraignant. On préférait désormais procréer en solo.

Le divorce de ses parents n'affecta pas Adèle. Ils la laissaient tranquille. Ils furent un brin surpris quand elle se spécialisa en ornithologie. Après une thèse brillante, elle était partie en Ouganda, l'un des pays abritant les dernières colonies d'oiseaux sauvages. Elle était devenue une des expertes mondiales du bec-en-sabot du Nil, le

1. Chez la tourterelle, les rôles étaient indifférenciés entre le père et la mère. Chez les oies, les liens familiaux persistaient même une fois que les oisillons étaient sortis du nid.

Balaeniceps rex, un oiseau dont il ne restait plus qu'une centaine d'individus. Le *Balaeniceps rex*, un autre monogame, avait poussé l'obsession de la reproduction de l'espèce jusqu'à tuer ses frères et sœurs, avec la bénédiction de ses parents, qui savaient qu'ils ne disposaient pas de suffisamment de ressources pour élever plus d'un bébé. Elle aurait pu terminer sa vie là, en Ouganda. Reposer son regard dans ses paysages infinis de brousse, ses crépuscules vibrants, fixer le ciel aux teintes de lait caillé, observer les colonies d'oiseaux bruyants qui formaient des escadrons aux formes sibyllines.

Mais Alan Wu lui avait offert un poste d'ornithologue en chef, avec le défi fou de réintroduire les oiseaux dans la capitale, aux côtés des plus grands spécialistes de la planète, comme Jean Rolin, l'expert du traquet kurde. Impossible de refuser. Cela faisait un an qu'elle était rentrée à Paris. Elle avait revu son père pour Noël. Même restaurant trois étoiles, avec grands crus et plats raffinés pour meubler les silences. Il avait vieilli. Son menton faisait des plis. Elle avait eu pitié de lui.

En un an, elle n'avait croisé sa mère qu'une seule fois, en coup de vent. Leur rituel consistait à se laisser des SMS sur leurs messageries avec des emojis souriants. Elles ne se parlaient plus que rarement de vive voix. Ce soir pourtant, impossible d'esquiver. Sa mère avait insisté pour qu'elle fût présente à l'inauguration de sa dernière start-up.

La mère et la fille se reverraient donc ici, dans la tour Melbourne. Aux Olympiades. Ces fameuses tours qui avaient fait la fortune de Jean-Philippe Trudaine, son grand-père.

*

Victor Truong s'était perdu dans les couloirs. Il tenta de trouver l'escalier. Il avançait, à petits pas, tournicotait, pareil à une boussole détraquée. Il cherchait la sortie. Dans ce rêve récurrent qui avait hanté ses nuits, il était perdu, dans une tour immense, un dédale labyrinthique de portes et de couloirs aveugles, il voulait rentrer à la maison, au Vietnam, mais à chaque fois qu'il ouvrait une porte, il se retrouvait face à un mur de brique. La vie était devenue semblable à ce rêve. Il marchait dans un couloir. Mais où était-il ? Que faisaient ces silhouettes blanches de femmes toquant de porte en porte ?

Les années avaient passé, ses jambes peinaient à le porter, mais ce sentiment de ne « pas s'appartenir » était le même. Pourtant, il la connaissait la Tour, devenue sa seule et unique maison. *Nha* : maison, famille, pays, le nous. Le *nha* était désormais concentré dans cet espace de béton de la Tour, au 5e étage. Et pourtant le décor avait imperceptiblement changé.

Où était-il ? Où étaient les escaliers ? Les portes battantes se succédaient. Il les ouvrit une à une. Rien. Et que faisaient ces femmes en blanc, avec leurs sabots en plastique ? En désespoir de cause, il tenta de revenir à son point de départ. L'appartement. Il fallait retrouver Alice. Elle saurait. Il avait peur : si Alice avait disparu ?

Les femmes en blanc poussaient des chariots avec des serviettes et des couches, des fantômes inquiétants avec leurs sabots en plastique bleu, rose ou blanc. Pourquoi tous les appartements gardaient-ils les portes ouvertes ? Pourquoi les voisins poussaient-ils des cris ? Les femmes en blanc le grondèrent. « Il va où le monsieur ? Non, ça ne va nulle part là-bas. On va revenir à la 460, monsieur, d'accord ? »

Il fut soulagé de les laisser le guider. Il était un peu inquiet, néanmoins, car les femmes en blanc sauraient désormais où il habitait, il y avait tant de cambriolages dans la Tour. Mais il oublia vite sa peur tant il était heureux de retrouver ses repères. La chambre. L'autel des ancêtres avec les photos de ses parents. Et surtout, la vision de la femme qu'il avait toujours aimée. Alice. Elle était prostrée devant l'autel et priait. Et sa voix qui psalmodiait les incantations douces et murmurantes, l'apaisait.

Demain, quand l'aube blanchit la…

Qu'est-ce qui venait ensuite ? Il avait le mot sur le bout de la langue. Parfois des bouts de phrase en français lui parvenaient. Les langues se mélangeaient dans sa tête, mais le français peu à peu s'estompait, gommé par le vietnamien de l'enfance.

Demain, quand l'aube blanchit la…

Il se souvenait qu'il avait aimé les sons, les mots, cette musique, ce rythme. Qui avait dit ça ? Pourquoi lui revenait toujours cette ritournelle, telle une chanson étrangère et pourtant familière ?

Demain quand l'aube blanchit quoi ?
Quelle aube ? Que se passerait-il demain ?
Quel jour était-on ? Quand ?

*

Peut-être valait-il mieux ne pas leur expliquer. Anne-Maï en venait à cette conclusion quand elle allait voir ses vieux parents dans cette maison médicalisée pour patients Alzheimer, dans la Somme. À chaque fois, la culpabilité la rongeait. Elle aurait voulu les voir vieillir ailleurs, autrement. Alors elle préférait jouer à « on dirait qu'on était », comme lorsqu'elle était petite. On dirait qu'on était revenus à la maison, dans la Tour, aux Olympiades. C'est ce que croyaient les parents. Il fallait juste accepter de faire semblant.

Comme beaucoup d'anciens habitants des Olympiades, les Truong avaient été obligés de quitter les Tours quelques années auparavant. Ils ne pouvaient plus payer les charges. Tout le 13e arrondissement était désormais hors de prix. La famille – les vieux Truong, Anne-Maï, Ileana et leur fille – avait été contrainte de déménager près de Calais. Il y avait encore plus d'étrangers à Calais qu'aux Olympiades, la petite ville du Nord était devenue la plaque tournante de l'Europe migratoire, une immense gare de triage où des grappes d'humains erraient, désœuvrés, attendant un passage en Angleterre qui ne se ferait jamais, espérant en vain le statut de réfugié climatique. Mais les prix y étaient encore abordables, l'endroit, central, permettait de desservir facilement plusieurs capitales européennes. Une importante communauté vietnamienne s'y était installée. De ceux qui n'avaient jamais réussi à atteindre Londres et qui avaient fait souche là, juste devant la Manche. On trouvait donc des épiceries asiatiques, des herbes, des denrées exotiques. En plus, on voyait la mer. Grise et sauvage, crémée d'écume blanche, ridée par les vagues qui venaient lécher le sable rugueux des plages désertes.

Elle avait trouvé pour eux un petit appartement en rez-de-jardin, tout près du sien. Avec un petit carré d'herbe. Ses parents avaient toujours été jaloux du petit jardin du pavillon de Lognes, où habitait la famille de Lam le taché. Il n'y avait même pas de balcon dans la Tour, rien pour faire pousser leurs plantations, et sa mère soupirait souvent, contemplant ses pots d'herbes aromatiques qui souffraient du chauffage central. Le petit coin d'herbe dans le pavillon de Calais était bienvenu. Mais Alice n'y planta jamais rien.

Les époux Truong ne supportèrent pas cet ultime déracinement. En quelques années, le couple perdit pied. En quelques mois, Victor ne reconnut plus Rosa, la fille qu'Anne-Maï avec eue avec sa compagne Ileana. Victor balbutiait encore quelques vers de Hugo. Puis l'oublia.

Alice lâcha prise elle aussi. Restait entre eux cinquante ans de vie conjugale, d'habitudes et de tendresse partagées, si bien qu'oublieux de tout, de leurs noms, de leurs histoires, l'un ne se sentait en sécurité qu'en présence de l'autre.

Anne-Maï les installa chez elle, avec Ileana et Rosa, espérant que leur petite-fille les raccrocherait à la vie. Anne-Maï se souvenait de l'époque où elle avait réemménagé chez ses parents après avoir été licenciée de l'Entreprise. Les rôles s'inversaient. Ses parents étaient devenus ses enfants. Des enfants perdus aux cheveux blancs, jumeaux aux visages ridés, où luisaient des yeux devenus gris clair affectés par la cataracte. Le soir, une seule chose les apaisait : écouter Ileana jouer du piano. Alice chantait alors de drôles de mélodies en vietnamien. Ils avaient l'air heureux.

Victor se mit à fuguer. Anne-Maï et Ileana craignaient qu'il ne se fît renverser par une voiture. Elles lui accrochèrent un bracelet GPS mais il l'arrachait. Parfois, les policiers le ramenaient au domicile, en grommelant. Victor s'en offusquait. Ça dégénérait. Le vieil homme piquait des crises à chaque fois qu'il apercevait un uniforme. Persuadé qu'on le poursuivait pour l'envoyer dans un camp de rééducation.

Anne-Maï prit la décision de fermer la porte à double tour à chaque fois qu'elle quittait la maison. Un jour, Victor fit un esclandre, tambourina contre la porte, criant à l'aide et hurlant à la mort, tandis qu'Alice, paniquée, hurlait de concert. Des voisins appelèrent la police. Les policiers menacèrent Anne-Maï. Ils n'avaient pas que ça à faire, s'occuper d'un vieux chinetoque qui perdait la boule. Son père n'était plus autonome, il y avait des institutions qui accueillaient ce genre de malade, elle devait prendre ses responsabilités. Ou bien on la contraindrait à le faire. Anne-Maï n'eut pas le choix.

La « Résidence des Houx sauvages » n'avait rien de bucolique. C'était une maison triste comme le sont ces endroits où l'on emprisonne la maladie et la mort. La mémoire des Truong s'y effilocha jour après jour. Quand Anne-Maï, Ileana et Rosa allaient les voir, ils les appelaient madame et mademoiselle. Alice chantait, le regard perdu.

Rosa avait décidé d'enregistrer ses grands-parents. Un jour qu'elle était en train de leur montrer une vidéo d'eux, tous ensemble, elle reçut sur son smartphone une notification. Apparut la Tour, dans un étourdissant jeu de lumières. Une fête y était organisée. Avec d'immenses bannières et un logo où était inscrit le mot « Story Me ». Une jeune femme posait, entourée d'oiseaux. Ileana se pencha vers ce visage. Il lui était familier. Mais elle n'arrivait pas à l'identifier. Anne-Maï demanda à Rosa d'éteindre le smartphone.

*

La fête des trois ans de Story Me était l'événement dont tout Paris parlait.

À sa tête, la serial entrepreneuse Armelle Trudaine, sexagénaire, était une ancêtre dans le monde du Web.

Mais personne ne lui résistait. Alan Wu avait participé à la levée de fonds. Le milliardaire chinois avait investi 1 milliard de dollars dans Story Me. Story Me fêtait ses trois ans, une valorisation de 10 milliards de dollars, 300 millions d'utilisateurs, des taux de croissance ahurissants. Tout le monde voulait être « story-é ».

Armelle Trudaine était une star du monde des affaires. Après une carrière florissante, elle avait lancé son propre cabinet de conseil à 40 ans, tout en écrivant des livres de management. Son best-seller *Freedom Power* s'était vendu à 1 million d'exemplaires. Sa thèse était toute simple : il fallait supprimer les procédures de licenciement. On n'allait plus licencier les salariés, mais les « libérer ». Dans un rituel exaltant, l'employeur convoquait le salarié qui n'était plus en mesure de réaliser son potentiel au sein de l'entreprise, puis il le remerciait et l'embrassait. Il le libérait. Ainsi, le salarié était revalorisé. Il était libre de trouver un nouvel emploi, de se réinventer, de revivre, enfin. Désormais, dans les entreprises, il n'y avait plus d'« entretien de licenciement ». Mais tout simplement des « entretiens de libération ». Les entreprises se mirent à organiser, à l'occasion de congrès, des séances collectives de libération, où des centaines de salariés étaient libérés d'un coup, sous les caméras.

Grâce à la libération du travail, on fit disparaître les statistiques du chômage. Au lieu de pointer à des rendez-vous asservissants à Pôle emploi (depuis longtemps fermé

– ou plus exactement libéré en vertu de la nouvelle doxa), ils se réinventaient. Se démultipliaient, même. *Multi-jobber* était le nouveau terme à la mode qui désignait l'individu moderne capable de cumuler plusieurs métiers en une journée.

Il existait désormais des milliers de plateformes de micro-jobs divers et variés permettant à n'importe qui, pourvu qu'il eût assez d'énergie, de vendre son temps, ses bras et ses compétences aux plus offrants. Chaque individu était une place de marché. Et pouvait dans la même journée faire le livreur de repas pendant une heure, être chauffeur, donner un cours particulier de français, quatre heures de conseil en stratégie, trois heures de webdesign.

Des algorithmes d'enchères instantanées permettaient d'optimiser les fixations de prix et d'harmoniser l'offre et la demande. Le gagnant : le consommateur. On vivait désormais dans un monde où tout s'achetait, tout se vendait, à n'importe quelle heure du jour et de la nuit. La ville fonctionnait sans interruption, une ruche bourdonnante où il était possible de consommer 24 heures sur 24. On consommait plus, on dormait moins. Les casques de réalité virtuelle simulant le repos, les coachs de sommeil, les progrès de la science et notamment de la Ritaline, jadis administrée aux enfants hyperactifs mais aujourd'hui à toute la population[1], avaient permis de diminuer de deux

1. Ritaline et casque de réalité virtuelle sont distribués gratuitement à la population du dessous, celle qui habite les souterrains de la ville. L'absence de lumière naturelle permet aux habitants du

heures la durée moyenne nécessaire de sommeil, laquelle pouvait être diurne, permettant ainsi une meilleure allocation des temps de travail.

La libération des salariés avait été adoptée mondialement. Armelle aurait pu s'arrêter là. C'était mal la connaître. À l'heure où certains prenaient leur retraite, elle se lança dans l'entrepreneuriat. Créer de nouvelles entreprises lui donnait l'impression de renaître, de lutter contre le vieillissement qui minait son corps, sa peau, son visage. La vie était une guerre, elle ne cesserait pas le combat. C'est ce qu'elle avait tenté d'expliquer à sa fille.

Armelle n'arrivait plus à se souvenir qu'elle avait un jour porté cet enfant. Les jeunes femmes d'aujourd'hui payaient des mères porteuses : comme elle les comprenait ! Maintenant que sa fille était adulte, Armelle ne ressentait plus ce poison de la culpabilité qu'on appelait « instinct maternel ». Leur relation était apaisée, distante, réduite à l'échange de messages tapotés sur un quelconque réseau. Elle avait été étonnée qu'Adèle acceptât l'offre d'Alan Wu. Elle avait insisté pour qu'elle vînt à l'inauguration de Story Me : Alan Wu avait une espèce d'attachement vieux jeu aux valeurs familiales, il n'aurait pas compris que la fille fît faux bond à la mère.

---

dessous de dormir en pleine journée et de travailler en pleine nuit, les casques leur permettant de régler leur sommeil à leur guise, et de donner l'illusion de vivre dans le monde des riches, à la surface.

L'idée de Story Me était née un soir d'hiver. Armelle avait failli se casser la jambe, en butant contre un SDF endormi sur une bouche de métro. C'était une vieille femme. La malheureuse n'avait même pas une petite assiette pour récupérer de la monnaie, ni une pancarte pour réclamer de l'argent. Rien. Juste à côté, dans le métro, un musicien qui jouait de la harpe celtique avait déjà récolté 50 euros. D'où son idée : lancer une application de *crowdfunding* pour SDF.

Sur l'appli My Homeless Homie, on pouvait swiper sur des profils de SDF, comme sur Tinder, rangés par catégories, toxicomanes, migrants, femmes battues, homosexuels rejetés par leurs familles et envoyer des *matchs* si l'on souhaitait virer 10 dollars, 20 dollars ou plus par PayPal ou n'importe quel autre système de paiement sans contact. La concurrence était féroce. Jade, une jeune fille victime d'inceste, placée en foyer, et désormais à la rue, avait pu lever 13 000 euros en deux semaines : son visage angélique et son histoire poignante avaient obtenu 5 millions de pages vues. Le taux de conversion fut excellent : 76 % des visiteurs donnaient de l'argent après avoir lu l'histoire de Jade. Ce n'était pas le cas de Fred, ancien toxicomane séropositif, dont l'histoire dramatique aiguisa la curiosité de nombreux lecteurs, mais qui n'avait pas réussi à se rendre suffisamment aimable pour la convertir en argent. Les statistiques d'audience du site explosèrent rapidement. Mais pour alimenter My Homeless Homie, il fallait des histoires.

Armelle envisagea de mettre à disposition des SDF des caméras portatives GoPro miniatures pour les laisser filmer leur quotidien en direct. Désastreuse idée : les images, floues et mal cadrées, étaient inexploitables. Les SDF revendaient les GoPro pour acheter de l'alcool ou des clopes. Elle tenta de remplacer les GoPro par des drones. Mais les SDF ne supportaient pas de voir les machines bourdonner autour d'eux. Ils jetaient des cailloux et bousillaient le matériel. Armelle comprit rapidement que même si les SDF avaient de bonnes histoires à raconter, ils étaient incapables de le faire eux-mêmes. My Homeless Homie était alors devenue Story Me, une immense place de marché qui mettait en relation les SDF avec des « Story-ers », qui les aidaient à inventer la meilleure histoire et seraient payés au nombre de clics.

Recruter les « story-ers » se révéla très simple. La plupart des médias traditionnels avaient fait faillite. Le marché pullulait de journalistes compétents acceptant de brader pour quelques euros leur force de travail. Certains raconteurs d'histoire avaient d'ailleurs réussi à tirer leur épingle du jeu. Virgile Ebenkasoh s'était spécialisé dans le marché des migrants. L'homme, à l'âge indéterminé, était une légende. On disait qu'il était arrivé sans papiers en France et qu'il avait, les premières années, squatté dans le parking de la tour Melbourne. À force de se fabriquer des vies, de jongler avec les identités, Virgile ne devait plus savoir lui-même qui il était vraiment. Il avait plusieurs passeports, nul ne savait d'ailleurs s'il se prénommait réellement Virgile. Grâce à son talent de fabricant d'histoires, Virgile était devenu propriétaire au sein de la tour Melbourne. Il habitait un beau 60 mètres carrés, au 23e étage. Le marché des réfugiés et des migrants qu'avait défriché Virgile s'était avéré lucratif pour Story Me. Au départ, il s'agissait juste de mettre en avant des réfugiés aux parcours tragiques et de récolter des dons de la part de particuliers, afin de les aider à trouver un abri ou un emploi. Il était aussi possible de voter en ligne pour savoir si un individu méritait d'avoir un titre de séjour dans le territoire. Après quelques mois de protestations – les officines gouvernementales et l'OFPRA bataillaient pour garder leur monopole sur l'attribution des titres de séjour –, Story Me avait gagné l'appel d'offres du gouvernement visant à réguler l'entrée des migrants. Dans une logique d'« immigration choisie », il s'agissait de n'accueillir que les meilleurs, ou au moins, ceux qui étaient capables de se vendre de façon efficace pour attirer l'intérêt de leurs concitoyens, trouver un employeur éventuel, un sponsor. Les candidats à l'asile étaient maintenant tenus de se « storyer » afin de se confronter aux votes des internautes. Ils payaient Story Me pour être hébergés sur le site et avoir leur histoire bien référencée dans la *home page*, ce qui augmentait leurs chances d'obtenir l'asile, puis, plus tard, la nationalité française. De l'avis de tous les spécialistes, Story Me allait certainement remporter l'appel d'offres « naturalisation ». La naturalisation était encore la chasse gardée du ministère de la Justice, mais ce dernier, désossé par les multiples coupes budgétaires, ne risquait pas d'opposer une concurrence très sérieuse à Story Me.

Voire à être complètement avalé par la start-up ? Le nombre de magistrats avait été divisé par trente. Les tribunaux croulaient sous les dossiers. Un procès n'était-il déjà pas l'endroit où se confrontaient plusieurs récits ? Celui de la défense et celui de l'accusation ? Bientôt, plaidait Armelle, les justiciables seraient amenés à se storyer eux aussi, victimes ou prévenus, pour se soumettre au vote d'un tribunal populaire massif sur Internet.

*

19 heures. Armelle était arrivée, impeccable dans son tailleur, elle n'avait pas pris un gramme avec les années, et ses multiples opérations de chirurgie esthétique l'avaient congelée dans un âge incertain. Adèle n'était toujours pas descendue, encore occupée avec les oiseaux.

Ce soir, un écran clignotait affichant la moyenne de notation des convives : 4,5 ! Un record ! La fête était annoncée comme l'événement de l'année, chacun s'empressait de poster selfies et commentaires sur son réseau. Les audiences cumulées devaient atteindre le milliard de vues. Chacun consultait fébrilement ses statistiques, les convives savaient que le stream de la soirée serait une occasion en or pour améliorer leur popularité numérique. Un murmure parcourut l'assemblée. L'une des stars de la soirée, Clément Pasquier, aka l'Homme-Chien, était arrivé, avec son compagnon, le gourou Liêm.

L'Homme-Chien laissait pendre sa longue et maigre chevelure rousse le long de son corps osseux. Habillé tout en cuir, il était tenu en laisse par le gourou Liêm. Ce dernier, pieds nus, crâne rasé, visage presque entièrement lisse – le botox ou la méditation ? – avait 60 ans mais en faisait vingt de moins. Comme à chaque apparition publique, le couple fut assiégé de fans réclamant un selfie avec les vedettes.

Les écrans suspendus dans la salle se mirent à clignoter fiévreusement. On avait pulvérisé le record : 4,8 !

Théoriquement, Clément et Liêm n'auraient pas dû être autorisés à rentrer dans le quartier des Olympiades, l'un et l'autre étant fichés comme anciens condamnés, mais la célébrité rebattait toutes les règles d'évaluation.

Clément Pasquier et le gourou Liêm étaient devenus célèbres alors qu'ils étaient codétenus à Fleury-Mérogis. Liêm avait d'abord percé sur YouTube grâce à ses vidéos de *workout* en direct de sa cellule filmées depuis son téléphone portable. Quand, en plus, il se mit à rajouter des vidéos de yoga, enchaînant les *asanas* les plus acrobatiques, toujours de sa cellule, ce fut un tsunami. De musulman, Liêm devint bouddhiste : il fut bientôt submergé de demandes de sponsoring et de publicité.

Sur ces vidéos, on distinguait une ombre grise prostrée sur le lit. L'ombre ne disait pas un mot, se contentant de grogner. Le mystère de cet homme sans visage grognant sur son lit passionna les internautes. Qui était-il ? Un jihadiste ? Un violeur ? Un braqueur ? Un fou ? On lança des paris, des sondages, on rédigea des tribunes et des poèmes, sur les plateaux de télévision des écrivains, des sociologues et des journalistes glosaient sur l'homme-grognant-sur-son-lit, métaphore de la société moderne, passive/agressive. C'est Liêm qui révéla l'identité de son codétenu. Il s'agissait de Clément Pasquier, l'homme qui avait agressé Michel Houellebecq le 15 septembre 2020. L'audimat explosa.

À l'époque de son procès, l'homme avait gardé le silence. L'enquête n'avait pas été probante : les enquêteurs n'avaient jamais retrouvé d'arme. Avait-il vraiment crié Allahou akbar en se jetant sur l'écrivain pour le mordre ? Ne s'était-il pas plutôt jeté sur le chien ? Les témoignages étaient flous. Certes, l'homme avait consulté des sites évoquant le Coran, et même quelques sites de propagande jihadiste, mais il surfait également assidûment sur des sites suprémacistes ou animalistes. Qu'importe. Le chien de l'écrivain avait été tué dans l'agression, abattu accidentellement par le garde du corps de Houellebecq qui, suite au drame, était tombé dans une profonde dépression. L'émoi populaire suscité par la mort de l'animal sans défense avait fait de Clément Pasquier l'homme le plus haï du moment.

Lors du procès de Clément, les associations de défense animale se constituèrent partie civile. C'était une première. Devant le palais de justice, des militants déguisés en chien jetèrent du faux sang aux magistrats et aux journalistes après l'audience. L'avocat de Clément Pasquier renonça à le défendre après que son domicile fut saccagé par des militants antispécistes. Partout en France, sur les ponts autoroutiers, devant les frontons des mairies, s'affichaient des banderoles réclamant justice pour le chien de Houellebecq. La tour Eiffel s'éteignit même en mémoire du compagnon à quatre pattes de l'écrivain. Remis de son choc, Michel H. vivait désormais cloîtré dans un lieu tenu secret.

Debout dans le box en verre hermétiquement clos, l'air hagard, Clément n'avait répondu à aucune question.

« Les examens neurologiques n'ont conclu à aucune lésion, le prévenu est donc responsable de ses actes, même s'il décide de garder le silence. L'étrangeté de son comportement pourrait être lié à un phénomène de possession par un *djinn*, bien connu dans cette 16e chambre habilitée à juger les associations de malfaiteurs terroristes », avait asséné le procureur.

Clément avait été condamné à sept ans de prison.

Choquée par les événements, la mère de Clément avait subi un AVC et en était sortie aphasique. Elle ne faisait plus que des « A » et des « O ». Elle assista pourtant au procès. Des journalistes la poursuivirent avec leurs caméras pour obtenir d'elle une parole, un commentaire. De sa bouche ne sortit qu'un « O ». La courte séquence filmée devint un *meme* ultra-populaire.

L'histoire de Clément Pasquier était pourtant plus complexe que ce qu'en révéla le procès. C'est Liêm qui, de sa cellule, la livra petit à petit, via ses vidéos YouTube.

Clément Pasquier n'était pas un individu radicalisé. Il avait été pris d'un syndrome étrange mais finalement compréhensible dans cette époque moderne, où l'animal était plus chéri que l'humain : il se prenait pour un chien. Et plus exactement pour le chien de l'écrivain célèbre.

L'impact de cette révélation fut énorme. Les mêmes associations de défense du bien-être animal qui s'étaient portées partie civile contre Clément, décidèrent de militer en faveur de sa libération. Michel Houellebecq lui rendit visite en prison, le tout suivi par des caméras de BFM. Des liasses de courrier d'admirateurs parvenaient à Fleury-Mérogis. Des pèlerins tentaient de se rendre jusqu'à la prison, pour apercevoir leur idole. Un culte se développa autour de l'Homme-Chien. On disait qu'il suffisait de le toucher pour guérir de toutes ses maladies.

À leur sortie de prison, espacée de quelques mois, Liêm et Clément emménagèrent ensemble. Clément, mutique, se prenait toujours pour un chien.

L'Homme-Chien fit des émules. Toute une frange de la population rejetait la désincarnation des rapports interpersonnels due à la surutilisation des écrans. Après la vogue du retour à la terre, accéléré par les pandémies, on était passé au stade suivant : le retour à l'animalité. On commença à voir sortir en meute des groupes de jeunes gens habillés en chien, jappant, se léchant le museau, se reniflant, pissant sur les réverbères, mangeant des croquettes. Ces gens-chiens abandonnaient métier, responsabilité, humanité. Ou plutôt leur virilité, puisqu'en très grande majorité, cette épidémie de métamorphose touchait les hommes. Les anthropologues s'interrogeaient : était-ce une façon d'expier cette « masculinité toxique » sur laquelle on avait tant glosé quelques décennies auparavant ? Avait-on enfin sonné le glas de cette *société patriarcale* ? La *domination masculine* vivait-elle ses dernières heures ? Les hommes-chiens, ces êtres des temps nouveaux, cherchaient en effet des maîtres auxquels se livrer et s'abandonner. Le couple Liêm/Homme-Chien devint un modèle de conjugalité. De nombreuses célébrités firent leur *coming-out* chien. Les magazines dispensaient des conseils, la société devait mieux accepter les transitions animales. Les rares voix s'élevant contre cette mode furent clouées au silence pour caninophobie[1].

---

1. En témoigne la couverture de *Elle Magazine*, datée du 1er mars 2040, titrée « Pour l'été, un amour chien ! ». Voici l'article signé d'une journaliste nommée Solange Bernhard. « Tromperies, mensonges, coucheries : à chaque fois qu'Alice tombait amoureuse, c'était toujours le même motif. Coup de foudre, passion, puis déception et trahison. "Et puis j'ai rencontré Puppy", souffle cette jolie rousse aux yeux bleus. Dans une autre vie Puppy s'appelait David. Après avoir vu des vidéos sur YouTube évoquant Clément, l'Homme-Chien, David décida lui aussi de se lancer dans le grand shift. Et de devenir homme-chien. Laisse, aboiement, langue qui pend : voilà Puppy. "Nous avons emménagé ensemble et nous sommes très heureux, dit Alice. Dès que je rentre du travail, Puppy aboie, me fait la fête, me lèche les pieds. Contrairement à mon ex qui me faisait toujours la gueule, ou m'ignorait, parce qu'il regardait des vidéos sur la cueillette des champignons sur son téléphone." Puppy, lui, obéit toujours à sa maîtresse. Il geint légèrement quand elle le fouette avec sa cravache (c'est ce qu'il préfère). Elle le nourrit avec les meilleures croquettes, le choie, le mène chez le toiletteur : bref, elle prend soin de lui. Lui, il est toujours là pour elle et il l'attend. "C'est ça l'amour", dit Alice, en ébouriffant la tête de Puppy. »

Le magnat Alan Wu fut ravi que l'Homme-Chien acceptât de participer à cette soirée aux Olympiades. L'anthropocène avait causé trop de dégâts à la planète, la deuxième moitié du millénaire serait animale.

— Mise en place, prête ! 5, 4, 3, 2 1…

Dans le casque d'Armelle, la voix résonnait.

Une ombre bleutée approcha : l'hologramme de Michel Houellebecq en personne. Prix Nobel de littérature, l'homme ne s'était plus déplacé en chair et en os depuis bien longtemps mais c'était la première fois que son hologramme consentait à une apparition publique.

L'hologramme se mit alors à chanter. La voix grave et si reconnaissable de l'écrivain célèbre (tellement célèbre qu'elle était désormais la voix de l'IA Google Home, qui gérait 73 % des foyers) résonna. Il chantait « I wanna be your dog » des Stooges.

En transe, l'Homme-Chien, tirant sur sa laisse, se mit à tourner sur lui-même.

Armelle aperçut alors sa fille, perchée sur une grue.

L'immense verrière s'ouvrait sur le ciel sombre. Adèle libérait les milliers d'oiseaux, qui volaient très haut dans le ciel. C'était l'époque des grandes migrations vers le sud.

Poussant un cri, un *la* de 390 hertz, Clément plongea dans l'eau chlorée.

Il riait.

REMERCIEMENTS

Des premiers mots écrits à la sortie d'un livre, il faut du temps… et des regards bienveillants qui vous accompagnent.

Je remercie toute l'équipe de Grasset, Pauline Perrignon, qui la première chez eux a lu ce texte, ainsi que Christophe Bataille, Juliette Joste, Simon Labrosse, Agnès Nivière, Marie Tillol, dont je remercie l'œil acéré. Merci à Jérôme Bouchaud de l'agence Astier-Pécher.

J'ai la chance d'avoir été accompagnée bien en amont par des amis lecteurs sans qui j'aurais laissé se noyer ce texte dans les abysses de mon ordinateur. J'ai sauté dans le vide avec David Le Bailly et Didier Doumergue qui ont lu une version zéro très inaboutie de ce roman, recevoir leurs premiers retours à Nijni Novgorod fut très spécial : merci David pour ce compagnonnage parallèle d'écriture, Didier, je n'oublie pas Ulysse. Merci à the one and only Stéphane Arteta, dont la (douce) folie et la capacité d'invention m'inspirent et me régénèrent et qui, à chaque conversation, me donne mille envies de fictions, pensée pour notre chien H., qui portait en lui les prémisses de ce roman. Merci Isabelle Monnin dont j'aime tant les livres, et bien sûr Monique P. et Gretchen D., que j'embrasse affectueusement. Elisabeth Samama m'a ouvert les yeux, grâce à sa lecture si intelligente, entrebâillant de nouvelles portes dans mon travail et je l'en remercie. Merci à Thuân, dont j'adore les romans, *cám ơn chị*, vive Madame Chien et Monsieur Chat. Merci Katia Toure pour ses lumières sénégalaises.

Merci au clan des Bui.

Enfin, et plus que tout, je remercie B. pour sa patience (il me tolère depuis si longtemps) ainsi que mes deux merveilleuses filles.

Cet ouvrage a été achevé d'imprimer sur Roto-Page
par l'Imprimerie Floch à Mayenne
pour le compte des éditions Grasset
en février 2022.

Mise en pages
PCA 44400 Rezé

PAPIER À BASE DE FIBRES CERTIFIÉES

Grasset s'engage pour l'environnement en réduisant l'empreinte carbone de ses livres. Celle de cet exemplaire est de :
750 g éq. CO_2
Rendez-vous sur www.grasset-durable.fr

N° d'édition : 22403 – N° d'impression : 99948
Première édition, dépôt légal : janvier 2022
Nouveau tirage, dépôt légal : février 2022
Imprimé en France